ullstein

Das Buch

Ausgerechnet am Brunnen der Vierländerin in Hamburg verletzt sich die ehrgeizige Hotelmanagerin Maike Matthiesen bei einem Sturz am Kopf. Die 48-Jährige kommt erst im Krankenhaus wieder zu sich, und zum Glück ist ihr nichts Ernsthaftes passiert. Allerdings spürt sie seitdem den unerklärlichen Zwang, anderen Menschen stets die Wahrheit zu sagen. Ein Fluch und Segen zugleich. Maike fühlt sich plötzlich wie befreit. Gleichzeitig eckt ihr neues Verhalten gehörig an, nicht nur bei ihrem Freund Robert, sondern auch bei den Hotelgästen. Als ihr vom Chef eine Auszeit nahegelegt wird, beschließt sie, zum ersten Mal seit Jahrzehnten wieder in ihre Heimat zu fahren, die Vierlande. Doch auch dort warten nicht nur grüne Deiche und eitel Sonnenschein auf sie. Maikes Jugendliebe erscheint plötzlich auf der Bildfläche, und die alten Konflikte mit ihrem Vater und vor allem mit ihrer Stiefmutter Rosa schwelen noch. Erst allmählich wird Maike klar, dass auch ihre Stiefmutter keinen leichten Stand hatte. Rosa kam einst in die Vierlande, um auf dem Hof ihres Onkels zu arbeiten – ein hartes Los für eine junge Frau Anfang der sechziger Jahre. Langsam beginnt Maike zu verstehen, dass die Vergangenheit ihrer Familie noch immer ihr Leben bestimmt, und sie beschließt, herauszufinden, was ihr wirklich wichtig ist.

Die Autorin

Brigitte Janson heißt eigentlich Brigitte Kanitz und wurde 1957 in Lübeck geboren. Viele Jahre war Hamburg ihre Wahlheimat, wo sie als Journalistin arbeitete. Heute lebt sie in den italienischen Marken.

Von Brigitte Janson sind in unserem Hause bereits erschienen:

Die Tortenbäckerin · Der verbotene Duft
Winterapfelgarten · Holunderherzen

BRIGITTE JANSON

WIND-MÜHLEN-TRÄUME

ROMAN

Ullstein

Besuchen Sie uns im Internet:
www.ullstein-taschenbuch.de

MIX
Papier aus verantwortungsvollen Quellen
FSC® C083411

Originalausgabe im Ullstein Taschenbuch
1. Auflage September 2017

Umschlaggestaltung: bürosüd° GmbH, München
Titelabbildung: Getty Images / © Anton Petrus
Satz: Pinkuin Satz und Datentechnik, Berlin
Gesetzt aus der Quadraat
Druck und Bindearbeiten: CPI books GmbH, Leck
ISBN 978-3-548-29022-5

Für meine Stieftöchter Raffaella und Francesca.
Ihr habt das Beste aus eurem Schicksal gemacht,
und dafür bewundere ich euch.

Prolog

Südwerder, Vierlande, 1984

Sie legte den Kopf in den Nacken, kniff die Augen zusammen und schaute nach oben. Kurz wurde ihr schwindelig, und die runde Außenwand tanzte in ihrem Blickfeld hin und her.

Aber dann fasste sie sich wieder. Letzte Sonnenstrahlen trafen auf mattgrüne Farbe und tauchten sie in warmes, lockendes Licht.

Die junge Frau begriff, sie musste sich beeilen. Wenn erst die Dämmerung über das weite, flache Land fiel, war es zu spät. Dann würde sie nicht mehr erkennen können, wonach sie sich so sehnte. Die Weite. Die Ferne.

Schon kroch die Feuchtigkeit des schweren, fruchtbaren Bodens heran, von der Elbe mit ihren zwei Seitenarmen geschickt, um die Nacht in Besitz zu nehmen. Am Tag ließ der warme Sommer die Menschen vergessen, dass sie auf Gedeih und Verderb dem Wasser ausgeliefert waren. Nachts gehörte das Land den Flüssen und Prielen, den Bächen, Teichen und Gräben.

Manch einer war umgekommen, weil er im Dunkeln in einen Wasserlauf gestürzt war, viele hatten ihre Existenz verloren, wenn der große Strom sich zurückholte, was die Menschen ihm über Jahrhunderte mühsam abgetrotzt hatten.

Die Frau am Fuß der metallenen Leiter packte die unterste Sprosse, zog sich hoch, setzte den linken Fuß darauf und kletterte los, den Blick fest in den Himmel gerichtet.

Hie und da war eine Sprosse rostig, und die Frau konnte nur hoffen, dass sie nicht abstürzte.

Hundert Meter Luftlinie entfernt stand die große Windmühle von Südwerder, der alte Holländer. Noch lieber wäre sie dort raufgeklettert, denn er war viel höher. Doch sie wäre nicht unbemerkt geblieben. Vor kurzem hatte in der Mühle ein Café geöffnet, und es herrschte reger Betrieb.

Hier auf dem Hof hingegen war alles ruhig. Ihr Mann war nach Lüneburg zu einer Landwirtschaftsschau gefahren, ihre Tochter verbrachte den Tag mit einer Freundin in Hamburg.

Niemand konnte sie aufhalten.

Auf halber Strecke hielt sie einen Moment inne, um Atem zu schöpfen. Sie hatte nicht bedacht, dass es so anstrengend sein würde. Und so weit. Mehr als dreißig Meter ging es senkrecht in die Höhe. Ein Zittern lief ihr durch Arme und Beine. Aber sie würde nicht aufgeben, denn sie wusste, sie wurde reich belohnt, wenn sie erst einmal oben war. Mit einem Blick, so weit, dass sie vielleicht die Hamburger Türme sehen konnte. Mit diesem Gefühl von Freiheit, das sie nur dann spürte, wenn sie ein Dach oder einen Baumwipfel erklommen hatte.

Der Futtersilo, an dem sie hochkletterte, war erst vor zwei Tagen bis oben hin mit frischem Weizenschrot gefüllt worden. Ihr Mann hoffte, das Vieh damit durch Herbst und Winter zu bringen. Er hatte gestöhnt über die explodierenden Kosten, hatte gesagt, er müsse wohl bald die zwanzig Schwarzbunten abstoßen. Es lohne sich nicht mehr, Milch zu produzieren. Mit all den neuen Gesetzen könne niemand überleben. Die achtziger Jahre würden den Niedergang der Landwirtschaft bedeuten, und dann könnten die feinen Herren in Brüssel zusehen, dass sie ihre eigenen Papierberge fraßen.

Wie immer hatte sie nur mit halbem Ohr zugehört.

Sie interessierte sich nicht für seine Probleme.

Endlich war sie oben und hockte sich erschöpft auf die geschlossene Einfüllluke. Dann schaute sie sich um und genoss den Ausblick über das Land.

Ein Geräusch lenkte sie ab. Ein leises Knacken. Noch bevor sie verstand, was geschah, brachen die verrosteten Scharniere der Luke durch.

Sie schrie auf, als sie in den Rundsilo stürzte. Ihre Beine tauchten in die weiche, körnige Masse ein, sie schnappte entsetzt nach Luft, als ihr Körper weiter und weiter versank, nach unten gezogen wie von Treibsand.

Das Getreide bedeckte schon ihre Schultern, als sie das entsetzte Gesicht ihres Mannes über sich sah.

1. Kapitel

Hamburg, Gegenwart

Die Vierländerin schaute gleichmütig in die Ferne und bewegte sich nicht fort. Seit Jahrzehnten stand sie dort auf dem Hamburger Hopfenmarkt – ein Denkmal für die Gartenbauern und Grünhöker ihrer Heimat, geschützt von einem Himmel aus Gusseisen.

An diesem ersten Samstag im Oktober lief ein stetiger Nieselregen vom Baldachin ab und plätscherte in den Brunnen am Fuß der Statue.

Wie jeden Morgen senkte Maike den Blick, als sie an dem Denkmal vorbeilief. Wenn sie aufschaute, das wusste sie, umschwirrten sie die Erinnerungen wie ein Schwarm kreischender Möwen von der nahen Elbe.

Also beschleunigte sie ihren Schritt, sah stur zu Boden und hörte nur noch einen Warnruf, bevor sie umgestoßen wurde.

Sie hatte keine Chance. Zwar versuchte sie noch, auszuweichen, aber sie war nicht schnell genug.

Ihr Kopf knallte gegen den steinernen Brunnenrand des Denkmals, und die Welt um sie herum wurde mit einem Mal schwarz.

Maike spürte den Regen nicht, der ihr ins Gesicht lief, und weder hörte sie die aufgeregten Stimmen der Passanten noch die Sirene des Krankenwagens.

»Frau Matthiesen«, sagte eine fremde Männerstimme. Es klang, als käme sie von weit her.

Eine lange Zeit musste verstrichen sein, als sie das Bewusstsein wiedererlangte. Sie lag nicht mehr auf dem Platz, so viel begriff sie. Ihr war warm, und sie war trocken.

»Frau Matthiesen, können Sie mich hören?«

»Oh Gott!«, rief jemand anderes. Diese Stimme kannte sie. Da war sie sich ziemlich sicher. Die Stimme gehörte einer Frau, sie …

Maike runzelte nachdenklich die Stirn. Augenblicklich grub sich ein scharfer Schmerz wie ein Pflug in ihren Kopf und trieb ihr die Tränen in die Augen.

»Verdammt!«, stieß sie aus.

»Sie ist wieder da«, sagte die Männerstimme, die professionell, fast ein wenig unbeteiligt klang. Ein Arzt, dachte sie.

»Unmöglich«, gab die Frau zurück. »Sie halluziniert. Maike flucht nicht.«

»Verdammt!«

»Anscheinend doch.«

Sie spürte, wie der Mann sich ihrem Bett näherte und sich über sie beugte. Dann hob er erst ihr rechtes und dann ihr linkes Lid an und strahlte ihr mit einem grellen Licht in die Augen. Schon rollte eine neue Schmerzwelle über sie hinweg.

»Verdammt!«, rief sie zum dritten Mal.

»Frau Matthiesen, drücken Sie bitte meine Hand, wenn Sie mich verstehen.«

Sie langte zu, sie war eine Vierländerin, sie hatte Kraft in den Händen. Wer jeden Tag nach der Schule Unkraut gezupft, mit Kuhmist hoch beladene Schubkarren fortbewegt und dicke schwarze Erde umgegraben hatte, war gewiss kein Schwächling. Außerdem war sie sauer auf diesen Kerl, der ihr so weh tat.

»Aaaah! Aufhören!«

Die fremde Hand wurde ihr entzogen, der Mann stöhnte noch eine Runde.

»Sie Weichei«, murmelte Maike, noch immer mit geschlossenen Augen.

»Du hast recht, Gesine«, sagte eine zweite Männerstimme. Die kam ihr ebenfalls vertraut vor, sehr vertraut sogar. Ein warmes, angenehmes Gefühl breitete sich in ihrer Herzgegend aus. Direkt darunter lauerte ein Unwohlsein, das sie nicht definieren konnte. »Sie ist nicht bei Verstand. Unsere Maike beleidigt keine Leute.«

»Genau. Sie ist schizophren oder so«, antwortete die Frau namens Gesine. »Sie war seit gestern früh weggetreten, und jetzt flucht und pöbelt sie rum. Doktor Kessler, Sie müssen sie noch einmal gründlich durchchecken. CT, MRT und wie das alles heißt. Und es ist mir egal, dass heute Sonntag ist.«

»Nicht nötig. Frau Matthiesen ist aus dem Koma erwacht und wird sich vollständig erholen. Vertrauen Sie mir.«

Koma?, dachte sie voller Angst.

Koma?

Das durfte nicht wahr sein!

»Was … ist passiert?«, flüsterte sie.

Die warme, liebevolle Stimme kam dem Arzt zuvor. »Reg dich bitte nicht auf. Du hattest einen kleinen Unfall und liegst in der Uniklinik Eppendorf. Sei ganz ruhig, Maike, alles wird gut.«

»Was für einen … Unfall?«

»Ein Fahrradkurier hat dich umgefahren. Auf dem Hopfenmarkt. Er behauptet, du hättest zu Boden gestarrt und ihn nicht gesehen, als er mit seinem Rad auf dem nassen Laub ausgerutscht ist. Jedenfalls – du bist mit dem Kopf ziemlich übel gegen das Denkmal gestoßen.«

»Welches Denkmal?« Sie versuchte, sich zu erinnern, doch es gelang ihr nicht.

»Das von der Vierländerin«, mischte sich die Frau ein. »Du weißt doch, diese Statue von der Gemüsefrau in der alten Tracht, die du so hasst.«

Maike hörte, wie der Arzt sich verabschiedete und den Raum verließ. Sie hatte die Augen noch nicht geöffnet, aber nun nahm sie den typischen Geruch nach aufgewärmtem Essen und Desinfektionsmitteln wahr.

Im Krankenhaus, dachte sie. Ich bin tatsächlich im Krankenhaus. Und wenn ich das richtig verstanden habe, schon seit gestern früh.

Unterdessen hatte Gesine offenbar weitergesprochen.

»… hast du immer gesagt, dass der glücklichste Tag deines Lebens derjenige war, an dem du Südwerder verlassen hast.«

Südwerder, der kleine Ortsteil von Kirchwerder in den Vierlanden, der es nie geschafft hatte, ein eigenständiges Dorf zu werden. Ein Bild stieg vor ihr auf. Bauernhäuser aus Fachwerk und roten Ziegeln, eine ehemalige Stellmacherei, in der mittlerweile Fahrräder an Touristen verliehen wurden; die alte Windmühle, genau wie alle anderen Gebäude und die schmalen Straßen erhöht gebaut, damit eine Überschwemmung keinen Schaden anrichten konnte. Tiefer gelegen hingegen die Gemüsefelder, daneben ein wogendes Meer aus Blumen und Gewächshäusern, die das Sonnenlicht zurückwarfen; dann die Obstplantagen und Deiche, überall Deiche, wohin der Blick auch fiel. Südlich davon die Elbe, nördlich ihre Seitenarme, erst die Gose- und dann die Dove-Elbe.

Das Bild wurde unscharf, als versänke die Idylle im Nebel.

Idylle, dachte Maike. Ha!

Sie hatte es verabscheut! Schon immer.

Nein, dachte sie im nächsten Moment. Nicht schon immer. Erst seit ... Gnädig kehrte die Ohnmacht zurück und schenkte ihr Ruhe.

Als sie das nächste Mal erwachte, hörte sie keine Stimmen. Alles war ruhig, nur draußen auf dem Gang erklang das energische Geräusch von Gummisohlen auf Linoleum, von klappernden Medizinwägelchen, von schlurfenden, zaghaften Pantoffelschritten der Kranken.

Dann jedoch vernahm sie ganz in ihrer Nähe ein ruhiges Atmen, begleitet von einem leisen Umblättern, und öffnete die Augen. Auf einem Stuhl direkt an ihrem Bett saß ein Mann und las in einem Buch.

Sie wusste sofort, wer er war. Erleichtert stellte sie fest, dass ihr Kopf wieder funktionierte. Robert wirkte entspannt. Nur eine Falte über der Nasenwurzel verriet, dass er sich Sorgen machte.

Weil er nicht aufschaute, hatte Maike Zeit, ihn zu betrachten. Sein grauschwarzes Haar brauchte dringend einen Schnitt, und wie üblich war er nachlässig rasiert. Er trug ein kariertes Baumwollhemd, das an den Ellenbogen durchgescheuert war, und eine Jeans, deren Löcher kein Modestatement waren.

Robert Wedemann war einundfünfzig Jahre alt und seit zwei Jahren Maikes Freund.

Es hatte an dem Tag begonnen, an dem er eine Kiste knackigen Feldsalat und dazu mehrere Bund frische Kräuter ins Hotel geliefert hatte. Über so gute Ware freue sich der Küchenchef immer, hatte Maike gesagt. Sie wollte unbedingt wissen, wer seine Lieferanten waren, doch er schwieg sich aus. Also drang sie nicht weiter in ihn.

An jenem Tag hatte er sie zum Essen eingeladen, und sie hatte zugesagt, obwohl das sonst nicht ihre Art war. Doch etwas an ihm zog sie auf unerklärliche Weise an. Vielleicht, so dachte sie manchmal, hatten die Kräuter den Ausschlag gegeben. Ihr Anblick weckte Erinnerungen an alte, glückliche Zeiten. Oder es war der Blick aus Roberts dunkelbraunen Augen gewesen, so ungewöhnlich warm und freundlich.

Eine Bewegung neben dem Bett ließ sie aufmerken. Robert hatte den Kopf gehoben und schaute sie an.

»Wie fühlst du dich?«, fragte er.

»Ganz gut, glaube ich.«

»Kopfweh?«

»Ein bisschen.«

Schon war Maike wieder erschöpft und schloss die Lider.

»Schlaf nur«, sagte Robert leise.

Aber sie schlief nicht, sondern erinnerte sich an ihr maßloses Staunen bei ihrem ersten Treffen mit ihm. Der ungepflegte Mann war frisch rasiert und in einem Maßanzug von Armani erschienen und hatte sie in eines der besten Lokale Hamburgs ausgeführt. Damals verriet Robert ihr, dass er in seinem ersten Leben, wie er es nannte, ein erfolgreicher Banker in der Hamburger City gewesen sei. Bis er genug gehabt und innerhalb weniger Monate noch einmal ganz von vorn begonnen hatte. Als Händler für biologisch angebautes Obst und Gemüse.

Maike war von ihm fasziniert, allerdings wünschte sie sich manchmal insgeheim, er möge immer noch der Banker sein, stets gut gekleidet und respektiert – ein Mann, der etwas hermachte. Mit dem Grünhöker, wie die Obst- und Gemüsehändler in ihrer alten Heimat genannt wurden, konnte sie nicht so viel anfangen.

Nachdenklich sah sie ihn an. Wäre sie ehrlich zu sich selbst gewesen, hätte sie vielleicht zugegeben, dass es ihr völlig gleich war, ob er Latzhosen oder einen Maßanzug trug. Denn Robert war ein wunderbarer Mann, liebevoll und geduldig mit ihr, die ihre Zuneigung nicht zeigen konnte. Doch Maike war viel zu sehr in ein Geflecht aus verdrängten Erinnerungen und unterdrückten Gefühlen verstrickt, um so klar zu sehen, wie es nötig gewesen wäre. In diesem Augenblick, im Krankenbett mit Robert an ihrer Seite, erkannte sie voller Schrecken, dass sie einen solchen Mann nicht verdient hatte.

Ihr Blick verschleierte sich. Mit aller Kraft musste sie den Wunsch unterdrücken, ihm durchs Haar zu fahren. Schnell schloss sie wieder die Augen. Die sich überstürzenden Gedanken konnte sie jedoch nicht aus ihrem Kopf verbannen.

Manchmal bildete sie sich ein, sein jetziges Dasein zeige sogar sein wahres Ich, und der Banker war einige Jahre lang nur eine Rolle gewesen, die er gespielt hatte. Doch wenn sie ihn darauf ansprach, wenn sie wissen wollte, woher er eigentlich stammte, wurde der sonst so redselige Mann plötzlich schweigsam und meinte nur, er spreche nicht gern über seine Kindheit. Das müsse sie doch verstehen, da sie selbst sich so zugeknöpft gebe.

Maike konnte nie etwas dagegen einwenden, aber da sie einander vieles nicht erzählten, fehlte es an Vertrauen zwischen ihnen. Und so blieb ihre Beziehung zwanglos, was Robert zu bedauern schien, was Maike aber ganz recht war. Sie war sowieso nicht der Typ fürs Heiraten. Das, so erklärte sie ihm einmal, hätte sie als junge Frau tun sollen, nicht mehr heute mit achtundvierzig Jahren.

Er wirkte betroffen, sagte aber nichts, und akzeptierte es weiterhin, dass Maike bestimmte, wie eng, oder besser: wie locker ihr Verhältnis sein sollte. Dennoch glaubte sie manchmal, er liebte sie. Dann schaute er sie mit einem besonderen Ausdruck an, voller Wärme und Zärtlichkeit. So wie eben.

»Robert«, flüsterte sie.

Eine raue Hand legte sich auf ihre und drückte sie sanft. »Brauchst du etwas? Ein Glas Wasser? Oder soll ich nach der Krankenschwester klingeln?«

Ganz leicht schüttelte Maike den Kopf. Wie gern hätte sie ihm etwas Freundliches gesagt, doch in ihrem Innern herrschte ein großes Durcheinander, und so blieb sie lieber stumm.

Langsam zog er seine Hand zurück und ließ Maike ruhen. Wie schon oft fragte sie sich, was er bloß an ihr fand.

Okay, sie sah gut aus, da kam sie ganz nach ihrer Mutter. Mittelgroß, zierlich, mit Rundungen an den richtigen Stellen, blonden, welligen Haare, die bis auf die Schultern fielen, und meereshellen Augen. Prompt musste sie an ihre Mutter Christine denken, und aus der Vergangenheit stieg ein großer Kummer in ihr hoch. Sie schluchzte leise auf, biss sich dann schnell auf die Lippen.

Nicht schnell genug.

»Liebling, warum weinst du? Sei nicht traurig.« Diesmal legte er ihr die Hand an die Wange. »Alles wird gut. Ich verspreche es dir.«

Kurz schmiegte sie ihr Gesicht in seine warme Handfläche. Dann riss sie sich zusammen und setzte sich auf.

»Warte, nicht so schnell. Du bist ganz blass.« Rasch erhob er sich und stopfte ihr zwei Kissen in den Rücken.

Seine Nähe war ihr auf einmal unangenehm. »Wieso bist du so verflucht fürsorglich?«

Er wirkte geschockt und schwieg, brachte nur wieder Abstand zwischen sie.

Erneut fragte sie sich, warum er sie gernhatte. Mochte sie auch schön sein, ihr Charakter war eindeutig schrecklich.

Oder?

Plötzlich lachte sie. So laut schallend, dass Robert zurückzuckte. Das brachte sie noch mehr zum Lachen. Sie hielt sich den Bauch, wollte sich entschuldigen, bekam jedoch kein Wort heraus. Es dauerte eine kleine Ewigkeit, bis sie sich wieder beruhigte.

»Tut mir leid«, sagte sie dann und unterdrückte mit einiger Mühe einen Schluckauf. »Ich wusste nicht, dass ich dir so leicht Angst einjagen kann.« Sie hielt die Luft an, hickste aber noch ein paar Mal.

Robert ließ sich auf seinen Stuhl zurücksinken. »Das hast du nicht. Es kam nur so überraschend.«

»Was?«

»Dein Lachen. Es ist ... wundervoll.«

Sie schaute ihn aus großen Augen an. »Wie meinst du das?«

»Ich habe dich noch nie lachen gehört. Jedenfalls nicht so – so von innen heraus.«

»Aha.«

Maike konnte damit nicht viel anfangen. Sie war einfach nur glücklich. Es ging ihr gut, die Kopfschmerzen waren zwar nicht verschwunden, aber erträglich. Der dumme Unfall hatte keine Spuren hinterlassen. Und ihr Lachen? In der ersten Sekunde hatte es sich fremd angefühlt, aber dann war eine Erinnerung in ihr aufgestiegen, zum Glück eine von den schönen: ein junges, hell kicherndes Mädchen. Sie selbst mit dreizehn oder vierzehn.

Frische Energie durchströmte sie. »Wann kann ich hier raus? Ich will mit diesem Weichei von Arzt reden, damit er mich gehen lässt.«

Roberts Augenbrauen wanderten in die Höhe. Fast bis zum Haaransatz. »Ich weiß nicht, Liebling. Vielleicht solltest du erst noch ein paar Untersuchungen machen. Du bist so anders.«

»Inwiefern anders?«

»Schwer zu sagen. Ich denke, es ist dein Gemüt. Du

wirkst auf mich offener, freier und ... irgendwie glücklicher als sonst.«

»Na ja, wäre nicht das Schlechteste.«

»Nein, nur ein bisschen unheimlich.« Er grinste schwach. »Mir gefällt es aber. Du gefällst mir.«

Maike schenkte ihm ein Lächeln, das ihn schon wieder aus der Bahn warf. Sie bemerkte, wie sein Blick unsicher wurde, so als könne er nicht glauben, was er sah.

Mit einiger Mühe kämpfte sie gegen einen weiteren Lachanfall an.

»Wer war die Frau? », fragte sie. »Irgendwann war doch eine Frau hier.«

»Gesine«, erwiderte er. »Deine beste Freundin. Weißt du das nicht mehr?«

»Doch, jetzt ist alles wieder da.«

Gesine Kiehl, die kleine, brünette Rechtsanwältin mit dem teuren Modegeschmack und der scharfen Intelligenz. Fast zehn Jahre jünger als sie selbst und eine treue Freundin, obwohl sie sich nur selten sahen, weil beide hart an ihren jeweiligen Karrieren arbeiteten.

Bevor Maike noch etwas zu Robert sagen konnte, wurde die Tür zum Krankenzimmer aufgestoßen, und Gesine trat ein. Ihr hellbraunes, kinnlanges Haar umrahmte ein herzförmiges Gesicht, in dem allein der ausgeprägte Unterkiefer von Charakterstärke und Durchsetzungsvermögen zeugte. Wie immer war sie zu stark geschminkt. Sie hatte Maike mal erklärt, das Make-up sei für sie wie ein Schutzschild. Je mehr, desto besser. Desto weniger fühlte sie sich angreifbar.

»Wie gerufen«, bemerkte Robert. Er schien erleichtert, nicht mehr allein mit ihr zu sein. Oder enttäuscht.

War schwer zu erkennen, fand Maike.

»Hey!«, rief Gesine. »Unsere Komapatientin ist wieder unter uns.«

Sie stellte einen Kosmetikkoffer auf einem freien Stuhl ab und kam zum Bett. »Na, bist du wieder normal?«

Maike musste schon wieder lachen, woraufhin Gesine genau wie Robert eben zurückzuckte. Das erheiterte sie noch mehr.

»Eher nicht«, sagte die Freundin mit fester Stimme. »Du hast definitiv einen gehörigen Dachschaden. Das ist das Lachen einer Irren. Bist du noch mal in die Röhre gekommen?«

»Nicht nötig«, erklärte Maike. »Mir geht es gut. Hab nur noch einen leichten Brummschädel. Robert, sei ein Schatz und such jemanden, der mich entlässt.«

Der Schatz wirkte schon wieder äußerst verwirrt. Er war es nicht gewöhnt, so genannt zu werden. Aber er stand folgsam auf. »Mach ich.«

Als er die Tür hinter sich geschlossen hatte, ließ Gesine sich auf die Bettkante sinken und musterte Maike misstrauisch. »So, und jetzt mal ehrlich. Geht es dir wirklich wieder gut?«

»Klar doch.« Sie strahlte ihre Freundin an, erntete aber bloß einen weiteren zweifelnden Blick.

»Irgendwie bist du anders. Aber wenigstens auf nette Art. Na, egal, Zeit für ein bisschen Verschönerung. Und wehe, du weigerst dich wieder. Keine Frau verlässt ungeschminkt ein Krankenhaus.«

»Nichts dagegen«, sagte Maike fröhlich.

»Im Ernst? Du benutzt sonst höchstens eine getönte Tagescreme und einen pfirsichfarbenen Lippenstift.«

»Dann will ich es heute anders. Mach nur.«

Gesine schüttelte zwar noch den Kopf, tat dann aber wie ihr geheißen. Sie behandelte Maikes blondes Haar mit Trockenshampoo und bürstete es sorgfältig aus. Anschließend trug sie auf ihrem Gesicht eine Grundierung auf. Während sie mit flinken Fingern arbeitete, erklärte sie, was sie tat. »So, ein sanfter goldener Schimmer, jetzt der Kajalstrich – stillhalten! –, etwas Lidschatten, Mascara – nicht blinzeln! –, Rouge, nicht zu knalliger Lippenstift ... Voilà! Du siehst umwerfend aus. Wenn es dir wieder besser geht, darfst du mir auf Knien danken.«

Im Handspiegel ihrer Freundin erblickte Maike ein ihr beinahe fremdes Gesicht. »Wow!«

»Hoffentlich habe ich dich endlich bekehrt.«

»Ich denke schon«, erwiderte Maike. »Du musst mir bloß zeigen, wie ich das selbst so hinkriege.«

»Du machst Witze.«

»Nein, wieso?«

»Ach, ich versuche nur seit ungefähr fünf Jahren, dich zu überreden, dich besser herzurichten.« Sorgfältig packte Gesine ihre Schminkutensilien wieder ein. »Wenn das jetzt die Folge deines Unfalls ist, war der vielleicht gar nicht schlecht.«

»Hauptsache, ich sehe dann nicht so krass angemalt aus wie du.«

Beiden Frauen wurde schlagartig klar, dass die Folgen des Sturzes möglichweise viel tiefer gingen als gedacht.

2. Kapitel

Zögernd blieb Maike zehn Meter vor dem Eingang stehen und schaute an der modernen Glas- und Betonfassade nach oben. Das Hotel war schmal und fünfstöckig, verfügte über fünfundzwanzig Zimmer und gehörte zur gehobenen Kategorie.

An diesem strahlenden Montagmorgen glitzerte der moderne Bau hell und sauber in der Sonne. Der Nieselregen vom Wochenende war von einer frischen Nordseebrise vertrieben worden. Zurück blieb himmelblaues Herbstwetter.

Der »Brauerhof« verdankte seinem Namen einer alten Hamburger Tradition. Einst hatten die Bierbrauer hier auf dem Markt ihren Hopfenbedarf gedeckt. Im Zweiten Weltkrieg war das Viertel dann wie ein Großteil der Hansestadt zerstört worden, und nur das Mahnmal der ehemaligen Hauptkirche St. Nikolai erinnerte noch heute an jene schreckliche Zeit.

Seitdem hatten sich der Hopfenmarkt und die angrenzenden Straßen zu einem florierenden Geschäftsviertel entwickelt, mit der schnellen Ost-West-Straße im Süden, mit Firmensitzen rund um den Marktplatz, mit Büroangestellten, die wenig Zeit zur Muße hatten. Selbst der beliebte Wochenmarkt war vor einigen Jahren abgeschafft worden, und so erinnerte nur noch das Denkmal der Vierländerin an das einst rege Treiben auf dem großzügig angelegten Platz.

Maike atmete tief ein und aus. Sie hatte darauf bestanden, heute wieder zur Arbeit zu gehen, obwohl Robert und Gesine ihr dringend davon abgeraten hatten: Robert noch wie hypnotisiert von ihrer offenen, freundlichen Art, Gesine tief beleidigt, aber dennoch um ihr Wohl besorgt. Sie müsse sich noch erholen, hatten beide argumentiert. Sie sei noch nicht ganz wiederhergestellt.

Was genau sie damit meinten, hatte keiner von ihnen verraten, aber Maike wusste, sie war ihnen nicht geheuer.

Doch sie ließ sich nicht beirren. Seit zwanzig Jahren arbeitete sie im »Brauerhof«, und seitdem hatte sie maximal ein oder zwei Tage wegen Krankheit gefehlt.

Nach ihrem Studium des Hotelmanagements war sie zunächst in anderen Hamburger Häusern angestellt gewesen, bis ihr hier die Stelle der stellvertretenden Geschäftsführerin angeboten wurde.

Schon drei Jahre später war sie zur ersten Managerin aufgestiegen, und diesen Posten hatte sie seitdem zur Zufriedenheit des Hotelbesitzers ausgefüllt. Rolf Wichert hatte mehrmals freiwillig ihr Gehalt erhöht, denn er wusste genau, eine derart tüchtige Kraft würde er so schnell nicht wieder finden. Kühl, effizient, emotionslos.

Na, wenigstens bis gestern, dachte sie. Ein Kichern stieg in ihrer Kehle hoch, sie unterdrückte es mit einiger Mühe.

Endlich gab sie sich einen Ruck und trat auf den Eingang zu. Die automatische Tür surrte zur Seite, und Maike schaute sich aus alter Gewohnheit prüfend im Empfangsbereich um. Die beiden Sitzgruppen rechts und links waren verwaist, nur an der Rezeption stand ein Ehepaar und ließ sich von der Empfangsdame beraten.

Laura König sah ihre Chefin eintreten und zupfte nervös an ihrer dunkelblauen Uniformjacke. Maike Matthiesen war bei den Angestellten gefürchtet für ihren scharfen Blick. Und nicht nur dafür. Sie galt überhaupt als äußerst strenge Chefin.

Seltsam, dachte sie. So bin ich doch eigentlich gar nicht.

Oder? Unsicher geworden, trat sie an die Rezeption.

Das Ehepaar war mittleren Alters und brachte zusammen mindestens zweihundert Kilo auf die Waage. Die legere Kleidung verriet die Urlauber.

Laura König empfahl ihnen gerade das hoteleigene Restaurant. »Wir bieten einen ausgezeichneten Mittagstisch mit typisch Hamburgischen Gerichten an«, sagte sie. »Krabbensuppe, Gefüllter Schweinebauch, Matjespastete, Götterspeise und Backpflaumentorte.«

»Na, ich weiß nicht«, erwiderte die Frau mit deutlich bayerischem Akzent. »Das klingt ziemlich deftig. Eigentlich wollten wir dieses Wochenende mal ein bisschen leichter leben.«

Wie zur Bestätigung rieb ihr Mann sich über den stattlichen Bauch. »Aber«, meinte er dann, »ein paar landesübliche Gerichte haben noch keinem geschadet, meinst du nicht auch, Schnucki?«

Schnucki nickte zögernd. Laura König bot an, ihnen einen Tisch für zwölf Uhr zu reservieren, aber bevor das Ehepaar antworten konnte, sagte Maike: »Das ist keine gute Idee.«

Laura riss die Augen auf, die beiden Touristen drehten sich zu ihr um, und Maike schlug sich die Hand vor den Mund. Half bloß nicht viel.

»Ich denke, statt eines schweren Mittagessens würde Ihnen ein strammer Spaziergang einmal um die Außenalster gut bekommen.«

Jetzt sah Laura aus, als wollte sie gleich in Ohnmacht fallen. Sie wurde blass und musste sich an der Kante des Empfangtresens festhalten.

»Frau ... äh ... Matthiesen. Sie sind ... wieder da«, stammelte sie.

»Wer ist diese Person?«, fragte der Mann, der inzwischen hochrot angelaufen war.

»Gestatten, Maike Matthiesen, die Hotelmanagerin. Und regen Sie sich bloß nicht so auf. Das ist ein wirklich wohlmeinender Rat.«

Der Mann wurde noch ein bisschen röter, obwohl das kaum möglich schien.

»Unverschämtheit!«, schrie er. »So eine Unverschämtheit!«

Seiner Frau hatte es hingegen die Sprache verschlagen, sie schaute nur von einem zum anderen und wirkte geradezu apathisch.

Maike fühlte sich innerlich wie zerrissen. Einerseits genoss sie die Situation. Es war ja so herrlich erfrischend, endlich mal die Wahrheit zu sagen. Andererseits war sie entsetzt über sich selbst. Was sie da tat, war hochgradig geschäftsschädigend!

Das »Brauerstübchen« kämpfte um jeden Gast. Die Angestellten aus den Büros rund um den Hopfenmarkt aßen entweder in der eigenen Mensa, oder sie holten sich einen schnellen Imbiss beim Thailänder oder beim Japaner um die Ecke. Da blieben oft nur die hoteleigenen Gäste übrig, und jeder Mitarbeiter hatte die strikte Anweisung, das Restaurant wärmstens zu empfehlen.

Nun hatte die Managerin höchstpersönlich gegen eines der heiligen Gesetze verstoßen.

Und doch – sie fühlte sich wie befreit.

Laura König fing sich als Erste. Maike fand es bewundernswert, wie die Concierge in ihre professionelle Rolle zurückschlüpfte.

»Bitte«, sagte sie einschmeichelnd zu dem Ehepaar. »Üben Sie Nachsicht mit meiner Chefin. Sie hatte vorgestern einen bösen Unfall und ist noch nicht wieder ganz genesen. Vielleicht darf ich Sie zu einem kostenlosen Mittagessen einladen? Ich werde alles arrangieren, und wenn Sie von Ihrem Ausflug zum Hafen zurück sind, werden Sie ein köstliches Mahl vorfinden.«

Das »köstliche Mahl« beruhigte die Gemüter.

Die Frau kam wieder zu sich, der Mann wechselte zu einer fast normalen Gesichtsfarbe. »Ausnahmsweise werde ich keine Beschwerde einreichen«, sagte er. »Komm, Schnucki.«

Dann verließen die beiden das Hotel, sorgsam darauf bedacht, der Verrückten bloß nicht zu nahe zu kommen.

Maike lachte, als die beiden verschwunden waren, was von ihrer Angestellten mit noch weiter aufgerissenen Augen quittiert wurde.

»Hammer«, murmelte sie.

Rasch ging Maike um den Tresen herum, fasste Laura an den Schultern und gab ihr rechts und links ein Küsschen auf die Wange. »Das war's wert, finden Sie nicht?

Das Gesicht des Dicken werde ich im Leben nicht vergessen.«

»Frau Matthiesen – bitte – was ist mit Ihnen?«

»Was soll schon sein? Ich hatte einen Unfall, und jetzt bin ich wieder da.«

»Ja, aber Sie sind so anders.«

Maike amüsierte sich köstlich. Sie ließ ihre Angestellte los und trat einen Schritt zurück.

»Inwiefern?«

»Sie ... na ja ... Sie sind geschminkt.«

»Stimmt. Aber das meinen Sie nicht.«

»Nein«, gestand Laura leise.

»Meine Freunde sagen auch, ich sei komisch. Ist wohl eine Folge meines Sturzes. Aber ich fühle mich gut, wirklich. Ausgezeichnet sogar. Das Leben ist schön.«

»Das Leben ist schön?«, kam es sehr leise zurück.

»Ja, finden Sie nicht?«

Laura zuckte mit den Achseln. »Sicher. Ich dachte nur, dass Sie ... Na ja, dass Sie es vielleicht nicht so sehen ...«

»Der Mensch kann sich ändern.«

»Möglich.«

Maike entdeckte jedoch den tiefen Zweifel im Blick der Empfangsdame. Für Laura König kam diese Veränderung zu plötzlich. Genau wie für Robert und Gesine. Für sie selbst ja auch. Ein Angstschauer rieselte ihr über den Rücken.

Nein, sie durfte nicht über das nachdenken, was mit ihr geschah. Sie würde vielleicht noch einmal einen Spezialisten aufsuchen. Einen Neurologen. Bald. Bestimmt bekam sie dann zu hören, es bestünde kein Grund zur Sorge. Und bis dahin würde sie das Beste aus der Sache machen.

Schließlich wandte sie sich ab. »Wenn mich jemand sucht, ich bin im Büro. Es gibt Arbeit nachzuholen.«

Sie musste die Buchungen der vergangenen zwei Tage kontrollieren und einen Plan für die Belegung während einer bevorstehenden Messe ausarbeiten.

»In Ordnung«, sagte Laura in ihrem Rücken, und Maike hörte ganz genau ihren erleichterten Seufzer.

Kurz schüttelte es sie, als sie den kleinen, funktional eingerichteten Raum direkt hinter dem Empfang betrat, der ihr als Büro diente. Möbel aus Metall, nackte weiße Wände, Computer und Kopierer. Keine Zimmerpflanze, kein einziger persönlicher Gegenstand, nichts, was dem Büro einen Hauch von Wärme eingeflößt hätte. Bislang hatte sie das nie gestört. Jetzt schon.

Maike musste daran denken, dass sie sich gestern Abend ganz ähnlich gefühlt hatte, als sie ihre Wohnung am Kleinen Burstah betreten hatte. Beste Lage im fünften Stock mit Blick bis hinüber zum prächtigen Hamburger Rathaus. Aber kalt, geradezu steril. Zwar waren die Möbel aus hellem Holz, und es gab ein paar Farbtupfer mit bunten Sofakissen und einem gehäkelten Teppich, aber auch hier fehlte jede persönliche Note.

Abgesehen von einer alten Fotografie ihrer Mutter auf dem Bücherregal existierten keine Familienbilder. Wen hätte sie auch einrahmen sollen? Ihren Vater, zu dem sie den Kontakt abgebrochen hatte? Oder etwa die schreckliche Rosa?

Es fehlten auch bunte Souvenirs von Reisen, die Maike nie unternommen hatte. Es fehlten die Spuren von lustigen Partys, zu denen sie nie eingeladen hatte. Es fehlten die Hinweise auf den Mann in ihrem Leben, weil Robert nicht einmal eine Zahnbürste bei ihr ließ. Maike wollte das nicht.

Einen Moment lang hatte es sie echte Überwindung gekostet, die Wohnung zu betreten. Es fühlte sich an, als sei sie bei einer fremden Frau zu Besuch.

Seltsam, hatte sie gedacht, dass ihr das früher nie aufgefallen war. Sie lebte doch schon seit Jahren so. Warum hatte es sie nie gestört? Und warum störte es sie auf einmal doch?

Genauso ging es ihr auch jetzt. Nur zögernd betrat sie ihr Büro und setzte sich hinter den penibel aufgeräumten Schreibtisch. Dann fuhr sie den Computer hoch und öffnete die Tabelle mit den Buchungen.

Eine Stunde später saß sie immer noch dort und starrte auf den Monitor, ohne mit den Eintragungen etwas anfangen zu können. Es gelang ihr nicht, sich zu konzentrieren, zu sehr war sie damit beschäftigt, sich einzureden, dass mit ihr alles in Ordnung sei. Eine weitere Stunde später gab sie es auf. Sie musste darauf vertrauen, dass Laura König, die zugleich ihre Stellvertreterin war, alles im Griff hatte.

Maike verspürte plötzlich Hunger und machte sich auf den Weg in die Hotelküche. Dort waren die Vorbereitungen für das Mittagessen in vollem Gange. Auf dem großen Herd köchelten zwei Suppen, frische Nordseeschollen wurden paniert, Kartoffeln gestampft und Gemüsebeilagen blanchiert.

Küchenchef Martin Frey kommandierte seine Untergebenen mit gewohnt strenger Hand. Er sah die Managerin nicht kommen, während er einen Hilfskoch anblaffte, weil dieser die Zucchinistreifen zu grob geschnitten hatte.

»Ist doch halb so wild«, sagte Maike. »Merkt keiner.«

Martin Frey wirbelte zu ihr herum. »Was?«

Entspannt deutete sie auf die hellgrünen Streifen. »Kein Grund, so einen Stress zu machen.«

Plötzlich herrschte Totenstille in der Küche. Nur ein leises Blubbern und Zischen war noch zu hören. Aller Augen waren auf die beiden Menschen gerichtet, die im »Brauerhof« nur allzu oft Angst und Schrecken verbreiteten.

Martin Frey sah aus wie ein Dampfkochtopf. Er plusterte die Backen auf, machte sich in der Brust breit, kniff die Lippen fest zusammen. Jeden Moment konnte er explodieren. Maike Matthiesen hingegen wirkte wie die Ruhe in Person. Sie lächelte sogar.

Heftiges Getuschel setzte ein. Konnte sich jemand daran erinnern, die Hotelchefin jemals so gut gelaunt erlebt zu haben? Niemand. Nicht mal auf der Weihnachtsfeier für die Belegschaft war dies beobachtet worden.

»Lieber Herr Frey, bitte verzeihen Sie, dass ich so hereinplatze. Ich wollte Sie nicht bei der Arbeit stören.«

Der Druck unter der hohen Kochmütze ließ spürbar nach, der verkrampfte Mund lockerte sich.

»Was kann ich für Sie tun?«

»Matjes«, sagte Maike.

»Wie bitte?«

»Ich habe einen Bärenhunger. Auf Matjes mit Pellkartoffeln, Zwiebelringen und dieser leckeren Quarksoße mit Dill und gewürfelten Äpfeln.«

»Sie ... möchten ... essen?«

Allgemeines Staunen auch bei den Hilfsköchen. Die Managerin war bekannt dafür, dass sie sich von winzigen

Portionen ernährte. Ein bisschen Salat, etwas Pasta ohne Soße, vielleicht mal ein wenig Sushi. Aber kräftige norddeutsche Hausmannskost? Im Leben nicht.

»Ist das so schlimm?«, fragte sie jetzt.

Martin Frey bewies heldenhafte Contenance, als er ruhig erwiderte: »Keineswegs, Frau Matthiesen. Setzen Sie sich gern in den Speisesaal, wir bringen Ihnen gleich das Gewünschte. Darf es auch ein kühles Blondes dazu sein?«

»Leider nein. Die Ärzte haben mir Alkohol verboten.«

»Aber Matjes nicht.«

Kurz war Maike unsicher. Machte der Mann sich lustig über sie? Nein, er wirkte ganz ernst.

»Matjes nicht«, bestätigte sie und verließ die Küche.

Eine junge Kellnerin servierte kurz darauf das Essen. Kaum hatte sie den Teller vor ihr abgestellt, verließ sie fluchtartig den Speisesaal. Maike bemerkte es kaum. Sie machte sich über die zarten Heringsfilets her und fand, dass sie im Leben noch nie etwas Köstlicheres gegessen hatte.

3. Kapitel

Weitere Zwischenfälle gab es nicht. Nach dem Mittagessen ging Maike mit Lauras Hilfe den Belegungsplan durch, arbeitete anschließend eine Weile allein und verließ dann früher als gewohnt das Hotel.

Sie fühle sich noch nicht ganz wohl, sagte sie zu ihrer Stellvertreterin. Obwohl das nicht stimmte. Körperlich war sie in bester Verfassung, nicht der leiseste Kopfschmerz war zurückgeblieben. Dennoch verspürte sie das dringende Bedürfnis, allein zu sein. Sie musste nachdenken über das, was mit ihr geschah. Begreifen, was es bedeutete. Es war ja nicht nur so, dass sie freundlicher und fröhlicher war. Etwas anderes machte ihr viel mehr zu schaffen. Einen Vorgeschmack darauf hatte es schon gegeben, als sie am gestrigen Abend mit Gesine und an diesem Vormittag mit dem bayerischen Ehepaar gesprochen hatte.

Maike hatte das schreckliche Gefühl, diese Neigung werde von Stunde zu Stunde stärker, und sie wusste nicht, was sie dagegen tun sollte. Auch fragte sie sich, ob ihr ein Neurologe wirklich helfen konnte. Die Tests im Krankenhaus hatten ja keinerlei Auffälligkeiten gezeigt. Vielleicht war ein Psychiater die bessere Wahl.

»Aber ich bin nicht verrückt«, sagte sie laut, als sie den Hopfenmarkt überquerte. Sie vermied wie gewohnt den Blick auf die Vierländerin, schaute sich im Übrigen aber gründlich um. Ein zweites Mal wollte sie nicht umgefahren werden.

»Ich bin ganz normal.«

Eine junge Mutter starrte sie an und zerrte dann ihr Kind von ihr fort.

Maike grinste schwach. »Mehr oder weniger normal.«

In ihrer Wohnung angekommen, ließ sie sich auf das hellgrau bezogene Sofa fallen und blickte an die Decke.

Im nächsten Moment musste sie eingeschlafen sein, denn sie kam erst wieder zu sich, als jemand gegen die Wohnungstür hämmerte.

Sie gähnte ausgiebig, ging öffnen und sah Robert vor sich. Einen sehr aufgeregten Robert.

»Was ist denn los?«

»Das fragst du MICH?«

»Äh, ja, wen sonst?«

Sie trat zur Seite und ließ ihn ein.

Robert folgte ihr zum Sofa, setzte sich aber nicht neben sie, sondern hockte sich auf die Lehne, angestrengt bemüht, sich abzuregen.

»Maike«, sagte er langsam und betonte jedes Wort. »Du hast vor vier Stunden das Hotel verlassen. Seitdem hat niemand etwas von dir gehört. Die Empfangsdame sagte, du hättest dich nicht wohl gefühlt. Daraufhin habe ich dich gesucht. Du hast weder auf Anrufe reagiert noch die Türglocke gehört. Ich war kurz davor, die Polizei zu benachrichtigen. Und Gesine wollte schon anfangen, alle Krankenhäuser abzutelefonieren.«

»Das ist ja lustig. Was kümmert es euch, wie ich meine Zeit verbringe?«

Sie war entsetzt über sich selbst, weil sie so amüsiert klang. Sie wollte Robert um Verzeihung bitten, ihn umarmen und ihm sagen, wie lieb sie ihn hatte, vielleicht gemeinsam mit ihm lachen, weil sie Dinge aussprach, die womöglich der Wahrheit entsprachen, aber besser ungesagt blieben. Stattdessen kamen aus ihrem Mund nur noch mehr Worte, die ihn verletzten. »Seit wann muss ich irgendwem darüber Rechenschaft ablegen, wo ich bin und was ich mache?«

»Das verlangt ja niemand von dir«, sagte Robert, bevor sie sich weiter aufregen, oder, schlimmer noch, ihn auslachen konnte. »Aber seit deinem Unfall sind wir in Sorge um dich.«

»Entschuldige. Ich war gemein.« Immerhin, sie brachte auch etwas Nettes zustande. »Und ich sollte froh sein, dass ich so gute Freunde habe.«

Robert wirkte kaum besänftigt. Offenbar passte es ihm nicht, nur ein guter Freund zu sein. Aber er nickte ihr immerhin zu.

»Vier Stunden?«, hakte sie dann nach. »Ich war vier Stunden weg vom Radar? Ist ja 'n Ding! So viel schlafe ich sonst in einer ganzen Nacht nicht.«

Maike litt schon seit so vielen Jahren unter Schlaflosigkeit, dass ihr dieser Zustand ganz normal vorkam. Vier volle Stunden tiefer Schlummer auf dem Sofa grenzten an ein Wunder. Wieder gähnte sie und schaute aus dem Fenster. Tatsächlich, es war Abend geworden. Über den Dächern der Hansestadt wölbte sich ein klarer, blauschwarzer Himmel. Sterne waren im Schein der tausend

Großstadtlichter nicht zu entdecken. Nur ein fahler Halbmond leuchtete tapfer gegen die künstliche Konkurrenz an.

Zu ihrer Überraschung stellte Maike fest, dass sie sich danach sehnte, einen hellen Sternenhimmel zu sehen.

Sie wandte sich wieder zu Robert um. »Tut mir echt leid. Ich habe es nicht klingeln hören. Aber es geht mir gut, wirklich.«

So langsam beruhigte er sich. »Du siehst besser aus. Was machen die Symptome?«

»Welche?«

»Na, diese neue Fröhlichkeit an dir.«

Sie horchte kurz in sich hinein. »Das Leben ist schön«, gab sie zur Antwort. Dasselbe hatte sie auch zu Laura König gesagt. Wie seltsam, dachte sie. Aber es fühlte sich nicht fremd an, eher vertraut, ähnlich wie ein lang vergessenes Lied, dessen Melodie einem plötzlich wieder einfiel.

Ein breites Lächeln erschien auf Roberts Gesicht. »Alles klar.«

»Aber da ist etwas anderes, das mir Angst einjagt.«

»Was denn?«

»Du siehst unmöglich aus in dieser Latzhose. Wie ein alt gewordener Öko-Fuzzi.«

Robert sprang auf.

»Wenn du mich beleidigen willst …«

Maike erhob sich ebenfalls und legte ihm begütigend eine Hand auf den Arm. Den Kopf hielt sie gesenkt. Sie konnte ihn unmöglich anschauen, wenn sie ihm gestand, was mit ihr los war.

»Das will ich nicht. Aber genau das meinte ich eben.«

Er begriff nicht, sie musste deutlicher werden.

»Ich fühle diesen inneren Zwang, die Wahrheit zu sagen«, sagte sie endlich.

Robert legte ihr zwei Finger unters Kinn und hob ihren Kopf, damit sie ihm in die Augen sah. »Du meinst, als hätte dir jemand ein Wahrheitsserum gespritzt? So wie in einem mittelmäßigen Spionagefilm?«

»Sehr witzig.«

»Sorry.«

Sie ging nicht weiter darauf ein, sondern sagte: »Ich habe eher das Gefühl, als wäre es ein Teil meiner Persönlichkeit, der bis jetzt gut versteckt war und plötzlich rauskommt.«

Er schien sich nicht sicher zu sein, ob er ihr Glauben schenken sollte.

Maike holte tief Luft. »Ich hasse deine Bartstoppeln. Davon kriege ich Pickel. Warum kannst du dich nie vernünftig rasieren?«

Seine Stirn umwölkte sich. Okay, er glaubte ihr. Er ließ ihr Kinn los und rieb sich über die Wangen. »Du hast es nie zuvor erwähnt.«

Sie setzte sich wieder, und Robert ließ sich neben sie fallen. Allerdings achtete er auf einen gewissen Abstand zwischen ihnen, was sie auf ungewohnte Weise schmerzte.

»Was willst du dagegen unternehmen?«, fragte er nach ein, zwei Minuten des Schweigens.

»Ich … muss mich wohl untersuchen lassen. Von einem Psychiater.«

»Aber du bist nicht verrückt.«

»Nein.«

»Du fühlst dich gut.«

»Ja.«

»Bist nur ein bisschen durchgeknallt.«

Sie stieß ihm den Ellenbogen zwischen die Rippen.

»Aua.«

Dann lachten sie beide, und es fühlte sich wunderbar an. Maike fragte sich, ob sie einander je so nahe gewesen waren. Eher nicht, überlegte sie. Nicht einmal, wenn sie sich geliebt hatten. Sie betete, dass sie ihn nicht noch mehr würde kränken müssen. Irgendwie sollte sie diese verflixte Wahrheitsliebe doch in den Griff kriegen!

Maike unterdrückte ein Seufzen. Ihre Lage war aber auch zu vertrackt! Einerseits liebte sie ihr Leben und die Menschen, die ihr nahestanden, mehr denn je, andererseits war sie gezwungen, genau diesen Menschen weh zu tun.

»Vielleicht solltest du ein wenig warten«, schlug Robert dann vor.

»Warum?«

»Möglicherweise lassen die Symptome ja bald von selbst nach. Und so schlimm finde ich sie nicht. Was mich betrifft, bin ich gern bereit, ein paar Fiesheiten einzustecken, wenn du dafür so fröhlich und positiv bleibst.«

»Im Ernst?«

Er nickte und lächelte sie wieder an.

Sie war ihm unendlich dankbar. Er verstand sie, und er wollte ihr Hoffnung machen. Nur zu gern hätte sie ihm geglaubt. Doch es fühlte sich anders an.

»Im Moment glaube ich eher, dass die Symptome stärker werden«, gestand sie.

Robert legte ihr einen Arm um die Schultern und zog sie an sich. »Abwarten.«

Sie kuschelte sich in seine Armbeuge und fühlte sich gut.

Etwas grummelte.

»Was ist das?«, fragte Robert.

»Mein Magen, fürchte ich.«

»Dein Magen?«, kam es verblüfft zurück.

»Ja, wieso?«

»Ich dachte, dieses Organ besitzt du nicht.«

Sie löste sich ruckartig von seinem Arm und funkelte ihn an. »Nur weil du wie ein Scheunendrescher frisst, heißt das noch lange nicht, dass normale Leute nicht auch mal Hunger haben können.«

Oh Gott!, dachte sie. Jetzt wird er mich verlassen. Ich bin so gemein!

Aber Robert grinste nur. »Was für ein Glück, dass ich nicht dick bin. Bei deiner neuen Ehrlichkeit wäre ich echt schlecht weggekommen.«

Maike schwieg beschämt.

»Aber mal im Ernst«, fügte Robert hinzu. »Ich kenne keinen schlechteren Esser auf der ganzen Welt als dich. Wenn jetzt ein gesunder Appetit zurückkommt, finde ich das wunderbar.«

»Danke. Es ist ja auch schon Stunden her, seit ich die Matjes gegessen habe.«

»Matjes? Wirklich?«

»Ja, was ist so schlimm daran?«

»Äh ... nichts. Aber sonst hast du es immer gehasst, wenn ich mal deutsche Küche vorgeschlagen habe.«

»Sorry.«

»Schon okay.« Robert stand auf und zog sie mit hoch. »Vor lauter Sorge um dich habe ich auch noch nichts Anständiges in den Bauch bekommen. Lass uns essen gehen. Worauf hättest du Lust? Thailänder? Japaner?«

Er hatte noch nicht ganz verstanden.

»Stubenküken«, sagte Maike.

»Was?«

»Ich habe vorhin von meiner Großmutter geträumt«, erklärte sie. »Wilhelmine Matthiesen. Sie war eine ganz besondere Frau. Geboren in Südwerder und ein ganzes Leben dort verbracht. Eine Landfrau vom alten Schlag. Leider starb sie, als ich noch klein war, aber ich erinnere mich genau an ihre Geschichten. Früher gab es in jeder Vierländer Döns eine Hühnerbank ...«

»Döns?«, unterbrach sie Robert.

»So heißt die beheizbare Wohnstube«, erklärte Maike ungeduldig. Sie konnte kaum glauben, dass jemand diese Bezeichnung nicht kannte. »Dort brannte den ganzen Tag ein Feuer im Kachelofen. Selbst nachts ging die Glut nie aus. So war die Stube neben der Küche der einzige warme Raum im ganzen Haus.«

»Verstehe«, meinte Robert. »Aber was hat das mit Hühnern und Küken zu tun?«

Sie hatte plötzlich das seltsame Gefühl, er wüsste genau, wovon sie sprach, aber dann verwarf sie den Gedanken wieder.

»Lass mich doch erst mal ausreden! Also, im Unterteil der hölzernen Sitzbank am Ofen konnten die Glucken ihren Nachwuchs ausbrüten. Großmutter Wilhelmine erzählte, sie und ihre sechs Geschwister hätten als Kinder immer scharf aufpassen müssen, damit sie nicht auf eins der wertvollen Küken traten, die zu Dutzenden in der Döns herumliefen. Dann setzte es was mit der Suppenkelle. Die Küken wurden mit einem kleinen Fisch gefüttert, dem Stint. Den konnte man damals noch körbeweise aus der Elbe schöpfen und ...«

»Hab Erbarmen«, flehte Robert. »Bitte nicht so schnell. Seit zwei Jahren machst du jedes Mal dicht, wenn ich dich bitte, mir etwas aus deiner Heimat zu erzählen, und jetzt redest du wie eine Springflut. Das ist zu viel auf einmal.«

»Entschuldigung«, murmelte Maike, obwohl sie schon wieder den Eindruck hatte, er spiele ihr etwas vor. Vielleicht, so überlegte sie, war sie ja empfänglicher für Signale der Unehrlichkeit, seit sie selbst so wahrheitsliebend war. Während sie noch darüber nachdachte, verblassten die Bilder ihrer Großmutter. Dann jedoch wurden sie noch einmal gestochen scharf.

»Weißt du, was mir gerade einfällt?«

»Nein, aber ich ahne Abenteuerliches. Vielleicht schliefen die Kälber im Doppelbett der Bauern, damit sie es schön kuschelig hatten?«

»Lass den Blödsinn. Ich rede von meiner Großmutter Wilhelmine Matthiesen. Sie hatte so eine Eigenart, die einige Leute im Dorf gegen sie aufgebracht hat. Ihr war das gleichgültig. Sie hat sich darüber totgelacht und einfach weitergemacht. Ich weiß noch, dass ...«

Sie brach ab. Fast hätte sie von ihrer Mutter erzählt. Davon, wie die schöne Christine ihre einzige Tochter oft gewarnt hatte, bloß nie so zu werden wie die verrückte Großmutter. Sogar als Teenager, als Wilhelmine schon lange tot war, hatte Maike diese Warnungen noch gehört.

Zum Glück konnte sie sich bremsen. Von Christine zu sprechen, bedeutete, schlecht vernarbte Wunden aufzureißen. Sie verstummte.

»Und was war das?«, fragte Robert schließlich, als sie von selbst nicht weitersprach. »Was hat deine Großmutter so Schreckliches getan?«

Sie überhörte seine Frage, war ganz in der Vergangenheit versunken. »Wahrscheinlich hätte jemand sie umgebracht, wenn sie nicht schließlich eines natürlichen Todes gestorben wäre.«

»Maike, bitte!« flehte Robert. »Ich kann nicht mehr, und ich verhungere!«

Sie musste sich alle Mühe geben, ins Hier und Jetzt zurückzukommen. »Tut mir leid. Es war so: Meine Großmutter hat immer die Wahrheit gesagt. Zu allen Leuten. Sie kannte kein Pardon.«

»So wie du jetzt«, entgegnete Robert.

»Genau«, erwiderte sie, obwohl es sie schmerzte, dass er so von ihr dachte. Sie war doch keine unbarmherzige Frau, die andere bewusst verletzte! Ganz im Gegenteil! Sie litt darunter.

»Es war Teil von Großmutters Persönlichkeit«, fuhr sie fort, als er sie nur abwartend anschaute. »Wenn sie gewollt hätte, dann hätte sie bestimmt auch anders gekonnt. Aber sie dachte gar nicht daran. Ist es nicht merkwürdig, dass ich jetzt auch so bin?«

Er wiegte den Kopf hin und her und schmunzelte dann. »Ich bin kein Fachmann, aber ich finde es eher beruhigend. Offenbar liegt dieser Charakterzug in deiner Familie.«

»Das stimmt. Und es hieß, das wäre auch schon bei ein paar anderen meiner Vorfahren vorgekommen.«

»Durch die Erschütterung ist es jetzt bei dir zutage getreten.«

»Mich beruhigt das allerdings kein bisschen«, sagte Maike vorwurfsvoll. Sie erinnerte sich daran, wie sie früher gewesen war, als junges Mädchen. Jederzeit bereit, offen und ehrlich die Wahrheit zu sagen, und stets mit einem großen Lachen auf den Lippen. Der Gedanke, sie könnte auf einmal wieder so werden, trotz allem, was geschehen war, machte ihr Angst, und sie hütete sich, Robert einzuweihen.

Stattdessen sagte sie nur: »Ich verstehe nicht, wie du das so leicht abtun kannst.«

Sein Blick war sanft und bat sie um Verzeihung. »Das tue ich gar nicht. Ich finde nur die Vorstellung schrecklicher, irgendeine fremde Macht könnte von dir Besitz ergriffen haben.«

»Fremde Macht!« Sie lachte schallend. »Jetzt bist aber du derjenige, der hier spinnt!«

»Können wir damit aufhören?«, bat Robert. »Ich bin es nicht gewohnt, mit dir zu streiten.« Er sah dabei jedoch unglaublich lebhaft aus, so als ob er es im Grunde sehr genoss.

Trotzdem nickte Maike friedfertig. »In Ordnung. Und vielleicht hast du ja recht. Mir ist es lieber, ich habe den Tick von meiner Großmutter geerbt. Gehen wir jetzt endlich essen?«

»Stubenküken?«, fragte er zweifelnd.

»Genau!«

»Süße, kleine, gelbe, flauschige Küken?«

»Sei nicht albern. Sie heißen nur so wegen der besonderen Art der Aufzucht. Verzehrt werden sie erst, wenn sie ausgewachsene Hühner sind.«

»Das beruhigt mich ungemein«, erwiderte Robert mit

einem Zwinkern. Er fischte sein Smartphone aus der Hosentasche. »Mal sehen, wo wir so ein Hühnchen bekommen.«

»Die Saison ist ja eigentlich im Frühjahr«, erklärte Maike. »Deswegen waren die Stubenküken ja auch so wertvoll. Sie waren die ersten, weil es draußen in den Hühnerställen noch zu kalt war ...«

Ein flehentlicher Blick von Robert brachte sie erneut zum Schweigen.

Zehn Minuten später hatte er ein Restaurant mit norddeutschen Spezialitäten ausfindig gemacht. Hinter der Alten Börse, an der Trostbrücke. Sie hatten es nicht allzu weit, also liefen sie zu Fuß über den Großen Burstah und die Börsenbrücke zu ihrem Ziel.

»Schade, dass man keine Sterne sehen kann«, sagte Maike, als sie ihr Ziel schon fast erreicht hatten. Sie standen vor dem historischen Gebäude der Patriotischen Gesellschaft. »In der Stadt ist es einfach zu hell dafür.«

»Stimmt«, erwiderte Robert nachdenklich.

»Was ist denn?«, fragte sie. »Habe ich was Falsches gesagt?«

»Ganz und gar nicht.«

»Aber?«

Er schaute sie an, doch sie konnte den Ausdruck in seinen braunen Augen nicht deuten. Doch dass er mit sich rang, war nur allzu klar. Mehrfach fuhr er sich nervös durchs Haar, und seine Schulterpartie wirkte mindestens so hart wie die Eisschollen auf der Elbe in strengen Wintern.

»Es ist zu früh«, sagte er endlich. »Ich sollte dich damit nicht belasten.«

»Womit?«

»Ach, es ist nur so eine Idee. Aber lassen wir das doch, Liebling. Du bist noch nicht ganz wiederhergestellt und du solltest ...«

»Mir geht es gut! Sag mir, was du denkst!«

»Ich will nicht schon wieder streiten.«

»Werden wir nicht, versprochen.«

Er ging zwei Schritte von ihr weg, kam wieder zurück, trat von einem Bein aufs andere. Sie wunderte sich immer mehr. So zögerlich hatte sie Robert noch nie erlebt.

»Eigentlich könntest du von selbst drauf kommen«, begann er vorsichtig.

»Robert, bitte! Ich bin vielleicht ehrlicher und fröhlicher, aber ich kann keine Gedanken lesen.«

Doch er zauderte immer noch. »Überleg doch mal. Die Matjesfilets, deine Großmutter, die Stubenküken, die Sterne ...«

Maike starrte ihn an. »Was hat denn das eine mit dem anderen zu tun?«

»Denk nach.«

Ein Gedanke kam ihr, aber sie schob ihn beiseite. Mit aller Kraft wehrte sie sich gegen die logische Schlussfolgerung.

»Blödsinn!«, sagte sie scharf.

»Du hast Heimweh.« Kaum hatte Robert es ausgesprochen, streckte er schon die Arme aus, um sie an sich zu ziehen.

Sie wich zurück. Es hätte nicht viel gefehlt, und sie hätte ihn angeschrien. Ihn ohrfeigen wäre auch eine Option gewesen. Stattdessen sagte Maike: »Ich hasse die Vierlande!«

Sie wollte das zumindest sagen, davon war sie überzeugt. Aber zu ihrem Entsetzen klangen die Worte anders: »Ich liebe die Vierlande!«

Sie machte auf dem Absatz kehrt und lief nach Hause, und sie hörte nicht auf Roberts Rufe.

4. Kapitel

Tagelang weigerte sich Maike, Robert zu sehen oder auch nur am Telefon mit ihm zu sprechen. Kam er ins Hotel, ließ sie ihn von einem Angestellten abwimmeln. Behauptete er, es müssten neue Lieferverträge ausgehandelt werden, schickte sie ihre Vertreterin Laura König vor. Ihr Smartphone ließ sie ausgeschaltet, und zu Hause öffnete sie niemandem die Tür.

Sie bildete sich ein, es sei am besten so. Robert brachte sie nur durcheinander mit seinen wilden Theorien. Zu ihrer eigenen Überraschung vermisste sie ihn sehr, aber sie hoffte, das würde vorübergehen. Auch für Gesine blieb sie unerreichbar, doch so schlecht war das gar nicht, fand Maike. Sie wollte sich erst wieder normal fühlen, bevor sie sich mit ihrer besten Freundin auseinandersetzte.

Wobei – was war schon normal?

War sie wirklich mal eine so unausstehliche Chefin gewesen? Eine humorlose Frau? Eine oft schlecht gelaunte Freundin?

Nur eine Woche nach ihrem Unfall konnte sie sich kaum noch vorstellen, wie es sich angefühlt hatte, ein solcher Mensch zu sein. Mehr und mehr schlüpfte sie in ihr neues Ich, bis es passte wie ein bequemes altes Hauskleid. Sie war ebenso freundlich wie fröhlich, ebenso ehrlich wie selbstkritisch, ebenso nachgiebig wie verständnisvoll.

Sie sagte den Termin bei einem Psychiater wieder ab, weil sie gar nicht wieder so sein wollte wie früher.

Außerdem reduzierte sie ihre Stunden im »Brauerhof«, streifte bei herrlichem Oktoberwetter durch die Stadt und entdeckte eine Reihe von Orten neu, an denen sie vor Jahren zuletzt gewesen war, wie zum Beispiel den Alten Elbtunnel oder die steilen Gassen von Blankenese. Sie plauderte und lachte mit wildfremden Menschen, futterte sich durch die Spezialitäten der Hansestadt und ließ sich den frischen Herbstwind um die Nase wehen.

Wenn die Nächte nicht gewesen wären, hätte sie rundum glücklich sein können. Die Nächte brachten Träume von den Vierlanden, und manchmal wachte Maike davon auf, dass ihr Kopfkissen nass von Tränen war.

Dennoch: Als sie sich am Samstagmorgen, genau eine Woche nach ihrem Sturz, auf den Weg zum Hotel machte, war sie in bester Urlaubsstimmung. Es schien ihr, als sei sie noch nie in ihrem Leben so entspannt gewesen.

Ihre gute Laune erhielt einen Dämpfer, als Laura König ihr mit ernstem Gesicht entgegentrat.

»Was ist los?«, fragte Maike. Als sie nicht sofort eine Antwort erhielt, fügte sie hinzu: »Kommen Sie mal mit in mein Büro.«

Sie ließ die Tür offen, damit sie den verwaisten Empfang im Blick behalten konnte. Dann schaute sie ihre Angestellte ruhig an. »Raus mit der Sprache. Was ist passiert?«

»Die Möbelmesse ...«

»Ja, die beginnt am Montag, und wir sind Anfang der Woche den Belegungsplan durchgegangen. Alles in Ordnung.«

»Eben nicht!«

Ein ungutes Gefühl beschlich Maike. »Warum?«

Laura König zögerte mit der Antwort. »Wir ... na ja ... wir hatten doch noch diese Anfrage aus Leipzig.«

»Richtig.« Eine Gruppe von sechs Möbelvertretern, die auf den letzten Drücker noch Zimmer brauchte. »Und?«

»Also ... Frau Matthiesen ... Sie haben die Buchung angenommen.«

»Ja ...« Maike brach der Schweiß aus. Oh, Mist!

Laura zog den Kopf ein, als erwartete sie einen Schlag. Dann sprach sie aus, was ihre Chefin bereits wusste: »Aber wir waren schon voll belegt.«

Maike wandte sich von ihr ab und stützte sich schwer auf den Schreibtisch. Ein Anfängerfehler! Wie hatte ihr das nur passieren können? Wie hatte sie nur die Reservierung einer ganzen Gruppe annehmen können, ohne vorher die Verfügbarkeit zu prüfen? Sie schämte sich in Grund und Boden.

Auf einmal war sie gar nicht mehr so glücklich mit der neuen Maike. Eilig ging sie um den Schreibtisch herum, fuhr ihren Computer hoch und öffnete die Datei mit dem Belegungsplan. Dann starrte sie eine Weile auf Zahlen, Spalten und Namen, ohne etwas davon aufzunehmen.

»Wenn ich einen Vorschlag machen dürfte ...«, meldete sich Laura vorsichtig zu Wort.

Maike sah auf, tat, als sei sie nur mäßig interessiert, tat, als sei sie bereits dabei, diese kleine Widrigkeit aus der Welt zu schaffen.

»Lassen Sie hören«, sagte sie freundlich und nur ein winziges bisschen herablassend. Mit einiger Mühe verkniff sie sich jedes weitere Wort, denn sie konnte sich selbst nicht trauen. Wer wusste schon, ob ihr nicht ein peinlicher Hilferuf über die Lippen kommen würde.

»Die Zimmer im Dachgeschoss.«

Natürlich! Warum hatte sie selbst nicht gleich daran gedacht? Im obersten Stockwerk, mit den schrägen Wänden, gab es drei Räume, die derzeit hergerichtet wurden. Gedacht waren sie als Einzelzimmer, etwas kostengünstiger, da sie sehr klein waren, aber …

»Wie weit sind wir damit?«, fragte sie.

»Die Maler waren schon drin, und bis auf die Betten sind die Zimmer fertig eingerichtet. Es riecht noch ein bisschen nach Farbe, aber wenn wir bis Montag gut lüften, kriegen wir den Geruch vielleicht weg. Es können nur zwei schmale Betten hineingestellt werden. Und wahrscheinlich müssen die Schreibtische dafür wieder raus.«

Vor lauter Erleichterung wäre Maike ihr am liebsten um den Hals gefallen.

»Das schaffen wir! Ausgezeichnet, Frau König. Ich bin schon selbst darauf gekommen …« Sie brach ab. Der letzte Satz hörte sich anders an: »Von selbst wäre ich nie darauf gekommen.«

Sie musste schlucken. Und mit Inbrunst hasste sie diesen Zwang, immer die Wahrheit sagen zu müssen. Aber ein Blick auf ihre Angestellte sagte ihr, dass diese gar nicht richtig zugehört hatte. Viel zu froh war sie über die schnelle Lösung des Problems.

»Ich kümmere mich gleich um die Betten«, versprach sie und schritt eilig aus dem Büro.

Maike ließ sich schwer auf ihren Schreibtischstuhl fallen und vergrub ihr Gesicht in den Händen. So etwas durfte nicht passieren! Nicht ihr! Nicht der perfekten Hotelchefin! Sie schwor sich, von nun an wieder genauso vollkommen zu sein wie vor ihrem Unfall.

Aber bereits im nächsten Moment schaute sie aus dem Fenster, beobachtete zwei Spatzen, die sich um ein paar Krümel stritten, und lächelte verträumt vor sich hin.

Wieso habe ich eigentlich kein Haustier?, fragte sie sich. Ich liebe Tiere. Okay, für einen Hund hätte ich nicht genug Zeit, aber eine Katze, das wäre doch was.

Schon stellte sie sich vor, wie sie jeden Abend nach der Arbeit mit freudigem Schnurren begrüßt werden würde, und ihr Lächeln vertiefte sich.

Mochte Robert eigentlich Katzen? Ob er etwas dagegen haben würde, wenn sie sich eine anschaffte? Oder zwei?

Dann wunderte sie sich, warum ihr seine Meinung wichtig war. Gleichzeitig verspürte sie ein unangenehmes Ziehen in der Herzgegend.

Stimmen am Empfang rissen sie aus ihren Überlegungen. Dankbar für die Unterbrechung verließ sie ihr Büro und gesellte sich zu Laura. Ein Japaner mittleren Alters erklärte auf Englisch, dass er Anfang November eine Gruppe von zwanzig Geschäftsleuten unterbringen müsse. Er befände sich gerade auf einer Stadtrundfahrt, habe den »Brauerhof« gesehen und wollte einfach mal unverbindlich nachfragen.

Maike fiel Lauras Blick auf. Das war ein Glücksfall. Der November war der tote Monat des Jahres. Touristen besuchten Hamburg lieber in der schöneren Jahreszeit oder zu Weihnachten, und es gab auch keine wichtigen Messen oder Kongresse. Der Japaner stellte sich nun als Haruto Harimoto vor und erklärte, es handele sich um eine Gruppe von Investoren, die sich die Hafenanlagen anschauen wollten, bevor sie ihr Geld in den Ausbau eines Hafens in der Heimat stecken würden.

Während Laura fleißig nickte und sich sogar ansatzweise verbeugte, trat Maike auf Haruto Harimoto zu und sagte: »Ich fürchte, unser Haus ist nicht das richtige für Sie.«

Der Japaner zeigte seine Überraschung durch eine leichte Neigung des Kopfes, Laura stieß einen kleinen erschrockenen Ruf aus. Maike war entsetzt über sich selbst. Was würde sie nun wieder anstellen?

»Inwiefern?«, fragte Harimoto mit gleichbleibender Freundlichkeit.

Sie focht einen inneren Kampf aus. Und verlor. »Nun, Sie werden doch gewiss mindestens einen Konferenzraum brauchen. Besser noch zwei. Leider verfügen wir nicht über solche Räume.«

Sie hörte, wie Laura scharf die Luft einsog, achtete aber nicht auf sie.

»Oh, ich verstehe ...«

Maike führte eine Hand zum Mund und biss sich auf die Fingerknöchel. Es half nichts. Schon sprach sie weiter. »Deshalb schlage ich Ihnen ein anderes Hotel vor. Wenn Sie möchten, kann ich Ihnen gern zwei Häuser empfehlen. Sie haben dasselbe Preisniveau, sind aber geeigneter für Ihre Bedürfnisse. Ach, wissen Sie was? Ich rufe gleich mal für Sie an. Möchten Sie lieber in der Hafencity oder an der Außenalster logieren?«

»Ähm ... Hafencity«, erwiderte der Japaner, sichtlich

verblüfft. Deutschland war in der Welt nicht unbedingt für Dienstbereitschaft und Höflichkeit bekannt.

»Wunderbar, ganz wunderbar«, sagte Maike fröhlich. Sie schnappte sich das Telefon und machte innerhalb von zwei Minuten die Reservierung perfekt. Dann schaute sie den Geschäftsmann stolz an. »Es war mir eine Freude, Ihnen helfen zu können.«

Dieser bedankte sich wortreich und mit mehreren Verbeugungen und verließ dann fluchtartig den »Brauerhof«. Auf der Straße drehte er sich noch mehrmals um, bevor er kopfschüttelnd seiner Wege ging. Offensichtlich war ihm eine Hotelmanagerin, die ihm wärmstens die Konkurrenz empfahl, nicht geheuer.

»Aber Frau Matthiesen ...«, begann Laura. »Wieso haben Sie bloß ...«

»Das hätte ich auch gern gewusst!«, donnerte eine Stimme hinter ihr.

Maike fuhr herum und erblickte zu ihrem Schrecken Rolf Wichert, den Besitzer des »Brauerhofs«.

»Was machen Sie denn hier?«

»Nachsehen, ob Sie gerade mein Geschäft ruinieren! Wie es aussieht, komme ich in letzter Sekunde. Was zum Teufel tun Sie hier?«

»Regen Sie sich nicht so auf. Das ist schlecht für Ihren Blutdruck.« Sie presste die Lippen zusammen.

Sinnlos.

Rolf Wichert, ein großer, breitschultriger Zwei-Zentner-Mann, baute sich drohend vor ihr auf.

»Was haben Sie gesagt?«

Hinter ihr ergriff Laura König die Flucht. Maike hätte es ihr gern nachgetan, aber sie war wie gelähmt. Nach dem bayerischen Urlauber und dem Küchenchef war dies schon der dritte Mann, der sich ihretwegen so schrecklich aufregte. Unwillkürlich fragte sie sich, was ihre Großmutter dazu gesagt hätte. Vielleicht hätte sie ja schallend gelacht.

»Es tut mir nicht leid«, sagte sie.

»Was? Es tut Ihnen noch nicht mal leid?«

Mist. Besser, sie sagte gar nichts mehr. War auch nicht nötig.

»Jetzt hören Sie mir mal gut zu, Frau Matthiesen. Sie sind seit zwanzig Jahren meine beste Kraft. Aber was zu viel ist, ist zu viel.«

Sie nickte und legte den Kopf schief. Vielleicht konnte sie ihn ja mit einer unterwürfigen Körperhaltung gnädig stimmen. Keine Chance. Wichert war viel zu wütend, um auf solche Feinheiten zu achten.

»Sie glauben wohl, dass ich Sie nicht durchschaue. Seit Sie diesen kleinen Unfall hatten, tun Sie so, als seien Sie nicht mehr ganz richtig im Kopf. Das ist eine ganz miese Masche.«

Maike riss die Augen auf. Dachte er wirklich, sie spielte aller Welt nur was vor? Ja, natürlich! Wahrscheinlich nahm ihr sowieso niemand ab, dass sie nichts dafürkonnte. Nicht mal Gesine oder Robert.

Der Gedanke an Robert stimmte sie traurig. Sie schob ihn schnell beiseite. Dies hier war wichtig. Wenn sie Pech hatte, würde Wichert ihr für eine Weile die Verantwortung entziehen. Womöglich setzte er ihr Laura König vor die Nase.

Es kam schlimmer.

»Sie raten Gästen zu einem Spaziergang, anstatt sie in unserem Restaurant essen zu lassen.«

Ob es Sinn hatte, sich erneut zu entschuldigen? Eher nicht. Ihr Chef sah aus, als wollte er sie am liebsten in den Boden stampfen.

»Sie sorgen mit einer Überbuchung beinahe für ein peinliches Chaos ...«

Maike hätte Laura erwürgen können. Warum hatte ihre Mitarbeiterin die kleine Panne nicht für sich behalten? Und die Sache mit dem Spaziergang konnte der Chef auch nur von Laura erfahren haben. Kein Wunder, dass die sich aus dem Staub gemacht hatte. Wahrscheinlich sägte sie eifrig an Maikes Stuhl, war aber zu feige, der Konfrontation beizuwohnen. Maike bebte vor Wut, aber sie musste sich vor ihrem Chef zusammennehmen.

»... Und eben gerade haben Sie den ›Brauerhof‹ um eine Gruppe japanischer Geschäftsleute gebracht. Im November! Das ist unerhört, Frau Matthiesen. Unerhört!« Er schrie jetzt.

Maike trat zurück, bis sie mit dem Rücken gegen den Tresen stieß. Aber Rolf Wichert wurde nicht handgreiflich. Er schlug auf andere Weise zu. »Sie verabschieden sich auf der Stelle in den Urlaub. Ich gebe Ihnen drei Wochen, um wieder zu sich zu kommen. Ansonsten erhalten Sie Ihre Kündigung.«

Kündigung!

Das hier war ein böser Traum. Maike zwinkerte ein paar Mal, biss sich auf die Innenseite der Wange, atmete tief ein und aus. Doch Rolf Wichert stand immer noch vor ihr, und er nahm keines seiner Worte zurück.

»Aber ... was soll ich denn machen, wenn ich nicht arbeiten kann?«

Ein Hauch von Mitleid trat in seine Augen. Nicht

genug, um seine Meinung zu ändern, das sah sie ganz klar.

»Erholen Sie sich. Fahren Sie irgendwohin, wo es eine frische Brise und nahrhaftes Essen gibt. Ich schätze mal, Sie haben einen Burn-out. Frau König übernimmt Ihre Aufgaben, und ich werde sie darin unterstützen.«

»Werfen Sie mich auf der Stelle raus oder darf ich noch meine Sachen aus dem Büro holen?«

Seine Miene verdüsterte sich wieder. »Selbstverständlich dürfen Sie das. Für wen halten Sie mich?«

Maike zog es vor, nicht zu antworten. Sie löste sich nur vom Tresen und ging in ihr Büro. Fünf Minuten später hatte sie ihre wenigen privaten Habseligkeiten in einem Pappkarton verstaut und durchquerte die Empfangshalle.

Niemand ließ sich blicken. Nicht einmal Laura König.

Dann eben nicht.

Hoch erhobenen Kopfes schritt sie hinaus auf den Hopfenmarkt. Sie würde es schon allen zeigen!

In Windeseile bekäme sie eine neue Stellung! Im »Atlantic«, oder im »Vier Jahreszeiten«. Beide Luxushotels würden sie mit Freuden nehmen. In diesen popeligen »Brauerhof« würde sie keinen Fuß mehr setzen.

Mit weit ausholenden Schritten überquerte sie den Platz. Als sie an der Vierländerin vorbeikam, sackten ihre Schultern herab, zehn Meter weiter waren ihre Knie plötzlich weich wie Grütze.

Diesmal war das Denkmal unschuldig, und auch ihre Vergangenheit ließ sie in Ruhe. Es hatte nur diese Entfernung vom Hotel gebraucht, um den Schock sacken zu lassen. Maike ließ sich auf die nächste Parkbank fallen und rief Gesine an. »Hilf mir.«

»Was ist los? Wieso warst du die ganze Woche wie vom Erdboden verschluckt?«

»Das erzähle ich dir alles, wenn wir uns sehen. Bitte, kannst du mich abholen?«

»Eigentlich bin ich auf dem Weg zu einem Klienten. Aber gut, den Termin kann ich auch verschieben. Wo bist du?«

Maike sagte es ihr.

»Ich bin in spätestens zwanzig Minuten da. Bitte bleib, wo du bist, und mach keine Dummheiten.«

Dummheiten?, fragte sich Maike, nachdem sie das Gespräch weggedrückt hatte. Was meinte Gesine bloß damit?

»Hast du gedacht, ich ertränke mich im Brunnen der Vierländerin?«, fragte sie eine halbe Stunde später ihre Freundin. Sie saßen in einem französischen Bistro, in dem sie sich schon öfter getroffen hatten. »Der ist aber nicht tief genug.«

Gesine schaute sie prüfend an. »Ich weiß nicht mehr so recht, was ich von dir denken soll. Jetzt erzähl mal, was los ist.«

Maike berichtete ihr von den Vorfällen im Hotel und von ihrer Zwangsbeurlaubung. Als sie geendet hatte, rührte Gesine lange in ihrem Café au Lait, bevor sie etwas sagte.

»Vielleicht ist das gar keine so schlechte Idee. Ein bisschen Ruhe und Erholung wären bestimmt gut für dich.« Mit keinem Wort erwähnte sie, dass Maike sie im Krankenhaus als angemalte Tussi bezeichnet hatte. Gesine besaß ein großes Herz. Vielleicht wurde ihr das erst an diesem Tag so richtig bewusst.

Maike war ihr dankbar dafür, trotzdem sagte sie: »Hör schon auf. Du weißt genau, dass ich für meinen Job lebe. Ähnlich wie du jedenfalls. Wobei du …«

Sie brach ab.

»Was?«

Maike schüttelte den Kopf.

Nein! Nein! Nein!

Sie durfte nicht sprechen!

»Ich will es wissen«, beharrte Gesine mit eisiger Stimme. »Was hältst du wirklich von mir?«

Maike presste beide Hände vor den Mund, tat, als müsse sie husten, hoffte, irgendwie aus der Sache rauszukommen. Zwecklos.

Sie ließ die Hände sinken und sprach aus, was sie dachte, obwohl sie wusste, dass sie mit ihren Worten ihre einzige und beste Freundin verlieren würde.

5. Kapitel

Stunden später tigerte Maike ruhelos in ihrer Wohnung auf und ab. Ihre schöne neue Fröhlichkeit war wie weggeblasen, obwohl sie unter der Oberfläche ruhte, bereit, jederzeit wieder hervorzusprudeln. Im Augenblick hatte sich Verzweiflung ihrer bemächtigt. Maike war dabei, alles zu verlieren, was ihr im Leben wichtig war, und sie wusste nicht, wie sie es verhindern konnte.

Ihrem Freund war sie so lange aus dem Weg gegangen, bis er keinen Versuch mehr unternommen hatte, sie zu sehen. Ihre Arbeitsstelle hatte sie zumindest vorläufig verloren, und nun war auch noch ihre einzige echte Freundin tief beleidigt.

»Wenn du das von mir denkst, sind wir geschiedene Leute«, hatte Gesine ganz ruhig gesagt, war aufgestanden und hatte ohne ein weiteres Wort das Bistro verlassen.

Seitdem war sie nicht mehr zu erreichen. Maike konnte es ihr nicht verdenken.

Endlich stoppte sie ihre nervöse Wanderung und setzte sich auf das graue Sofa.

»Ich muss etwas tun«, sagte sie laut.

Bloß was?

Gesine so lange belagern, bis diese nachgab und ihre Entschuldigung annahm?

Sich gründlich mit ihr aussprechen?

Kein schlechter Plan. Doch Maike befürchtete, sie würde wieder das Falsche sagen und ihrer Freundin noch mehr zusetzen. Ein albernes lautes Lachen stieg in ihrer Kehle auf, ganz und gar unangemessen, aber schon so sehr ein Teil ihrer neuen Persönlichkeit, dass sie es nicht mehr verhindern konnte.

Als sie sich wieder beruhigt hatte, wurde ihr klar, dass sie dringend mit jemandem reden musste. Und da fiel ihr nur eine einzige Person ein.

Auf einmal fühlte sie sich besser. Ihr neuer Optimismus kehrte mit aller Kraft zurück und ließ sie breit lächeln. Und diesmal war nichts Albernes an ihrer Fröhlichkeit.

Das waren doch alles keine Probleme!

Sie würde sie ruck, zuck aus der Welt schaffen!

Eine knappe Stunde später stand Maike vor einem Altbau in Altona und läutete Sturm. Einen Schlüssel besaß sie nicht. Als Robert ihr im vergangenen Jahr einen Zweitschlüssel hatte geben wollen, hatte sie ihn nicht angenommen. Zwangsläufig hätte er dann erwartet, dass sie ihm im Gegenzug auch ihren Schlüssel überließ. Aber dazu konnte sie sich nach wie vor nicht durchringen. Weil sie kein Vertrauen besaß. Weder in diesen Mann noch in ihre eigene Fähigkeit, zu lieben.

Es hieß ja, die erste große Liebe vergesse man nie, sie begleite einen Menschen sein Leben lang. Nun, in ihrem Fall war es keine angenehme Begleitung, sondern bloß das Andenken an eine große Enttäuschung. Natürlich hatte es andere Männer gegeben, aber Maike hatte nie jemanden zu nah an sich herangelassen.

Das Haus stammte aus der Jahrhundertwende und wirkte dringend renovierungsbedürftig. An vielen Stellen blätterte der mattgrüne Putz ab, wilde bunte Graffiti verunstalteten zusätzlich die Außenmauern, die Haustür sah aus, als würde sie beim ersten heftigen Windstoß aus den Angeln kippen, und die drei Treppenstufen davor waren so ausgetreten, dass aus ihren Kanten glatte Rundungen geworden waren. Ein Typ kam aus dem Haus. Er trug Rastalocken auf dem Kopf und ein selig bekifftes Lächeln im Gesicht.

Maike drängte sich schnell an ihm vorbei und lief dann durch den schlecht beleuchteten Flur und über eine knarrende Holztreppe hoch in den vierten Stock.

Aus den Wohnungen drangen die verschiedensten Gerüche und vermengten sich im Treppenhaus zu einer Übelkeit erregenden Mischung. Kohlsuppe, Knoblauch, schales Bier und Gras, sehr viel Gras.

Als Maike oben ankam, riss sie ein kleines verschmutztes Fenster am Ende des Korridors auf und rang keuchend nach Luft. Sie war erschrocken über ihre schlechte körperliche Verfassung, aber sie hatte eben nie viel für Sport übriggehabt.

Robert hingegen war topfit. Gerade als sie an seine Wohnungstür hämmern wollte, kam er leichtfüßig die Treppen hochgelaufen. Er trug Sportschuhe, Jogginghose und ein verschwitztes T-Shirt. Maike fand, er sah zum Anbeißen aus.

Als er sie erkannte, verdunkelte sich sein Blick.

»Was willst du denn hier?«

Nicht unbedingt die Begrüßung, die sie sich erhofft hatte. Aber etwas Besseres konnte sie nicht erwarten.

»Wo warst du?«, fragte sie zurück.

»Joggen«, kam die knappe Antwort. Dann schloss er die Tür auf. Sie fürchtete, er würde sie nicht hineinbitten, aber schließlich machte er doch eine entsprechende Geste.

»Setz dich, wenn du möchtest. Ich gehe nur kurz unter die Dusche.«

Seine bemühte Höflichkeit erschien ihr unnatürlich, aber sie sagte lieber nichts, sondern betrat nur mit einem kleinen Lächeln das unaufgeräumte, aber gemütliche Wohnzimmer. Die Möbel waren bunt zusammengewürfelt. Ein moderner Glastisch stand vor zwei altertümlichen Ohrensesseln, ein Sideboard aus hellem Holz war so verschrammt, dass es aussah, als stamme es vom Sperrmüll. Ein kleiner Sekretär hingegen war echt antik. So klar wie selten fiel ihr auf, wie anders er wohnte als sie selbst.

Maike ließ sich in einen der beiden Sessel gleiten und wartete ungeduldig auf Robert. Als er endlich erschien, mit noch nassen Haaren und nur mit einem Handtuch um die Hüften, musste sie an sich halten, um keinen bewundernden Pfiff auszustoßen.

Ohne Klamotten war ihr Freund einfach umwerfend!

Sie hatte nicht übel Lust …

Prompt fiel ihr ein, was sie zu Gesine gesagt hatte, und sie spürte, wie ihr Gesicht brannte.

Robert bemerkte nichts davon. Er ging wortlos an ihr vorbei und kam gleich darauf mit einer Flasche italienischem Rotwein, zwei langstieligen Gläsern und einem Korkenzieher wieder. Ein Friedensangebot, ganz klar.

»Hier, bitte. Mach den schon mal auf, ich bin gleich wieder da.«

Ihr fiel ein, dass sie seit dem Morgen nichts mehr gegessen hatte. Alkohol war da vermutlich keine so gute Idee. Deswegen öffnete sie zwar die Flasche und goss sich ein, nippte aber nur vorsichtig an der tiefroten, blumigen Flüssigkeit.

Als Robert wieder erschien, setzte er sich in den zweiten Sessel und schenkte sich selbst ein Glas ein.

Bevor sie sich bremsen konnte, legte Maike auch schon los. »Ich finde dich toll. Du hast einen super Body. Aber warum trägst du bloß so grässliche Klamotten? Und warum bist du so ein blöder Alternativer? Hättest du nicht ein Banker bleiben können? So mit dickem Auto, Maßanzügen und großer Karriere? Dann würden wir viel besser zusammenpassen.«

In ihrer Brustgegend bildete sich ein fester Knoten. Dagegen kam nicht einmal ihre neue Fröhlichkeit an. Wie konnte sie nur so reden? Und, schlimmer noch: Wie konnte sie nur so denken? Sie sehnte sich doch nach Robert, oder etwa nicht? War es nicht gleichgültig, welchen Beruf er ausübte und wie er sich kleidete?

Offenbar nicht, und das machte ihr schwer zu schaffen.

»Die Villa in Blankenese nicht zu vergessen«, erwiderte er ruhig. Zu ruhig, fand Maike.

»Oder an der Außenalster«, setzte er hinzu. »Was wäre dir lieber?«

»Ach, sind beides allerbeste Wohngegenden. Hauptsache, du siehst aus wie ein erfolgreicher Mann.«

In ihrem Mund vermischte sich Rotwein mit ein paar Blutstropfen, weil sie sich so fest auf die Zunge biss.

Sie fand furchtbar, was sie da sagte, sie fand sich selbst furchtbar.

Es half bloß nichts. »Guck mich an. Ich bin doch eine klasse Frau. Guter Job, gutes Einkommen.« Die Tatsache, dass sie suspendiert war, kam ihr gerade nicht in den Sinn. »Findest du nicht, ich habe etwas Besseres verdient?«

Robert blieb immer noch gelassen. Er stellte sein Glas ab und schaute sie nachdenklich an.

»Was ist?«, fragte sie unsicher.

»Weißt du«, begann er mit einem kleinen Schmunzeln in den Mundwinkeln, »weißt du, warum ich mich damals in dich verliebt habe?«

Sie schwieg, weil sie keine Antwort wusste. Er schien auch keine zu erwarten, sondern fuhr fort: »Du hast dich gleich bei unserer ersten Begegnung aufgeführt wie die Sorte Frau, die ich immer gehasst habe. Arrogant, herablassend und furchtbar von sich selbst eingenommen. Eine falsche Schlange warst du auch. Hast so getan, als ob ich dich interessieren könnte, obwohl du nur meine Ware wolltest.«

Maike fragte sich, wo in dieser Aufzählung der Grund für romantische Gefühle stecken mochte.

»Aber ich habe dir in die Augen geschaut«, erklärte Robert. »Und dort sah ich etwas anderes. Eine Frau von offenem Wesen, geradeheraus und gern mit einem großen Lachen auf den Lippen. Ich wusste, irgendwann wird sich dein wahres Ich durchsetzen. Es hat allerdings ziemlich lange gedauert und kommt jetzt ein wenig plötzlich.«

»Oh«, machte sie. »Du hältst dich wohl für einen Hellseher. So einen Blödsinn habe ich ja selten gehört.«

Robert starrte sie an. Maike war sicher, er würde sie jetzt rauswerfen.

Stattdessen stand er auf, zog sie ebenfalls hoch und küsste sie lange und leidenschaftlich.

Maike schmolz dahin, der Knoten in ihrer Brust löste sich. Hätte er ihr Zeit zum Atemholen gelassen, hätte sie zu ihm gesagt, was sie noch nie gesagt hatte: »Ich liebe dich.«

Und endlich wäre mal eine andere, eine gute Wahrheit ausgesprochen worden.

Aber er küsste sie, bis ihr fast die Sinne schwanden, und ließ sie dann so plötzlich los, dass sie ihr Gleichgewicht verlor und schwer zurück in den Sessel plumpste.

»Immerhin«, sagte Robert.

Sie schaute ihn nur fragend an.

»Ich habe dich zum Schweigen gebracht.«

Nur deshalb hatte er sie geküsst? Damit sie den Mund hielt? Maike wollte laut aufschluchzen, konnte sich nur in letzter Sekunde zurückhalten.

»Du hasst mich, Gesine hasst mich, mein Chef hat mich beurlaubt.«

»Gesine?«, fragte Robert. »Was ist passiert?«

Nach dem Hotel erkundigte er sich nicht. Wahrscheinlich war er schon informiert. Als Lieferant hatte er täglich mit den Angestellten zu tun.

»Ich habe ihr was Gemeines gesagt«, gestand sie kleinlaut.

»Nämlich?«

»Na ja, es ging darum, dass wir beide unseren Job über alles lieben. Aber bei ihr ist es ein bisschen schlimmer.«

»So?«

»Ja, sie hat nicht mal einen Freund.«

Ich selbst wahrscheinlich auch nicht, fiel ihr im nächsten Moment ein. Nicht mehr. Robert machte nicht den Eindruck, als ob ihm noch viel an ihr liegen würde. Kuss hin oder her.

»Und was genau hast du zu ihr gesagt?«

»Dass sie sexuell frustriert ist, weil sie schon so lange Single ist.«

»Herr im Himmel!«

»Ich wollte das nicht! Nie im Leben wollte ich meine beste Freundin beleidigen!«

»Maike, du betreibst Wahrheitsliebe wie andere Leute einen Kampfsport.«

Sollte das lustig sein? Ausnahmsweise war ihr nicht zum Lachen zumute. »Bitte glaub mir doch. Ich tue das nicht mit Absicht.«

Der Zweifel in seinem Blick gab ihr den Rest.

»Ich dachte, du würdest mir helfen!«, rief sie.

»Beruhige dich. Dann überlegen wir, was zu tun ist.«

Vor lauter Dankbarkeit wäre sie ihm am liebsten um den Hals gefallen, aber etwas hielt sie davon ab. Vielleicht war es auch etwas, das fehlte. Die Wärme in seinen dunklen Augen, die Zärtlichkeit in seiner Stimme.

Sie schluckte hart. »Bitte hilf mir.«

Robert schwieg lange, bevor er endlich wieder sprach. »Ich habe eine Idee, aber du wirst mich dafür hassen.«

»Nein, bestimmt nicht. Ich schwöre.«

Dann hielt sie inne, weil sie ahnte, was kommen würde. Und er hatte recht. Sie hasste ihn dafür. Und sie hatte nicht gewusst, dass man einen Menschen gleichzeitig hassen und lieben konnte.

»Du solltest nach Hause fahren«, sagte Robert.

Sie sprang auf. »Mein Zuhause ist hier!«

»Entschuldige meine Wortwahl. Ich wollte sagen, du solltest in deine alte Heimat fahren.«

»Nein!«

»Maike …«

»Du kannst mich nicht dazu zwingen!«

»Nicht ich zwinge dich. Du selbst bist es. Irgendetwas geht in dir vor. Ich glaube natürlich nicht daran, dass du von dem Denkmal einen magischen Anstoß bekommen hast. Das ist Quatsch. Aber der Schlag, den du abgekriegt hast, hat etwas in Gang gesetzt. Etwas, das vielleicht schon lange überfällig ist.«

Sie stand jetzt ganz still. »Es ist nicht das erste Mal, dass du mich in die Vierlande schicken willst. Warum? Was ist dir daran so wichtig?«

Eine kurze Weile schien er um Worte zu ringen.

»Es stimmt«, sagte er dann. »Ich habe dir den Vorschlag schon ein paar Mal gemacht. Weil ich immer den Eindruck hatte, dass du nicht glücklich bist. Dass dir etwas fehlt.«

»Dumm Tüch!«

Er grinste. »Dummes Zeug? Ich schätze mal, das wäre die Wortwahl deiner Großmutter gewesen.«

Verwirrt senkte Maike den Blick und schwieg.

Robert trank einen Schluck Wein, bevor er fortfuhr: »Du hast mir mal erzählt, dass du dich mit deiner Familie überworfen hast.«

»Habe ich das?«, fragte sie überrascht.

Er nickte. »Ist schon eine Weile her. Sonst hast du nie etwas preisgegeben, aber an jenem Abend hast du mir erzählt, dass du nie wieder etwas mit ihnen zu tun haben willst. Allerdings hast du mir nicht verraten, warum.«

Gott sei Dank, dachte Maike.

»Wie auch immer«, fuhr er fort. »Ich glaube, man kann sich immer aussöhnen. Es wird ja nicht gerade Mord- und Totschlag gegeben haben.«

»Was weißt du schon«, erwiderte sie leise.

Zum Glück hörte Robert sie nicht. Er sprach schon weiter. »Bedenke doch, was alles passiert ist, seit du dir den Kopf gestoßen hast. Ein Teil von dir wehrt sich vielleicht gegen die Vorstellung, heimzufahren. Aber ein anderer Teil verlangt genau das von dir. Du findest keine Ruhe, wenn du nicht mit deiner Vergangenheit abschließen kannst.«

»Ich hasse meine Familie!«, rief sie. Erschrocken lauschte sie den Worten nach. Doch, sie hatte es wirklich so gesagt. Also war es die Wahrheit.

Auch Robert schien jetzt verwirrt zu sein. »Tatsächlich?«

»Ja.«

»Das muss sehr tief drinsitzen. Umso wichtiger ist es, dass du den ersten Schritt machst. Nur durch Versöhnung und Vergebung kannst du selbst frei werden.«

Sie blickte ihn nur stumm an.

»Wer gehört eigentlich zu deiner Familie?«, fragte er schließlich.

»Mein Vater, ein paar Verwandte in Berlin und – Rosa.« Als sie den Namen aussprach, wurde ihre Stimme schrill.

»Hör auf meinen Rat, Maike. Fahr zu ihnen. Kläre die Dinge.«

»Bitte schick mich nicht fort. Ich ... möchte lieber

hier bei dir bleiben.« Es war ihr peinlich, dass sie sich so aufs Betteln verlegte. Sie führte sich auf wie ein kleines Mädchen. Nicht wie eine erwachsene Frau. Aber sie hatte Angst. Wenn sie nur einen Fuß aus Roberts Wohnung setzte, würde die Vergangenheit sie anspringen, mit all den schrecklichen Erinnerungen.

»Tut mir leid, das halte ich für keine gute Idee.«

»Aber ...« Sie drängte sich an ihn, fuhr mit ihren Händen über seinen Rücken, suchte mit den Lippen seinen Mund.

Sanft, aber entschieden machte er sich von ihr los und trat einen Schritt zurück.

»Nein, Maike.«

»Aber vorhin, als du mich geküsst hast ...«

»Das war ein Abschiedskuss. Ich bin dir nicht erfolgreich und nicht elegant genug, schon vergessen?«

»Du Mistkerl! Du kannst mir doch nicht vorwerfen, was ich gegen meinen Willen sage!«

»Gegen deinen Willen? Bist du dir da sicher?«

Beschämt senkte sie den Kopf.

»Auf Wiedersehen.«

»Willst du wirklich alles wegwerfen, was wir haben?«

»Was haben wir denn?«, fragte er zurück. »Eine zwanglose Bettgeschichte. Das reicht mir nicht mehr.«

Es fühlte sich an, als hätte er ihr mit der Faust in den Magen geschlagen. Aber Maike krümmte sich nicht. Aufrecht schritt sie zur Tür, ging hinaus, drehte sich nicht mehr um. Wenn ihr sonst nichts blieb, so blieb ihr doch ihr Stolz. Während sie durch die Dünste des Treppenhauses abwärtslief, sah sie die Frau vor sich, die sie seit Jahren abgrundtief hasste. Und womöglich war dieser Hass deshalb so besonders tief, weil Maike diese Frau einst so sehr geliebt hatte. Rosa. Groß, laut, breithüftig.

Später wusste sie nicht mehr, wie sie heimgekommen war. Ihre Füße schmerzten, und sie hegte den Verdacht, dass sie den ganzen Weg von Altona bis in die Altstadt zu Fuß gelaufen war. In ihrer Wohnung ließ sie sich todmüde auf das Sofa fallen. Die paar Meter bis ins Schlafzimmer erschienen ihr auf einmal zu viel.

Es war schon weit nach Mitternacht, als sie aus ihrem schockähnlichen Zustand wieder erwachte.

Dann überlegte sie, was sie nun tun sollte. Ohne Arbeit, ohne Freunde. Allein.

Der Morgen graute schon, als sie zu einer Entscheidung gelangte.

Sie würde nach Südwerder fahren. In den Ort, der einst ihre Heimat gewesen war. Noch heute wollte sie sich auf den Weg machen.

6. Kapitel

Südwerder, Vierlande, 1963

Die hölzerne Schubkarre war bis oben hin mit schwerem, verrottetem Kuhmist gefüllt. Rosa packte die Griffe, hob die Karre hoch und schob sie vorsichtig auf dem schmalen Brett an, das vom Misthaufen hinunterführte. Die Muskeln ihrer bleistiftdünnen Oberarme zitterten, ihre Schultern brannten wie Feuer, und ihre Knie gaben ein knirschendes Geräusch von sich.

Sie ächzte laut. Schon das Beladen war beinahe über ihre Kräfte gegangen. Sie war nun mal nicht besonders stark. Darüber hatte sich ihr Onkel Peter Witthöft auch gleich beklagt, als er Rosa und ihre Familie im Alten Land besucht hatte.

Nein, dachte sie sofort. *Besucht* war nicht das richtige Wort. *Besichtigt* passte eher. *Geprüft* und *begutachtet* wie ein Kalb. Es hätte nicht viel gefehlt, und der Onkel hätte sie aufgefordert, ihre Zähne zu zeigen.

»Die ist zu dünn«, hatte er aber nur zu seinem Bruder, Rosas Vater Peter, gesagt. »Sie sieht aus wie zehn und nicht wie vierzehn. Gib mir die Nele mit. Die ist schon eine kräftige Deern. Die kann ich gut brauchen.«

Bei der Erinnerung daran stieg heißer Zorn in Rosa auf und half ihr, die Schubkarre einige Meter weit fortzubewegen.

Sie sah noch genau das Gesicht ihres Vaters vor sich. Gequält hatte er sie angeschaut, sich dann wieder an seinen Bruder gewandt und den Kopf geschüttelt. »Die Nele brauche ich selbst auf dem Hof. Du weißt, dass das Hochwasser letztes Jahr den Apfelbäumen schwere Schäden zugefügt hat. Ohne meine Große schaffe ich es nicht, die Plantage wiederaufzubauen.«

Aber *mich* kannst du entbehren, hatte Rosa tief verzweifelt gedacht. Die starke siebzehnjährige Nele nicht, und natürlich auch nicht die süße kleine Kerstin, neun Jahre jung und von allen nur liebevoll Kiki genannt. *Mich* schickst du fort, die unscheinbare mittlere Tochter. Ein Maul weniger zu stopfen. Und bei den reichen Verwandten stromaufwärts werde ich es gut haben.

Vielleicht hatte ihr Vater ja wirklich geglaubt, sein älterer Bruder werde Rosa anständig behandeln. Die Witthöfts aus den Vierlanden hatten keine eigenen Kinder. Sie würden ihre Nichte sicherlich verwöhnen. Schließlich besaßen sie riesige Erdbeerfelder und gehörten zu den reichsten Gartenbauern der Gegend.

Von Adoption war sogar die Rede. Und dann hätte die Deern ausgesorgt. Onkel Peter und Tante Birthe brauchten einen Erben. Ein Junge wäre ihnen lieber gewesen, aber nun mussten sie eben mit einem Mädchen vorliebnehmen.

Der Vater hatte Rosa das neue Leben in den schönsten Farben ausgemalt, die Mutter hatte zu alldem geschwiegen und nur leise vor sich hin geweint. Am Tag des Abschieds war sie sogar in der Küche geblieben, unfähig, dabei zuzuschauen, wie ihre Tochter fortging.

Das war am schlimmsten für Rosa gewesen. Sie selbst musste den Mut aufbringen, in die Fremde zu ziehen, und ihre Mutter winkte ihr nicht mal zum Abschied.

Ja, dachte sie jetzt, während sie wieder einen Meter schaffte. Onkel und Tante waren wirklich reich. Und gemein. Rosa hasste sie alle beide, und jeden Tag überlegte sie, wie sie von hier fortkommen konnte.

Anfang Juli hatte der Vater sie hergeschickt, jetzt war Oktober, und noch immer war ihr nichts Gutes eingefallen.

Das Problem war nicht das Fortlaufen. Das Problem war das Ziel ihrer Flucht.

Rosa wusste nicht, wohin.

Zurück auf den elterlichen Hof in der Nähe von Cranz konnte sie nicht. Ihr war ja durchaus klar, wie hart ihre Leute ums Überleben kämpften. Mit vierzehn war sie kein dummes Kind mehr. Seit der großen Sturmflut, die weite Teile des Alten Landes und der Stadt Hamburg unter Wasser gesetzt hatte, mussten viele Bauern dort um ihre Existenz bangen. Die Familie Witthöft bildete da keine Ausnahme.

In den Vierlanden hatte die Flut ebenfalls Deiche gebrochen und erhebliche Schäden angerichtet, doch sowohl Rosas Verwandte als auch die anderen Bauern in Südwerder waren glimpflich davongekommen.

Inzwischen begriff sie auch, es hatte ihren Eltern das Herz gebrochen, ihre Tochter in die Fremde geben zu müssen, und im Laufe der Monate war ihre Wut auf sie ein wenig geschrumpft.

Manchmal erinnerte sie sich daran, wie die Mutter auf das Essen verzichtet hatte, damit die Kinder mehr hatten. Und im Nachhinein schämte sie sich, weil sie sich dann ohne Gewissensbisse die Stampfkartoffeln mit Leinöl reingestopft hatte. Sogar gemault hatte sie, weil es kein Zipfelchen Wurst dazu gab.

Aber, dachte sie immer wieder: Nele hätte gehen sollen. Nele war so gut wie erwachsen. Sie hatte die Schule hinter sich. Ihr hätte es vielleicht sogar Spaß gemacht, irgendwo anders neu anzufangen. Und sie hätte sich von Onkel und Tante nicht unterdrücken lassen.

Oh nein, nicht Nele. Die war stark und selbstbewusst. Die hätte auch hier ein prima Leben gehabt.

Und sie selbst, Rosa, hätte den Eltern geholfen. Geschuftet von frühmorgens bis spätabends hätte sie, ohne auch nur einmal zu klagen. Früher hatte sie oft gemurrt, wenn sie nach der Schule noch auf der Apfelplantage mitarbeiten musste. Aber das hätte sie nie wieder getan.

Ganz gewiss nicht!

Und zur Erntezeit wäre sie gern bereit gewesen, auch die ganze Nacht lang die reifen Früchte vom Baum zu pflücken.

Und doch war sie diejenige der drei Töchter gewesen, die fortgeschickt wurde. Sie musste die Grausamkeiten von Onkel und Tante ertragen. Beide waren schon über fünfzig und hatten keinerlei Erfahrung im Umgang mit Kindern. Sie gaben Rosa zu wenig zu essen, ließen sie in einer winzigen Dachkammer auf dem einstigen Heuboden schlafen, in der es jetzt im Herbst schon empfindlich kalt wurde, und richteten nur das Wort an sie, wenn sie ihr einen Befehl erteilten.

Dabei waren sie keine armen Leute. Sie bewohnten ein Hufnerhaus, wie in dieser Gegend die beeindruckenden Bauernhäuser hießen. Der Name stammte von den handtuchgroßen Feldern, den sogenannten Hufen, die einst den Bauern gehörten. So viel hatte Rosa inzwischen gelernt. Doch Onkel und Tante waren natürlich wahnsinnig stolz darauf, dass ihre Felder inzwischen unendlich viel größer als Handtücher waren.

»Pah!«, stieß sie aus und schaffte dabei noch einen halben Meter. Nach außen hin gaben ihre Verwandten die großen Herrschaften, aber in Wahrheit waren sie geizig wie ihre einst armen Vorfahren.

Seit die Schule angefangen hatte, war es noch schlimmer geworden. Die Mitschüler lachten Rosa wegen ihrer ärmlichen Kleidung aus, und wenn die Lehrer einschritten, war sie vollends verloren, denn danach gingen die Hänseleien mit doppelter Kraft weiter.

Hinzu kam, dass sie noch nicht den Hauch von weiblichen Reizen entwickelt hatte. Sie war schmalhüftig und flachbrüstig und ähnelte mehr einem Jungen denn einem Mädchen. Was angesichts ihrer Unterernährung wahrscheinlich kein Wunder war. Die geizigen Bauern sahen einfach nicht ein, dass ein Kind im Wachstum sogar mehr Nahrung benötigte als ein Erwachsener. Sie behaupteten allen Ernstes, wer nur eine halbe Portion war, der brauchte nicht viel. Dennoch war Rosa davon überzeugt, nicht normal zu sein, und beneidete ihre Klassenkameradinnen um deren knospende Brüste und sich rundende Hüften.

Sie hasste die Schule!

Sie hasste Onkel und Tante!

Sie hasste den Erdbeerhof!

Sie hasste ihr Leben!

Wieder schob sie die Karre mit neuem Zorn weiter. Aber nun geriet sie von dem langen Holzbrett auf den schlammigen Hof. Seit Tagen hatte es geregnet, und die Erde war schwer und vollgesogen mit Wasser. Hier gab es kein Kopfsteinpflaster wie auf vielen anderen Höfen. Selbst dafür war Peter Witthöft zu knauserig. Das Rad der Schubkarre versank zur Hälfte im Boden, es gab kein Vor und kein Zurück mehr.

Rosa zog und zerrte. Nichts zu machen.

Tränen der Wut und Verzweiflung stiegen ihr in die Augen.

Und weit und breit war niemand, der ihr helfen konnte. Onkel und Tante waren nach Kirchwerder gefahren, um ein paar Mastferkel zu kaufen. Rosa wusste, dass damit neue Arbeit auf sie zukommen würde.

Die Erdbeerfelder, dreißig Milchkühe und jetzt auch noch eine Schweinemast. Wahrscheinlich würde sie in Zukunft rund um die Uhr schuften müssen.

Sie war aber auch ganz froh, dass die Witthöfts nicht da waren. Für ihr Missgeschick hätte sie vermutlich ein paar kräftige Backpfeifen kassiert. Dem Onkel saß die Hand ziemlich locker. Der Tante auch.

Rosa setzte die Karre ab und überlegte fieberhaft, was sie tun konnte. Nach einer Weile wurde ihr klar, dass ihr nur eine Wahl blieb. Sie musste eine Mistgabel holen, die Karre entladen, und dann wieder vollschaufeln, wenn sie das blöde Ding freigekriegt hatte. Sie konnte nur hoffen, dass die Zeit reichte, bis ihre Verwandten zurückkamen. Als sie sich gerade abwenden wollte, um in den Stall zu laufen, hörte sie eine Stimme, die laut den neuesten Beatles-Song pfiff. Rosa erkannte die Melodie: »I want to hold your hand«.

Wie vom Donner gerührt blieb sie stehen und lauschte hingerissen.

Sie war ein riesiger Fan der Beatles, natürlich nur ganz im Geheimen. Manchmal schaltete sie unter der Bettdecke ihr kleines Transistorradio an. Es war ihr kostbarster Besitz. Vater hatte es ihr zum Abschied geschenkt, unauffällig, weil er wohl ahnte, dass sein Bruder und seine Schwägerin es missbilligen könnten.

Zunächst hatte Rosa sich gefragt, woher er bloß das Geld dafür genommen hatte, aber dann merkte sie, dass es ein gebrauchtes und zerschrammtes kleines Gerät war. Doch das machte ihr nichts aus. Sie liebte ihren kleinen Apparat heiß und innig.

Was Onkel Peter und Tante Birthe betraf, hatte Rosas Vater richtig geraten. Sie ließen ihr eigenes großes Röhrenradio von Nordmende in der guten Stube nur laufen, um die Nachrichten zu hören. Manchmal gab es auch eine Übertragung von Volksmusik, bei der Rosa stets gegen den Schlaf ankämpfen musste. Die Beatles also konnte sie nur heimlich hören, und die Beach Boys, Bob Dylan ...

»When I say that something, I want to hold your hand«, sang Rosa laut und mit furchtbarer Aussprache. In der Volksschule gab es keinen Englischunterricht.

Es war ihr egal. Sie verlor sich in der Welt der Musik, der Freiheit. Jemand klatschte. Sie schrak zusammen.

Im nächsten Moment stand er vor ihr. Der große strohblonde und unglaublich breitschultrige Jungbauer vom Nachbarhof. Ragte riesig und mächtig vor ihr auf wie eines der Frachtschiffe, die Rosa früher sehnsüchtig beobachtet hatte, wenn sie auf der Unterelbe stromabwärts fuhren, in Richtung Cuxhaven und über die Nordsee hinaus in die Welt.

Hinrich Matthiesen hieß er und war vierundzwanzig Jahre alt. Das wusste Rosa von ein paar Mitschülerinnen, die ausnahmslos den blonden Hünen anhimmelten, obwohl er zehn Jahre älter als sie alle war. Rosa hatte sie in der großen Pause belauscht. Wie von einem Schlagerstar schwärmten die Mädchen. Sie selbst hatte Hinrich bisher nur von weitem gesehen. Ein unscheinbares Mädchen wie sie wurde von einem wie ihm gar nicht wahrgenommen.

Tja, dachte sie tief beschämt. Jetzt schon.

Nur nicht so, wie sie es vielleicht gewünscht hätte. Sie stellte sich vor, sie trüge ein hübsches Kleid, duftete nach Rosenparfum und hielte ein Sektglas in der Hand. Oder – na gut, besser ein Glas Cola. Aber sie befände sich irgendwo in einem vornehmen Ballsaal.

Stattdessen trug sie Lumpen, rang die schmutzigen Hände und stank nach Kuhmist.

»Du magst das Lied«, sagte er.

»Ja, und wie!« Sie schämte sich schon wieder, weil sie sich anhörte wie ein kleines Kind.

Seine weit auseinanderstehenden Augen waren strahlend hellblau. Wie der Mittagshimmel an einem Sommertag.

Rosa merkte, dass sie Hinrich anstarrte wie ein verschrecktes Kaninchen den Jäger, und senkte den Blick.

»Du bist die Nichte der Witthöfts.«

Es war eine Feststellung, keine Frage, also sagte sie nichts.

»Behandeln sie dich gut?«

Diese Frage wiederum bedurfte keiner Antwort. Er brauchte sie ja nur anzusehen in ihrem schäbigen Pullover und den durchlöcherten Hosen. Er musste nur bemerken, wie stumpf ihr mausbraunes Haar war, wie matt ihre dunklen Augen wirkten und wie spitz die Schulterknochen emporstachen.

»Entschuldige«, sagte er schnell. »Das war dumm von mir. Bei Frau Giftspritze und Herrn Geizhals kann es dir nicht gut gehen.«

Frau Giftspritze und Herr Geizhals! Rosa prustete los.

Hinrich nickte befriedigt. »Immerhin. Du kannst singen und lachen. Da sind Hopfen und Malz noch nicht verloren. Na los, ich helfe dir eben mit der Karre, und dann kommst du mit zu mir. Muttern macht Abendbrot. Du bist herzlich eingeladen.«

Stumm und staunend schaute Rosa ihm dabei zu, wie er mit Leichtigkeit die Schubkarre aus dem zähen Schlamm zog, dann in Richtung Erdbeerfeld schob und in Nullkommanix den Mist darauf verteilte. Anschließend kehrte er zu dem großen Haufen zurück, füllte die Karre noch vier Mal und wiederholte den Vorgang.

Als die Arbeit erledigt war, wusch er sich notdürftig am Kaltwasserhahn neben der Stalltür, nahm Rosas Hand in seine und zog sie mit sich.

Zwischen den beiden Höfen lag ein großes Stück Land, das nach Auskunft von Rosas Onkel den Matthiesens gehörte, von ihnen aber nur als Sommerweide genutzt wurde. Rosa fragte sich, ob Hinrich mit ihr quer über die Weide laufen würde. Ein weiterer Weg führte durch die langgezogene Obstplantage der Witthöfts. Wenn man dort die Baumreihen entlangging, landete man im privaten Garten der Matthiesens.

Aber der Jungbauer überraschte Rosa, indem er sie vom Hof auf die Dorfstraße führte. Von dort war er offenbar auch gekommen, denn sie entdeckte ein paar andere Männer seines Alters, die vor einer Kneipe schräg gegenüber herumstanden und Hinrich überraschte Blicke zuwarfen. Der kümmerte sich nicht weiter darum, sondern nahm Rosa mit sich. Die Straße führte hier über eine langgezogene Rechtskurve nach Nordwesten in Richtung Kirchwerder. An ihrem Ende lag der Hof der Matthiesens. Rosa wünschte sich brennend, der Jungbauer würde sie nicht so öffentlich zur Schau stellen. Sie schämte sich in ihren hässlichen Sachen und schwor sich, sollte sie jemals wieder zu den Nachbarn gehen, würde sie immer über die Weide oder durch den Obstgarten laufen.

Das Bauernhaus war nicht so groß und prachtvoll wie das der Witthöfts, dafür wirkte es gemütlich und einladend. Rosa entspannte sich erst, als sie durch die Haustür ins Innere traten. Hinrich sagte, das Haus sei von seinem Großvater Anfang des Jahrhunderts gebaut worden. Sie lauschte mehr seiner Stimme als seinen Worten, sah sich um und bemerkte, dass die Diele hier winzig war im Vergleich zu der des Hufnerhauses. Wie bei Rosas Eltern im Alten Land diente sie einfach als Flur und erzählte nicht von alten Zeiten, in denen in dem riesigen Raum gekocht und das Korn gedroschen wurde.

Hinrich nahm sie mit in die heimelige Küche, wo eine dicke ältere Frau ihr herzlich entgegenlächelte und dann dunkles Bauernbrot, Mettwurst, Speck und goldgelbe Butter auftrug.

»Nicht so hastig«, mahnte Wilhelmine Matthiesen, als Rosa sich ein fingerdickes Stück durchwachsenen Speck einverleibte. »Dein Magen ist so viel Fett nicht gewöhnt.«

»Lass sie essen, Mutter«, mischte sich Hinrich ein und zwinkerte Rosa zu. »Ich find's schön, dass es ihr so gut schmeckt.«

»Nein, mien Jung. Das ist nicht gut für sie. Als wir hier damals nach dem Krieg die Flüchtlinge aus dem Osten aufgenommen haben, da habe ich erlebt, was zu viel plötzliches Essen anrichten kann. Eine junge Frau wäre fast gestorben.«

»Rosa ist kein Flüchtling.«

»Aber sie ist unterernährt, und eine Heimat hat sie auch nicht mehr.«

Rosa bemerkte den mitleidigen Blick, den Wilhelmine mit ihrem Sohn wechselte.

Es war ihr egal. Sie war im Paradies.

Hinrich achtete darauf, sie rechtzeitig zu den Witthöfts zurückzubringen, und am Abend wunderten sich Frau Giftspritze und Herr Geizhals, dass Rosa die wässrige Gemüsesuppe und das altbackene Brot verschmähte. Und dabei hatte das Gör doch endlich zur Zufriedenheit des Bauern gearbeitet. Sogar die Stallgasse war gefegt gewesen, keinen Strohhalm hatte Peter Witthöft finden können, der eine weitere Backpfeife herausgefordert hätte.

Später im Bett drehte Rosa lange am Senderknopf ihres Transistorradios. Doch auf keinem Kanal wurde das schöne Beatles-Lied gespielt.

Es machte ihr nichts aus. Sie summte die eingängige Melodie noch lange Zeit leise vor sich hin, bevor sie selig einschlief.

Im Laufe des Monats Oktober besserte sich Rosas Leben zusehends. Sie wusste, dass Hinrich mit dem eigenen Hof alle Hände voll zu tun hatte. Der Vater war kurz nach seiner Geburt gestorben, und der Jungbauer bewirtschaftete den Betrieb mit zwanzig Milchkühen und weitläufigen Gemüsefeldern allein mit einem Knecht. Zudem stellte er derzeit auf Blumenzucht um und erntete die letzten Herbstrosen. So etwas wie Freizeit kannte er kaum. Aber irgendwie schaffte er es immer wieder, zum Nachbarhof herüberzukommen und Rosa ein oder zwei Stunden lang zur Hand zu gehen. Dann nahm er die Abkürzung über die Sommerweide und stand plötzlich vor ihr.

Jedes Mal richtete er es so ein, dass das Ehepaar Witthöft außer Haus war, aber natürlich bekamen Onkel und Tante es irgendwann mit, dass Rosa unmöglich allein den gesamten Kuhstall ausgemistet oder sämtliche blecherne Milchkannen mit kochendem Wasser ausgewaschen haben konnte.

Außerdem war es unerklärlich, dass die Deern mit einem Mal so viel gesünder aussah. Die hohlen Wangen wurden voll, das Haar bekam einen kastanienbraunen Glanz, Schulter- und Hüftknochen stachen nicht mehr ganz so spitz hervor wie noch im Frühherbst.

Als der November ins Land ging, bemerkte Rosa sogar, dass ihr ein kleiner Busen wuchs. Diese Verwandlung hatte sie einzig und allein Hinrich und Wilhelmine Matthiesen zu verdanken. Mal brachte der Jungbauer dick mit Schinken und Käse belegte Butterbrote mit und vergaß sie dann »zufällig« bei Rosa. Obwohl er meistens wortkarg war und eher grob denn feinfühlig wirkte, begriff er doch, dass die Deern sich schämte, Almosen anzunehmen.

Immer öfter ließ aber auch Wilhelmine sie rufen und bat sie, ihr in der Küche zur Hand zu gehen. So lernte Rosa von ihr das Kochen und blieb dann wie selbstverständlich zum Essen. Bald holte sie ein perfektes Brathähnchen aus dem Ofen, oder sie bereitete einen schmackhaften Eintopf zu und kochte Grünkohl mit Bauchspeck.

Onkel und Tante sabotierten diese neue Freundschaft zu den Nachbarn anfangs, wo sie konnten. Sie verboten Rosa, zu den Matthiesens zu gehen, schlossen sie in ihrer Dachkammer ein und behaupteten, sie sei nicht da, wenn Hinrich nachfragen kam.

Doch bald sollte sich alles ändern. Peter Witthöft erhielt Besuch von ein paar Männern aus dem Dorf.

Fünf an der Zahl, alle groß und breitschultrig wie Hinrich. Jung waren sie, und stark wie Ochsen. Sie überraschten den Bauern spät am Abend im Kuhstall und kreisten ihn ein. Einer der Männer fragte höflich, was Peter von guter Nachbarschaft hielte. Ein anderer warf ein, die Matthiesens hätten eine Menge Freunde in Südwerder. Ein dritter bemerkte, Peters Hufnerhaus mit seinem alten Fachwerk und dem trockenen Reetdach könne leicht mal in Flammen aufgehen. Da müsse man gut aufpassen, dass da nicht plötzlich der rote Hahn krähte.

Das genügte.

Von nun an durfte Rosa so oft zu den Nachbarn gehen, wie sie wünschte. Und die schwerste Arbeit wurde ihr von einem neuen Knecht abgenommen, den Peter Witthöft zähneknirschend eingestellt hatte, nachdem er von den fünf Männern bei einem zweiten Besuch dazu aufgefordert worden war.

Mit der Zeit lernte Rosa, die Menschen in den Vierlanden zu lieben. Sie mochten das Herz vielleicht nicht auf der Zunge tragen, und daran waren sie Rosas eigenen Leuten im Alten Land ganz ähnlich. Und anfangs hatte sie auch keinen Zugang zu ihnen gefunden. Aber sie kümmerten sich umeinander und sie ließen es nicht zu, dass ein junger Mensch gequält wurde. Und sie begriff auch, warum Hinrich sie an jenem ersten Tag über die Hauptstraße geführt hatte. Die Dorfbewohner hatten sehen sollen, wie schlecht die Witthöfts ihren Schützling behandelten.

An einem ganz besonderen Tag fuhr Wilhelmine mit Rosa sogar nach Bergedorf und kleidete sie komplett neu ein. Das Geld dafür habe sie sich von Birthe Witthöft geben lassen, versicherte sie Rosa, die nach wie vor ein Problem mit Geschenken hatte. Als schwer arbeitende Magd habe sie sich die Summe redlich verdient.

Rosa war beruhigt und schwelgte stundenlang in Farben und Stoffen. Nur im Wäschegeschäft gab es einen Augenblick der Traurigkeit.

»Deine Mutter sollte den ersten Büstenhalter mit dir kaufen«, sagte Wilhelmine. »Es ist nicht recht, dass ich das mache.«

Rosa hatte sich inzwischen daran gewöhnt, dass Wilhelmine stets aussprach, was sie dachte. Auch wenn es für andere schmerzhaft war. Sie sagte die Wahrheit, ohne Rücksicht auf Verluste. Darin unterschied sie sich grundsätzlich von den sonst eher wortkargen Vierländern.

»Das ist ein besonderer Moment für Mutter und Tochter«, fügte sie hinzu.

Rosa hob bloß die Schultern. Ihr war es egal.

Aber Wilhelmine hielt ihr einen langen Vortrag, als sie später in einer Konditorei saßen. Während Rosa zwei

Tassen heißen Kakao trank und ein riesiges Stück Sahne-Nuss-Torte verdrückte, nahm sie ihr das Versprechen ab, einmal in der Woche an ihre Eltern zu schreiben.

»Bestimmt grämen sie sich schrecklich. Es muss furchtbar sein, ein Kind wegzugeben. Das ist, als würde man sich eine Hand abhacken. Schreib ihnen, wie gut es dir geht.«

Rosa tat wie ihr geheißen, und es fiel ihr nicht schwer. Denn nun ging es ihr ja wirklich gut. Sogar in der Schule wurde sie jetzt akzeptiert. Nicht nur, weil sie sich äußerlich den anderen Mädchen anglich, sondern vor allem, weil sie ein paar Mal von Hinrich in seinem VW-Käfer abgeholt worden war. Das brachte ihr zwar den Neid der anderen, aber auch deren Bewunderung ein. Schon löcherten ihre Klassenkameradinnen sie nach Einzelheiten über den allseits geliebten Hinrich Matthiesen.

Die Fragen wurden erst weniger, als Rosa meistens keine Antwort wusste. Weder konnte sie berichten, was Hinrich in seiner kargen Freizeit tat, noch, ob er eine Freundin hatte. Diese Dinge interessierten sie auch nicht. Hinrich war für sie der große Bruder, ihr Beschützer, ihr Retter in höchster Not.

Zu Weihnachten durfte Rosa nach Hause ins Alte Land fahren. Sie freute sich, die Eltern wiederzusehen, erfuhr, dass ihre Schwester Nele mit einem jungen Apfelbauern verlobt war, und staunte, wie sehr Kiki in einem halben Jahr gewachsen war.

Aber die größte Veränderung hatte sie selbst durchlaufen, und sie spürte, wie ihre Familie sie immer wieder verblüfft betrachtete. Sie fand es beängstigend, dass sie sich in ihrem Elternhaus fremd fühlte. Obwohl sie Onkel und Tante nach wie vor nicht mochte, war sie froh, nach den Feiertagen in die Vierlande zurückzukehren.

Erst als sie in Südwerder aus dem Bus stieg und die letzten paar hundert Meter zu Fuß lief, erkannte Rosa endlich, warum sie sich so sehr zurückgesehnt hatte.

Sie liebte Hinrich.

7. Kapitel

Südwerder, Vierlande, 1965

Zwei Jahre waren vergangen, seit Hinrich Matthiesen wie ein riesiger Schutzengel in Rosas Leben getreten war. Anfangs, kurz nach jenem ersten Weihnachten, hatte sie noch gehofft, ihre verwirrenden Gefühle für ihn seien in Wirklichkeit pure Dankbarkeit. Schließlich war sie noch fast ein Kind und vollkommen unerfahren in solchen Dingen.

Doch während der Winter zögerlich in den Frühling des Jahres 1964 überging und die Aussaat begann, machte sie sich nicht länger etwas vor. Als ein heißer Sommer ins Land zog, wusste sie, dass sie eine tiefe Liebe für Hinrich empfand. Wenn er in ihrer Nähe war, klopfte ihr Herz wie verrückt los, wenn sie ihn nur in der Ferne erblickte, wurden ihre Knie weich wie Hamburger Götterspeise, und wenn er sie gar mal berührte, ihre Hand nahm oder ihr leicht auf den Rücken klopfte, stand sie kurz vor einer Ohnmacht.

Als die Jahreszeiten erneut wechselten, die Ernte vorbei war und ein neuer Winter sich über das Dreistromland legte, wurde aus dem Kind ein Mädchen, dessen Herz auf immer nur dem einen Mann gehören würde. Dessen war sie sich hundertprozentig sicher.

Ihre wenigen Freundinnen, die allesamt genau wie Rosa die Schule mit dem Hauptschulabschluss verlassen hatten, träumten inzwischen von anderen Jungs. Keine interessierte sich mehr für Hinrich. Der wurde für zu alt befunden. Lieber tauschte man sich über den Sohn des Krämers aus, oder über den schönen Jakob, der seinem Vater in der Stellmacherei zur Hand ging. Oder man schwärmte für Schlagerstars wie Cliff Richard und ganz besonders Roy Black. Wenn der sein »Du bist nicht allein« hauchte, schmolzen alle Mädchen dahin. Das Alter war in diesem Fall egal.

Einzig Rosa blieb bei solchen Gelegenheiten stumm. Sie liebte zwar Musik, war aber nach wie vor ein Fan der Beatles und der Beach Boys, und neuerdings auch der Rolling Stones. Mick Jagger machte ihr zwar ein bisschen Angst, aber die Lieder fand sie toll.

Im Übrigen behielt sie ihre Liebe für sich, auch als ein neuer Frühling kam und ging, ein Sommer träge vorbeizog.

Hinrich, davon war sie überzeugt, ahnte nichts von ihren Gefühlen.

Bei Wilhelmine, die ihr inzwischen zur zweiten Mutter geworden war, war sich Rosa nicht so sicher. Manchmal spürte sie den Blick der älteren Frau auf sich ruhen, und immer lag ein Hauch von Mitgefühl darin. So als ahnte Wilhelmine, dass Rosa nie eine Chance bei ihrem Sohn haben würde. Aber ausnahmsweise hielt die Bäuerin ihren Mund, während sie doch sonst so wahrheitsliebend war. Rosa war ihr dankbar dafür.

Wart's nur ab, dachte sie manchmal. Lass mich nur noch heranreifen, älter werden, Hinrich ebenbürtig sein. Eine richtige Frau, kein kleines Mädchen, das er immer nur beschützen will.

Sie ging inzwischen bei einem Floristen in Bergedorf in die Lehre und behauptete sogar vor sich selbst, ihre Wahl habe nichts damit zu tun, dass die Matthiesens inzwischen ganz auf Blumenzucht umgestellt hatten. Das Milchvieh hielten sie noch, aber Gemüse wurde keines mehr angebaut.

Mit Onkel und Tante Witthöft kam Rosa mehr als zwei Jahre nach ihrer Ankunft sehr viel besser aus.

Sie war sogar einverstanden gewesen, sich adoptieren zu lassen. Da sie ihren Nachnamen nicht ändern musste, machte es ihr nichts aus.

Nur Vater und Mutter nannte sie Peter und Birthe nie. Das durfte keiner von ihr verlangen. Doch man ging einigermaßen höflich miteinander um, verbrachte allerdings nur bei den Mahlzeiten eine halbe Stunde zusammen. Ansonsten lebte jeder sein eigenes Leben.

Rosa hielt sich selbst nicht für eigennützig, aber tief in ihrem Innern wusste sie, dass sie Onkel und Tante nur aus einem einzigen Grund als neue Eltern akzeptiert hatte: Auf diese Weise würde sie eines Tages den Hof erben, und sie malte sich oft aus, wie es sein würde, wenn sie und Hinrich heirateten, ihre Höfe zusammenlegten und die mit Abstand reichsten Gartenbauern der Gegend wurden.

Immerhin ging sie nicht so weit, den Verwandten einen frühen Tod zu wünschen. Sonst hätte sie sich wahrscheinlich vor sich selbst gefürchtet. Und hätte befürchten müssen, die hartherzige Art von Onkel und Tante habe auf sie abgefärbt.

Sie hatte ihre Zukunft perfekt durchdacht, nur eines durfte nicht passieren: dass Hinrich sich in eine andere verliebte, dass er gar eine andere heiratete.

Lange hatte sie überlegt, wie sie dies verhindern konnte. Leider war ihr keine Lösung eingefallen. Es gab nur eines, das sie tun konnte. Die anderen Mädchen sprachen schon lange davon. Es gab eine Tradition in Südwerder, die mit der alten Windmühle zu tun hatte: Am dritten Oktoberwochenende eines jeden Jahres fand das Mühlenfest statt. Es war kein großes Ereignis, nicht zu vergleichen mit dem Erntedankfest in Kirchwerder am ersten Wochenende desselben Monats, dessen prachtvoller Umzug unzählige Schaulustige auch aus Hamburg anlockte.

Aber die Leute aus dem kleinen Ortsteil waren sehr stolz auf ihre Tradition. Am Samstagnachmittag war dann die Zeit der Wünsche.

Was genau es damit auf sich hatte, war Rosa auch nach zwei Jahren noch nicht klar. Wahrscheinlich, weil sie es bisher für dummen bäuerlichen Aberglauben gehalten und sich nicht weiter dafür interessiert hatte. In ihrem ersten Jahr gefiel ihr am Mühlenfest sowieso nur, dass sie zwei volle Tage nur die nötigsten Arbeiten auf dem Hof verrichten musste und sich ansonsten mit allerlei Leckereien vollstopfen konnte.

Im Jahr darauf war sie schon neugieriger gewesen, hatte sich letztlich aber doch von dem Spektakel ferngehalten, weil sie fest davon überzeugt war, Hinrich auf ganz normale Art und Weise zu erobern.

Früher oder später.

Nun aber hatte sie auf einmal das ungute Gefühl, dass ihr die Zeit davonlief. Es war nur so eine Ahnung.

Rosa hatte Hinrich noch nie öfter als einmal mit ein und derselben jungen Frau ausgehen sehen. Und doch schlief sie schon seit Wochen nachts sehr schlecht und spürte tagsüber deutlich, dass sich eine Veränderung anbahnte.

Sie musste etwas tun.

Da verfiel sie in ihrer Verzweiflung auf die alte Tradition, mit der angeblich Wünsche erfüllt werden konnten.

Als Wilhelmine Matthiesen sie an diesem Samstagnachmittag augenzwinkernd fragte, ob sie mitkommen wolle zum Festgelände rund um die große Kornwindmühle, zögerte Rosa keine Sekunde.

Sie hatten es nicht weit und gingen zu Fuß.

Wilhelmine erzählte die Geschichte dieses imposanten Bauwerks, das nicht einmal vom freistehenden Glockenturm von St. Severini in Kirchwerder überragt wurde.

Rosa hörte nur mit halbem Ohr zu, trotzdem erfuhr sie, dass die Mühle im Jahr 1828 erbaut worden war.

»Damals waren alle Bauern der Gegend per Gesetz dazu verpflichtet, ihr Korn in dem großen Holländer mahlen zu lassen«, erklärte Wilhelmine. »Der Besitz von eigenen Haus- und Hofmühlen war bis in die Mitte des neunzehnten Jahrhunderts hinein verboten.«

Auf einmal wurde Rosa abgelenkt. Sie hatten die Festwiese noch nicht erreicht, da entdeckte sie schon von weitem Hinrichs blonden Haarschopf am ersten Getränkestand. Obwohl auch die anderen jungen Männer der Vierlande nicht gerade klein waren, überragte Hinrich sie allesamt um eine halbe Kopflänge. Einzig ein gewisser

Olaf Asmussen konnte es in Sachen Größe mit ihm aufnehmen. Rosa kannte ihn nicht näher, wusste nur, dass er mit Hinrich seit der Kindheit befreundet und im Übrigen bereits verheiratet war. Er war einer der Männer gewesen, die vor zwei Jahren ihrem Onkel die Meinung gesagt hatten.

Nun richtete sie ihre Aufmerksamkeit wieder auf Hinrich. Prompt raste ihr Herz los, und sie legte sich instinktiv eine Hand auf die Brust.

»Schlag dir meinen Sohn aus dem Kopf«, sagte Wilhelmine plötzlich, blieb stehen und hielt sie ebenfalls zurück.

Rosa fuhr zusammen. »Ich ... also ...«

»Stottere nicht rum, Deern, und streite es nicht ab. Ich weiß, was mit dir los ist. Daraus wird nichts. Für Hinrich wirst du immer das kleine Mädchen sein, dem er helfen muss.«

Lange hatte Wilhelmine sich zurückgehalten, doch offenbar war jetzt die Stunde gekommen, an der sie die Wahrheit aussprechen musste.

»Aber ...«

»Sei vernünftig, Rosa. Such dir einen Jungen in deinem Alter. Mit Hinrich wirst du nicht glücklich.«

Die raue Hand der Bäuerin strich ihr kurz über die Wange.

»Das wäre geklärt. Aber du wolltest wissen, wie unsere Tradition entstanden ist.«

»Ja«, murmelte Rosa, obwohl sie gerade nichts weniger interessierte. Sie wäre gern weitergegangen, fort von Wilhelmine, aber sie traute sich nicht.

»Als die Bauern eigene kleine Mühlen anschaffen durften, musste der Müller sich etwas einfallen lassen, um seine Kunden anzuziehen. Damals kam er auf die Idee mit dem Wünschefest«, sagte Wilhelmine. »Muss ein ziemlich findiger Bursche gewesen sein.«

Rosa horchte auf. »Wie genau geht das?«

»Möchtest du denn mitmachen?«, bekam sie statt einer Antwort zu hören. Die ältere Frau bedachte sie mit einem Augenzwinkern. Gleichzeitig schaute sie streng, erwähnte aber ihren Sohn nicht mehr.

Rosa spürte, wie sie rot wurde. Schnell richtete sie den Blick auf ihre nagelneuen Schuhe. Sie hatte sich wunderbar erwachsen gefühlt, als sie vorhin in die schwarzen Ballerinas geschlüpft war. Schwarz waren auch ihr neuer enger Rollkragenpullover und die todschicke Caprihose.

Birthe Witthöft hatte die Nase gerümpft und gefragt, ob sie zu einer Beerdigung wolle. Rosa war aus dem Haus gelaufen, bevor auch noch ihr Onkel seinen Senf dazugeben konnte. Weder er noch ihre Tante verstanden etwas vom Pariser Chic.

Am liebsten hätte Rosa sich auch eine Zigarette an einer langen Spitze in den Mund gesteckt. Aber vom Rauch wurde ihr schlecht, also ließ sie es bleiben. Auf eine Jacke hatte sie ebenfalls verzichtet, obwohl es recht kalt war. Sie besaß nur ein ziemlich hässliches Teil in Giftgrün. Das konnte sie unmöglich anziehen. Es hätte den ganzen schönen Eindruck verdorben.

Also gab sie vor, nicht zu frieren, und schlug nur hin und wieder die Arme um den Leib.

So lässig wie möglich sagte sie zu Wilhelmine: »Ja, ich denke, ich mache mit. Ich finde es lustig, das mal auszuprobieren.«

Ein rascher Blick in das gutmütige Gesicht verriet ihr,

dass sie Hinrichs Mutter keine Sekunde lang täuschen konnte.

Trotzdem erklärte ihr diese jetzt ausführlich: »Der Müller hat sich also das Spiel ausgedacht. Wichtig war, dass der Wunsch nichts kosten durfte. So ging es bald nur noch um Liebesdinge. Und das Spiel wurde so beliebt, dass es bis heute überlebt hat.«

Rosa nickte. Die ganze alte Geschichte war ihr herzlich gleichgültig. Sie wollte nur endlich wissen, wie es funktionierte.

»Nun«, sagte Wilhelmine, die ihre Ungeduld spürte. »Die Flügel sind vor Beginn des Spiels festgehakt, können sich also nicht drehen. Jeder Besucher darf sich etwas wünschen. Dann nennt er eine Zahl zwischen eins und zehn, die vom sogenannten Stadtschreiber notiert wird. Das ist meistens ein älterer Bürger, der sich um Südwerder verdient gemacht hat, denn es ist eine besondere Ehre, diese Rolle zu spielen.«

»Warum nicht mehr als zehn?«, fragte Rosa dazwischen. »Warum nicht zwanzig? Oder dreißig?«

»Gute Frage, Kind, aber ich weiß es nicht genau. Vielleicht würde es sonst zu lange dauern. Denn wenn jeder seine Zahl genannt hat, läutet der Stadtschreiber seine Glocke, die Mühlenflügel werden gelöst, und es wird mitgezählt, wie oft sie sich innerhalb von einer Minute drehen. Wessen Zahl stimmt, dessen Wunsch geht in Erfüllung.«

»Und was passiert, wenn sie sich mehr als zehnmal drehen?«

»Dann hat in diesem Jahr niemand Glück gehabt.«

Rosa war noch nicht zufrieden. »Und wenn mehrere Leute dieselbe Zahl genannt haben?«

Wilhelmine lächelte geduldig. »Das kommt natürlich sehr oft vor, aber es heißt, dann würden eben mehrere Wünsche wahr werden.«

Endlich gingen sie weiter und betraten die Festwiese.

Rosa schaute sich um. Eine Blaskapelle spielte, es roch nach Bratwürsten und gebrannten Mandeln. Kinder liefen mit Luftballons umher, Mütter standen in schwatzenden Gruppen zusammen, während die Väter sich mit frischem Bier vom Fass stärkten. Einige junge Leute hatten sich bereits vor einem Mann aufgestellt, der einen altmodischen Frack samt Zylinder trug und eine große Glocke in der Hand hielt.

Das musste der Stadtschreiber sein. Er stand hinter einem altertümlichen Stehpult und machte einen äußerst wichtigen Eindruck. Rosa erkannte Heinrich Kanter, der vierzig Jahre lang die Freiwillige Feuerwehr geführt hatte.

Die Alten saßen ganz in seiner Nähe auf mitgebrachten Küchenstühlen, beobachteten das bunte Treiben, erzählten einander den neuesten Klatsch und kommentierten eifrig Kleider und Frisuren.

Rasch verabschiedete sich Rosa von Wilhelmine und gesellte sich zu der Gruppe vor dem Stehpult. Gerade begann der Stadtschreiber damit, die verschiedenen Zahlen in einem dicken ledergebundenen Buch zu notieren. Er benutzte dazu einen alten Federkiel, den er regelmäßig in ein gläsernes Tintenfass tauchte.

Zu ihrer großen Erleichterung stellte Rosa fest, dass niemand seinen Wunsch laut aussprechen musste. Sonst hätte sie auch nie und nimmer teilgenommen. Sie wollte sich ja nicht zum Gespött der Leute machen!

»Fünf!«, rief ein junges Mädchen. »Neun!« ein Mann,

der die dreißig schon überschritten hatte. Weitere Zahlen wurden gerufen, bis auf einmal Stille eintrat.

Rosa wartete.

»Niemand mehr?«, fragte der Stadtschreiber laut.

Siedend heiß fiel Rosa ein, dass sie selbst noch keine Zahl genannt hatte.

»Drei!«, schrie sie so laut, dass einige Leute sich lachend nach ihr umdrehten.

»Die meint es ernst«, sagte jemand.

Rosa zog den Kopf ein, bis ihr Gesicht zur Hälfte im Rollkragen verschwunden war. Der Stadtschreiber griff noch einmal zur Feder und verzog keine Miene. »Drei«, sagte er nur.

Die Zahl war ihr ganz spontan eingefallen. Vor Jahren, als die Familie Witthöft im Alten Land noch glücklich gewesen war, da hatte der Vater oft von seinem Drei-Mädel-Haus gesprochen. Bis die Mutter protestierte und fragte, ob er sie wohl vergessen habe, und er sich lachend berichtigte und seine vier Mädel lobte.

Aber dann war die große Flut gekommen, dann hatten die Eltern nicht mehr ein noch aus gewusst, dann hatten sie Rosa zu den Verwandten gegeben.

Sie erstarrte.

Konnte ihr eine Zahl Glück bringen, die sie an ihre zerstörte Familie erinnerte?

Sie wollte schnell die Hand heben und fragen, ob sie ihre Meinung noch einmal ändern dürfe, aber da hielt der ehemalige Feuerwehrhauptmann in Frack und Zylinder bereits die Glocke hoch.

Einer der mächtigen Mühlenflügel war an seiner Spitze weiß angemalt und zeigte nach unten. Der Stadtschreiber läutete seine Glocke, die Flügel wurden gelöst, und alles blickte gebannt auf das Schauspiel. Rosa konzentrierte sich fest auf ihren Wunsch.

Hinrich sollte heute seine Liebe zu ihr entdecken.

Lauthals wurde mitgezählt. »Eins!« bei der ersten Umdrehung. »Zwei! Drei! Vier! ...«

Rosa war am Boden zerstört.

Auf einmal spürte sie, wie sich ihre Nackenhaare aufstellten. Jemand stand hinter ihr. Sehr dicht hinter ihr.

Hinrich!

Sie wirbelte herum. Er lächelte kurz auf sie herab, richtete seinen Blick dann wieder auf die Mühle.

»Sieht so aus, als ob heute niemand seinen Wunsch erfüllt kriegt«, sagte er, als die Menge »Acht!« brüllte. »Zu viel Wind.«

Und tatsächlich, die Flügel drehten und drehten sich, und überall sah Rosa enttäuschte Gesichter. Mit einem erneuten Läuten der Glocke gab der Stadtschreiber bekannt, dass die Minute verstrichen war. Einige Leute lachten aber auch, sie hatten die Sache wohl nicht so ernst genommen.

»Hast du dir denn auch etwas gewünscht?«, fragte sie Hinrich.

Eine winzige Hoffnung regte sich in ihrem Herzen. Vielleicht hatte er ja denselben Traum wie sie. Vielleicht hoffte er, Rosa würde sich in ihn verlieben.

Und hatte eben nicht sogar Bewunderung in seinem Blick gelegen, als er sie in ihren schwarzen Sachen gesehen hatte?

Hinrich hörte ihre Frage nicht. Er war verstummt und schaute plötzlich aufs höchste konzentriert zu dem

Podium, auf dem die Blaskapelle jetzt einer Tanzcombo Platz machte.

Verunsichert folgte Rosa seinem Blick. Er hatte doch wohl nicht vor, sie zum Tanzen aufzufordern? Hinrich behauptete steif und fest, er würde sich nur die Beine verknoten, wenn er es je versuchte. Obwohl er mit Begeisterung Beat- und Rockmusik hörte, hatte er noch auf keiner Fete mitgetanzt. Das zumindest hatte er Rosa erzählt.

Es dauerte eine Weile, bis sie merkte, wohin genau er schaute.

Dann setzte ihr Herz einen Schlag aus. Dort, am Rand der provisorischen Tanzfläche, stand das schönste Mädchen, das sie je gesehen hatte. Mittelgroß, schlank, feingliedrig und blond, so blond wie eine nordische Prinzessin.

In dieser Sekunde wusste Rosa, sie hatte verloren.

8. Kapitel

Südwerder, Vierlande, 1965

Kurz vor Weihnachten brach der Winter mit aller Kraft über die Vierlande herein. Entwässerungsgräben und Priele froren zu, auf der Elbe zogen schwere Eisschollen vorbei, und ihre zwei Seitenarme ließen das Wasser nur noch schwerfällig passieren.

Der Boden, der bis vor einer Woche noch schlammig und schwer gewesen war, bekam eine weiße, harte Kruste. Glücklich waren jene Bauern, die bereits Gewächshäuser besaßen, die anderen mussten hilflos zusehen, wie selbst die letzten robusten Pflanzen erfroren.

Nur die Kinder freuten sich über den ersten Schnee und über die feste Eisdecke auf dem Dorfteich. Mal fuhren sie darauf unter lautem Juchzen Schlittschuh, mal benutzten sie die Deiche als Hügel, um auf ihren Schlitten hinunterzusausen. Wer in diesem flachen Land keinen Berg zur Verfügung hatte, wurde erfinderisch.

Rosa hockte auf einem Bretterstapel in der Werkstatt der Stellmacherei Bader und bibberte. Sie hatte den Auftrag bekommen, eine neue hölzerne Schubkarre abzuholen, da bei der alten die Radnabe gebrochen war. Eine Reparatur lohnte nicht mehr. Auch die Griffe waren so alt, dass sie jederzeit absplittern konnten.

Jakob Bader, der von allen nur »der schöne Jakob« genannt wurde, polierte das Holz mit einem besonders weichen Tuch. Er war ein Junge von achtzehn Jahren, nicht sehr groß, aber kräftig und mit den edlen Gesichtszügen eines Römers. Außerdem besaß er wundervolle schwarze Locken, die er jedoch zum Leidwesen seiner zahlreichen weiblichen Verehrerinnen regelmäßig raspelkurz abschneiden ließ.

»Bist du bald fertig?«, fragte Rosa. »Es ist furchtbar kalt hier drinnen.«

»Ich kann ja ein Feuer machen«, schlug er vor.

»Sicher«, gab Rosa zurück. »Damit alles abbrennt. Veräppeln kann ich mich alleine.«

In der Stellmacherei stapelte sich Holz in allen Formen und Größen an den Wänden, während ein paar wenige Fuhrwerke in den verschiedenen Stadien der Fertigstellung in der Mitte der Halle standen.

Jakob ließ ein kurzes, tiefes Lachen erklingen. »Warm wäre es dann aber.«

»Pah«, machte Rosa nur.

Sie hegte den Verdacht, er ließe sich absichtlich Zeit mit der Arbeit. Aus unerfindlichen Gründen schien er ein Auge auf sie geworfen zu haben.

Am liebsten hätte sie ihm gesagt, er solle den Unsinn lassen. Ihr Herz gehöre einem anderen, selbst wenn sie praktisch keine Chance mehr hatte. Aber dem Herzen könne man nun mal nicht befehlen, lieber jenen Jungen zu lieben, der sich auch für einen selbst interessierte.

Natürlich konnte sie nichts dergleichen von sich geben.

Der arme Jakob wäre wahrscheinlich ziemlich schockiert gewesen. Sie kicherte, als sie sich seinen Gesichtsausdruck vorstellte.

»Was ist so lustig?«, erkundigte er sich, ohne die Arbeit zu unterbrechen. Schlagartig war er wieder ernst geworden.

Angestrengt polierte er mit einem weichen Lappen das Innere der Schubkarre und sah nicht auf.

Rosa dachte daran, dass damit bald nur Kuhmist transportiert werden würde, und kicherte prompt etwas lauter.

»Findest du es albern, was ich tue?« So langsam schien Jakob wirklich böse zu werden.

Zu spät erkannte sie, dass sie ihn in seinem Stolz getroffen hatte.

Bevor sie sich entschuldigen konnte, legte er auch schon los: »Das Handwerk des Stellmachers ist ein jahrhundertealter und sehr ehrwürdiger Beruf. Mein Urgroßvater hat das Geschäft aufgebaut. Zu seiner Zeit wurden eine ganze Reihe Transportfahrzeuge aus Holz gefertigt ...«

»Das weiß ich doch«, warf Rosa ein.

Er hatte ihr schon ziemlich oft von der glorreichen Vergangenheit seiner Zunft erzählt. Sie fand das schrecklich langweilig und wünschte, sie hätte ihn nicht auf das Thema gebracht.

Aber Jakob ließ sich nicht unterbrechen. »Die Baders haben Wagen, Karren, Kutschen und Fuhrwerke und sogar schwere Pferdeschlitten gebaut. Sie gehörten zu den angesehensten Familien der Gegend.«

»Ist ja gut«, sagte Rosa.

»Und wie sieht's heute aus? Ein paar Schubkarren können wir noch bauen, vielleicht ein paar Schlitten für die Kinder. Das war's auch schon. Ich habe das Handwerk gelernt, und jetzt habe ich keine Zukunft.« Mit lahmer Geste wies er auf die halb fertigen Fuhrwerke in der Mitte der Halle.

Rosa erkannte, dass die wahrscheinlich nie mehr zu Ende gebaut werden würden. Es tat ihr leid, dass sie eben gekichert hatte. »Du musst eben was anderes finden, was du machen kannst«, erwiderte sie.

»Und was sollte das sein?«, kam es gedehnt zurück. »Irgendeine Idee?«

»Nein«, gestand sie.

Er stieß eine Art Grunzen aus, das fast wie ein Stöhnen klang. »Vielleicht sollte ich anfangen, Spielzeug zu schnitzen.«

»Das wäre doch toll!«

»Ja, bloß kann ich so was nicht. Ich besitze kein künstlerisches Talent.«

Rosa kaute an ihrer Unterlippe. Sie wollte Jakob unbedingt helfen.

»Fahrräder«, sagte sie schließlich. »Du könntest eine Fahrradwerkstatt aufmachen.«

Sie besaß selbst ein altes Damenrad, das ständig kaputtging. Einmal hatte er ihr schon geholfen, es wieder flottzumachen.

Jakob richtete sich auf. Sie sah ihm an, dass er schon eine heftige Erwiderung auf den Lippen hatte, aber dann schwieg er.

»Das ist vielleicht gar kein schlechter Einfall«, sagte er endlich. Er kam auf sie zu und lehnte sich lässig gegen den Holzstoß, auf dem sie saß. »Eine Auto- und Motorradwerkstatt gibt es in Kirchwerder.«

»Aber Fahrräder repariert hier keiner«, ergänzte Rosa und rückte unauffällig ein Stück von ihm ab. »Nur du kannst das.«

»Ich müsste natürlich noch einmal in die Lehre gehen«, wandte er ein. »Ganz von vorn anfangen.«

»Aber du hättest einen Beruf für die Zukunft.«

Plötzlich grinste Jakob. »Du bist toll, Rosa. Ich finde, du hast einen Kuss verdient.«

»Unterstehe dich!«, rief sie, sprang vom Holzstoß und ging zur Schubkarre. »Ist die jetzt fertig? Mein Onkel wartet bestimmt schon.« Sie sagte nach wie vor Onkel und nicht Vater. Und Birthe Witthöft blieb ihre Tante.

Jakob verzog enttäuscht das Gesicht, meinte dann aber sachlich: »Ich muss das Rad noch ölen.«

»Dann beeil dich.«

Er holte ein Ölkännchen von einem staubigen Regal und machte sich an die Arbeit.

»Wie geht es der Prinzessin?«, fragte er nach ein paar Minuten.

Jetzt war es an Rosa, das Gesicht zu verziehen. Auf *dieses* Thema hätte sie nur zu gern verzichtet.

Die blonde Schönheit Christine Michaelis wurde im Dorf nur »Prinzessin« genannt. Ein passender Spitzname, fand auch Rosa, obwohl sie das Mädchen ganz im Geheimen auch gern als »Hexe« betitelte.

Denn nichts anderes, als Hinrich zu verhexen, hatte Christine getan. Sie stammte aus Berlin, war neunzehn Jahre alt und litt unter Asthma. Deswegen war sie von ihren Eltern aufs Land geschickt worden. Ausgerechnet auf den Matthiesen-Hof. Die beiden Familien waren um ein paar Ecken verwandt, und Wilhelmine hatte keine andere Wahl gehabt, als das Mädchen bei sich aufzunehmen. So zumindest hatte sie es Rosa erklärt.

Inzwischen waren zwei Monate vergangen, und Christine war immer noch da. Wenn Rosa ihre ältere Freundin fragte, wie lange die Berlinerin denn noch bleiben würde, weil sie doch auch gar keine Atemprobleme mehr hatte, bekam sie nur ein Schulterzucken zur Antwort.

Offenbar hatte Wilhelmine auf dem Hof nicht mehr viel zu sagen, und Christine konnte so lange dort wohnen, wie sie wollte, weil Hinrich es so wünschte.

Hinrich.

Es zerriss Rosa das Herz, wenn sie bemerkte, wie er Christine betrachtete. Wie ein verliebter Trottel, fand sie. Wie ein Mann, der seinen Verstand an der Kneipentheke abgegeben hatte.

Sie konnte es kaum mit ansehen.

»Es heißt ja«, sagte Jakob in ihre Gedanken hinein, »dass die Prinzessin gar nicht wegen ihres Asthmas aus Berlin weg ist.«

»So?«, fragte Rosa aufs Höchste gespannt. Sofort malte sie sich aus, was passieren würde, wenn ein dunkles Geheimnis von Christine ans Licht käme.

Würde Hinrich dann seine Liebe zu ihr abstellen?

Weil sie irgendwas Furchtbares verbrochen hatte? Vielleicht hatte sie jemanden umgebracht, oder ausgeraubt, oder …

Ihr ging die Phantasie aus. Bei aller Abneigung konnte sie sich die junge Schönheit nicht als Mörderin vorstellen.

Und außerdem: Liebe konnte man nicht so leicht abschalten, das wusste sie selbst nur zu gut.

Sie litt furchtbar darunter, dass sich ihr enges Verhältnis zu Hinrich mehr und mehr abkühlte. Er kam nur noch selten zu ihr herüber, und wenn sie selbst mal mit in der Küche der Matthiesens saß, fühlte sie sich neuerdings wie ein Eindringling.

Nicht Wilhelmine gab ihr dieses Gefühl, und auch nicht Hinrich, obwohl er förmlicher mit ihr umging als früher.

Es war Christine, die Rosa anscheinend als störend empfand und ihr dies auch mit vielen kleinen Gesten und gut gewählten Worten zu verstehen gab. Ob sie denn gern hier bei den Matthiesens sei, hatte sie zum Beispiel ganz unschuldig gefragt, während sie den Brotkorb aus Rosas Reichweite schob. Ob sie nicht viel lieber mit ihrer eigenen Familie zu Abend äße. Ja, so war das, und Rosa ahnte, dass ihre Tage auf dem Nachbarhof gezählt waren. Wenn Christine nicht endlich wieder verschwand.

»Sag schon«, forderte sie Jakob auf. »Was erzählen sich die Leute über sie?«

»Das scheint dich ja brennend zu interessieren.« Er richtete sich auf, stellte das Ölkännchen zurück und sah sie an. »Hast du was gegen die Prinzessin?«

Sie fühlte sich ertappt und spürte trotz der Kälte eine brennende Hitze im Gesicht. Zum Glück war es in der Stellmacherei nicht besonders hell.

»Ich? Quatsch. Warum sollte ich?«

»Na, weil sie zum Beispiel deinen Platz an Hinrichs Seite einnimmt?«

»Was soll das denn heißen?«, rief sie aufgebracht. »Hinrich und ich sind gute Freunde. Mehr nicht!«

»Tatsächlich? Bloß Freunde?« Jakobs Blick bekam etwas Forschendes, und es kostete Rosa einige Mühe, ihm standzuhalten. »Da habe ich ganz andere Reden gehört.«

»Ach ja? Ich hätte gedacht, du wärst zu intelligent für Dorfklatsch. Und weißt du was? Behalte dein dunkles Geheimnis für dich. Es kümmert mich nämlich nicht die Bohne.«

»Auf einmal! Und wer redet hier überhaupt von einem dunklen Geheimnis? Soweit ich weiß, hat die arme Christine nur etwas erlebt, was kein Mädchen erleben sollte, und ...«

»Ich will es nicht wissen!«, unterbrach ihn Rosa, obwohl sie vor Neugierde fast umkam. »Halt die Klappe!« Sie schrie jetzt.

Die *arme* Christine, wiederholte sie bei sich. Das Letzte, was ihr jetzt fehlte, war Mitleid mit der schönen, fiesen Berlinerin.

Jakob hob die Hände, als wollte er sich ergeben. »Schon gut. Ich sag nichts mehr.« Seine Augen aber funkelten belustigt.

Vor dem Tor zur Werkstatt wurde leise gehüstelt.

Jakob brauchte nur ein paar Sekunden, um dorthin zu springen.

»Was tust du denn hier?«, rief er aufgebracht.

»Ich höre zu, wie du dich lächerlich machst, und schäme mich für dich.«

Rosa erkannte die Stimme seiner älteren Schwester Annemarie. Sie war schon fünfundzwanzig, wollte in Kürze heiraten und behandelte Jakob wie ein Baby. Er hatte sich schon oft bei Rosa über sie beklagt.

»Erst willst du die kleine Rosa unbedingt küssen, und jetzt schmeichelst du dich ein, indem du Christine schlechtmachst«, fügte sie hinzu. »Pfui Deibel.«

»Wie lange hast du schon gelauscht?«, fragte er, plötzlich kleinlaut.

»Lange genug.«

Annemarie betrat die Werkstatt, Jakob folgte ihr. Er sah aus wie ein geprügelter Hund.

Rosa beneidete ihn nicht um sie. Ihre eigene ältere Schwester Nele war nie so gemein zu ihr gewesen.

»Na, Rosa?«, fragte Annemarie. »Was stehst du hier doof rum und glotzt mich an? Hast du nichts Besseres zu tun?«

Rosas Blick wurde noch finsterer, glitt an der jungen Frau jedoch ab wie ein Regenschauer an Entengefieder.

Annemarie wandte sich um und marschierte wieder hinaus. »Vater will dich sehen«, sagte sie noch zu ihrem kleinen Bruder. »Falls du nicht die olle Karre noch mit tausend kleinen Herzen anmalen möchtest.«

Sie lachte ein unfreundliches Lachen.

»Blöde Kuh«, schimpfte Rosa leise, als sie außer Hörweite war.

In Wahrheit war sie über die Unterbrechung gar nicht böse. Wenigstens war das Thema Christine erledigt. Und damit auch das Thema Hinrich. Der Gedanke, im Dorf würden alle glauben, sie sei in den Matthiesen-Sohn verliebt, gefiel ihr ganz und gar nicht.

Jakob lächelte dankbar, aber sie tat, als würde sie es nicht bemerken.

»Kann ich die Schubkarre endlich mitnehmen?«

»Bitte sehr.« In Windeseile fand Jakob sein Selbstbewusstsein wieder und grinste schon wieder frech. »Viel Spaß damit. Lade die nächste Fuhre Mist aber nicht auf dem Haupt der Prinzessin ab.«

Wütend schob Rosa die Karre aus der Werkstatt auf die Straße und dann in flottem Tempo einen halben Kilometer weit nach Hause.

Als sie sich dem Hof näherte, hatte sie sich ein wenig beruhigt.

Das alles geht mich nichts an, redete sie sich selbst ein. Hinrich kann lieben, wen er will, und Christine kann meinetwegen sonst was Schlimmes erlebt oder getan haben. Mir doch egal.

Sie nahm sich vor, noch am gleichen Abend zurück zur Stellmacherei zu laufen und Jakob zu fragen, ob er mit ihr spazieren gehen wollte.

Obwohl – dafür war es zu kalt. Aber Jakob durfte sich manchmal den Opel seines Vaters ausleihen. Vielleicht fuhr er ja mit ihr ins Kino nach Bergedorf.

War nicht dieser neue James-Bond-Film angelaufen? »Feuerball«?

Ja, genau. Sie hatte davon in der Zeitung gelesen. Zwar wusste Rosa nicht, ob sie überhaupt schon in diesen Film gehen durfte, aber sie sah für ihre sechzehn Jahre ziemlich erwachsen aus. Bestimmt würde es klappen.

Und dann durfte Jakob ihre Hand halten, sie vielleicht sogar küssen. Es war an der Zeit, Hinrich aus ihrem Herzen zu verbannen. Das musste doch zu schaffen sein!

Sie würde damit anfangen, künftig einen großen Bogen um den Matthiesen-Hof zu machen. Wenn sie Hinrich nicht mehr sah, konnte sie nicht mehr leiden.

Sie hielt das für einen guten Plan. Blöd nur, dass Hinrich auf sie zugelaufen kam, kaum, dass sie den eigenen Hof erreicht hatte.

Er packte sie an den Oberarmen und schüttelte sie leicht. Obwohl nichts Zärtliches an seiner Berührung war, schauderte sie. Es war das erste Mal seit Monaten, dass er sie anfasste.

»Rosa!«, stieß er aus.

Dann musste er erst mal Luft holen. So außer Atem war er, dass er auf der Suche nach ihr wahrscheinlich durch ganz Südwerder gerannt war.

Endlich, dachte sie. Endlich hat er begriffen, wen er in Wahrheit liebt. Ich musste nur mal ein paar Stunden unauffindbar sein, und schon vermisst er mich so sehr, dass er sich gar nicht wieder einkriegt.

Etwas an diesem Gedanken fühlte sich falsch an, aber sie achtete nicht darauf. Das Kino war vergessen, Jakob war vergessen.

»Was ist denn? Ich war bloß drüben in der Stellmacherei. Die neue Karre abholen.«

Hinrich ließ sie los. »Hast du Christine gesehen? Ich suche sie schon seit Stunden.«

Er stieß ihr ein Messer in die Brust und merkte es noch nicht mal.

Noch nie hatte Rosa sich so sehr anstrengen müssen, nicht zu weinen. Nicht einmal damals, als sie ihr Elternhaus hatte verlassen müssen.

»Christine«, wiederholte sie zwischen zusammengebissenen Zähnen. »Was ist mit ihr?«

»Ich weiß es nicht! Sie ist weg! Schon seit Stunden!«

Er ließ Rosa los und drehte sich ein paarmal um die eigene Achse, den Blick suchend auf Haus, Stallungen,

Weiden und Felder gerichtet. »Ich kapiere das nicht. Wo wollte sie bloß hin?«

»Vielleicht ist es ihr ja langweilig hier auf dem Land geworden, und sie will zurück nach Berlin«, entgegnete Rosa, ohne groß nachzudenken.

An seinem entsetzten Gesichtsausdruck erkannte sie, dass sie seine schlimmste Befürchtung ausgesprochen hatte.

»Warum sollte sie?«, erwiderte er dennoch. »Es geht ihr gut bei uns. Erst gestern Abend hat sie ...«

Er brach ab, und Rosa war ganz froh darüber. Sie wollte nicht wissen, was die Prinzessin zu ihm gesagt oder was sie gar mit ihm gemacht hatte.

Hinrich begann, vor ihr auf und ab zu gehen. Drei Schritte hin, drei zurück.

»Ich habe schon alles abgesucht«, sagte er matt. Seine breiten Schultern sackten herab, und er hatte kaum noch etwas mit dem strahlenden Helden gemein, den sie kannte. Auf einmal tat er ihr leid. Mochte sich ihre Liebe auch niemals erfüllen, er hatte es nicht verdient, dass sie ihm die Freundschaft aufkündigte.

»Bleib stehen!«, sagte sie scharf.

Verblüfft folgte er ihrem Befehl. So resolut kannte er die kleine Rosa gar nicht.

»Also«, fuhr sie fort, »jetzt mal der Reihe nach. Hast du Wilhelmine gefragt?«

»Ja, aber sie weiß auch nichts. Sie hat mir nur etwas Merkwürdiges über Christine erzählt, aber das ist bestimmt bloß Weibergeschwätz.«

Rosa beschloss, nicht im Namen aller Frauen beleidigt zu sein. Sie wollte Hinrich wirklich helfen.

»Erzähl schon.« Sie hatte die Schubkarre abgesetzt, als er auf sie zugestürmt war. Jetzt nahm sie die Handgriffe wieder hoch und fuhr die Karre in den Stall.

Hinrich folgte ihr. Warme, nach Kuhleibern und Mist scharf riechende Luft empfing sie.

»Also?«, fragte sie.

Hinrich machte eine wegwerfende Handbewegung, sagte aber trotzdem: »Anscheinend klettert Christine gern irgendwo hoch. Mutter hat sie vor ein paar Tagen bei uns auf dem Dachboden gefunden, wo sie durch das schräge Fenster gestarrt hat. Als sie Christine gefragt hat, was sie da mache, hat sie nur gemeint, es sei schön hoch oben. Der Blick wäre so weit. Ich kapiere das nicht, du etwa?«

»Glaub nicht«, erwiderte Rosa vage. Dabei verstand sie es besser, als er ahnte. Sie erinnerte sich nur zu gut daran, wie sie selbst bei Onkel und Tante auf den Speicher gestiegen war und rausgeschaut hatte. Nach Westen, wo in weiter Ferne das Alte Land lag, wo ihre Familie wohnte.

Aber diese Zeiten waren lange vorbei.

»Meinst du,«, fragte Hinrich, »das hat was mit ihrem Asthma zu tun? Vielleicht geht es ihr weiter oben besser?«

»Nein«, erwiderte Rosa entschieden. »Außerdem habe ich sie noch nie nach Atem ringen sehen. Du vielleicht?«

Hinrich wollte schon etwas entgegnen, als draußen ein Ruf erscholl.

»Matthiesen, bist du hier irgendwo? Wir haben deine Prinzessin gefunden. Sitzt oben in der Kusseiche und traut sich nicht mehr runter. Die Feuerwehr fährt schon die Leiter aus.«

»Gott sei Dank!«, rief Hinrich. In der nächsten Sekunde hatte er Rosa vergessen und war aus dem Stall gelaufen.

Sie rannte hinterher.

Die Kusseiche stand am nordwestlichen Rand von Südwerder, an der Straße nach Kirchwerder, und war mehr als dreihundert Jahre alt. Ihren Namen verdankte sie den unzähligen Liebespärchen, die seit jeher hierherkamen, um unter ihrer ausladenden Krone für ein paar kostbare Augenblicke ungestört zu sein. Jetzt im Winter war das Laub abgefallen, und die breiten Äste hatten schon so manchen Lausebengel zum Klettern eingeladen.

Rosa konnte nicht halb so schnell rennen wie Hinrich. Trotzdem schaffte sie es noch zur Eiche, um zu sehen, wie Christine vorsichtig auf die hohe, schwankende Leiter stieg. Sie klammerte sich dabei fest an den Feuerwehrmann.

Rosa erkannte Olaf Asmussen. Er machte ein Gesicht, als müsse er sich mit einer Geisteskranken herumschlagen. Aber vielleicht war das auch nur ihr eigener Eindruck. Sie hörte seine tiefe Stimme, die nahezu monoton auf Christine einredete. Das wirkte beruhigend auf die zitternde junge Frau, doch es dauerte noch endlose Minuten, bis sie heil auf dem Boden stand. Hinrich ging zu ihr und schloss sie in die Arme. Sie ließ es geschehen.

Zufällig war ihr Gesicht Rosa zugewandt. Es war seltsam leer und gleichgültig. Nur in den Augen lag ein helles Funkeln, das Rosa Angst einjagte. Armer Hinrich, dachte sie plötzlich. In wen hast du dich da bloß verliebt! Das kann nicht gut ausgehen.

9. Kapitel

Südwerder, Vierlande, Gegenwart

Es wurde Nachmittag an diesem Oktobersonntag, bis Maike sich auf den Weg in die Vierlande machte. Zunächst war sie am frühen Morgen erneut vor Erschöpfung auf ihrem grauen Sofa eingeschlafen. Nachdem sie am späten Vormittag wieder zu sich gekommen war, hatte sie eher zögerlich als energisch mit den Vorbereitungen begonnen.

Was sollte sie einpacken? Nichts in ihrer Garderobe eignete sich für einen Aufenthalt auf dem Lande. Erst nach langer Suche grub sie eine Jeans aus, die sie gleich anzog. Dann fand sie noch ein paar einfache Blusen und Pullis. Schließlich bestellte sie sich einen Mietwagen. Ein eigenes Auto brauchte sie in der Großstadt nicht, aber sie hatte keine Lust, mit Bus und Bahn nach Südwerder zu fahren. Mit dem Auto, so dachte sie, konnte sie auch jederzeit wieder flüchten.

Sie holte den Fiat 500 in der Nähe des Hauptbahnhofes ab und machte sich endlich auf den Weg.

Über die A 25 fuhr Maike bis nach Bergedorf, dann weiter über die Landstraße durch Curslack und Neuengamme.

Die flache Herbstlandschaft lag ihr rechts und links zu Füßen. Aus den Augenwinkeln sah sie weite Gemüsefelder, einige bereits abgeerntet, andere mit Winterkartoffeln und Kohl bepflanzt. Daneben entfalteten bunt leuchtende Dahlien und Herbstastern ihre ersten duftenden Blüten, bevor sie für den Blumengroßmarkt in Hamburg geschnitten wurden. Langgezogene Entwässerungsgräben wechselten sich mit Wirtschaftswegen ab, und im fahlen Sonnenlicht schimmerten die Gewächshäuser grau, beinahe abweisend. Ein paar Sonntagsspaziergänger bevölkerten die Dorfstraßen, auf einem Teich, dessen Ufer dicht mit Schilfrohr bewachsen war, schnatterte eine Entenfamilie, und über allem lag der Geruch nach feuchter, frischer Erde.

Tief sog Maike die Luft ein. Sie hatte vergessen, wie gut es in der alten Heimat roch.

Nur eines störte das altbekannte Bild: Am Horizont stand ein halbes Dutzend Windkrafträder; riesig, dominant, wie stumme Herrscher einer neuen Welt. Die hatte es damals noch nicht gegeben, und es fiel ihr schwer, sich an den Anblick zu gewöhnen. Erst als sie kurz darauf den ersten Elbdeich sah, fühlte sie sich mit der Umgebung wieder vertraut, und sie wusste: Dahinter floss der breite Strom unbeirrt in Richtung Hamburg und dann weiter bis zur Nordsee.

Maike fuhr langsam, so als wollte sie lieber nicht ankommen, doch irgendwann erreichte sie eben doch schon Kirchwerder. Als sie den hölzernen Glockenturm von St. Severini entdeckte, stoppte sie am Straßenrand. Ihre Hände zitterten auf einmal, ihre Augen tränten.

Ihr Blick fiel auf den weiß gestrichenen Turm mit seinem achteckigen Helm aus Zedernholzschindeln, der ein kleines Stück entfernt vom Kirchenschiff stand. Augenblicklich sah sie in ihrer Erinnerung Rosa Witthöft vor sich. Rosa, wie sie einst gewesen war – eine fröhliche, liebevolle junge Frau, die der kleinen Maike ein Bonbon in den Mund schob. Heimlich, damit es die Mama nicht merkte. Mama achtete nämlich sehr auf gesunde Zähne, auch wenn sie sonst so oft gar nicht richtig da war.

Ach, die Rosa von damals, die sie auf den Schoß nahm und ihr über das feine blonde Haar strich! Sie fehlte ihr. Die Rosa auch, die ihr alte Geschichten erzählte, bei denen sich Maike gruselte, von denen sie aber nie genug bekommen konnte. Wie zum Beispiel die vom Teufel und den Glockentürmen in den Vierlanden.

Der Teufel hatte nämlich versucht, die Türme in die Elbe zu werfen, weil er sich über das Läuten der Glocken geärgert hatte. Er bekam sie jedoch nicht richtig zu fassen und musste sie noch einmal abstellen. Da sagte der liebe Gott zu ihm: »Eenmol dörtst du bloß verseuken«, einmal darfst du es nur versuchen, und so blieben die Türme neben den Gotteshäusern stehen.

Maike, damals erst fünf Jahre alt, hatte sich danach schrecklich gefürchtet, wenn es am Sonntag in die Kirche ging. Ständig wartete sie darauf, dass der Teufel doch noch mal den Glockenturm packen würde. Oder vielleicht die ganze Kirche, wo sie so brav mit Mama und Papa und Oma Wilhelmine saß?

Ihre große Freundin Rosa bekam einigen Ärger, als die Matthiesens herausfanden, warum ihre Tochter im Gottesdienst neuerdings so zappelig war. Mama wollte ihr sogar verbieten, weiterhin zu ihnen zu kommen.

Einzig die alte Wilhelmine verteidigte die junge Frau vom Nachbarhof.

Maike entsann sich auf einmal genau, wie Omi behauptet hatte, das sei alles ihre Schuld, weil sie selbst vor Jahren der armen Rosa die olle Geschichte erzählt hatte. Und mit Sicherheit wusste Maike das alles noch, weil Wilhelmine am nächsten Morgen nicht mehr da gewesen war.

Die Omi sei in der Nacht sanft entschlafen, behauptete ihr Papa, während ihm die Tränen übers Gesicht liefen. Aber insgeheim war Maike noch lange davon überzeugt gewesen, der Teufel habe sie geholt. Und Papa musste ihn dabei beobachtet haben. Sie konnte sich nicht vorstellen, warum er sonst so traurig sein sollte.

Ihre Hände umklammerten das Lenkrad, während die Bilder der Vergangenheit wild in ihrem Kopf herumhüpften, ein bisschen wie der wütende Teufel in ihrer Vorstellung zwischen den Glockentürmen. Es dauerte eine ganze Weile, bis das Zittern nachließ.

Schließlich stieg Maike aus und lief ein paar Schritte hin und her. Sie überlegte, auf den Friedhof zu gehen und das Grab ihrer Großmutter zu besuchen. Aber dann würde sie auch das andere, das jüngere Grab sehen, und sie ahnte, diesen Anblick würde sie jetzt nicht verkraften.

Also setzte sie sich wieder hinter das Steuer und startete den Motor.

An der Abzweigung nach Südwerder musste sie hart gegen den Drang ankämpfen, sich einfach geradeaus zu halten. Einmal bis zur Elbe und dann wieder zurück nach Hamburg. Doch sie bog ab, ließ den Fiat im Schritttempo dahinrollen.

Erst jetzt fragte sie sich, zu wem sie eigentlich fahren sollte. Der elterliche Hof kam nicht in Frage. Auf keinen Fall konnte sie nach all den Jahren so plötzlich dort auftauchen. Vor allem nicht mit diesem neuen Charakterzug, der sie zwang, immer die Wahrheit zu sagen. Nein, sie musste erst mal woanders hin, irgendwo unterkommen, bis sie sich einen Plan zurechtgelegt hatte.

Das Problem war nur, sie hatte damals alle Brücken hinter sich abgebrochen, sie kannte niemanden mehr.

Oder?

Carina!

Maike stieß einen Seufzer der Erleichterung aus. Carina Wolters war in der Schule ihre beste Freundin gewesen. Gemeinsam hatten sie von der großen, weiten Welt geträumt, gemeinsam hatten sie den ersten Alkohol probiert und mit Jungs rumgemacht. Für Carina war es nichts geworden mit der großen, weiten Welt, denn sie hatte sich in einen Gemüsebauern verliebt und war geblieben. Die beiden Freundinnen hörten kaum noch voneinander, aber wenigstens schickten sie sich Karten zu Weihnachten und an Geburtstagen.

Wie viele Kinder hatte Carina noch mal? Zwei? Drei? Fieberhaft kramte sie in ihrem Gedächtnis. Es wollte ihr nicht einfallen. Auch nicht, wie ihr Mann hieß. Ole? Olaf? Nein, nicht Olaf. Das war jemand im Alter ihres Vaters, an den Maike nicht zurückdenken wollte. Schon quälten sie zu viele böse Erinnerungen. Namen tauchten auf, Gefühle fuhren durch sie hindurch wie eiskalte Winde.

Sie wusste natürlich, wo der Hof lag, direkt am Ortseingang auf der linken Seite, gleich nach der Kusseiche.

Das Backsteinhaus mit dem tiefgezogenen Reetdach

sah aus, als würde es jeden Tag mit einem riesigen Staubwedel abgeputzt. Der Kies in der Einfahrt zum Hof war frisch geharkt, und selbst die Wirtschaftsgebäude strahlten golden in der sinkenden Oktobersonne.

Maike dachte daran, wie ordentlich und sauber Carinas Mutter Christa Wolters immer gewesen war. Eine perfekte Landfrau. Offensichtlich hatte die Schulfreundin diese Eigenschaften von ihr geerbt.

Zögernd lief Maike über den Kies und klingelte.

»Guten Tag«, sagte sie, als eine ältere Frau öffnete. »Frau Wolters«, fügte sie schnell hinzu, nachdem sie die Hausherrin erkannt hatte.

»Sie wünschen?«, kam es misstrauisch zurück. Wahrscheinlich fürchtete sie den Besuch einer Avon-Beraterin oder Ähnlichem. »Wir brauchen keine …«

»Ich möchte Carina besuchen«, warf Maike schnell ein.

»Carina? Warum?« Ein langer prüfender Blick traf Maike, bis endlich ein erstauntes Lächeln über Christa Wolters' Gesicht huschte. »Die kleine Matthiesen. Donnerwetter! Du hast dich aber herausgemacht! Hätte nicht gedacht, dich noch einmal hier zu sehen.«

Maike trat unruhig von einem Fuß auf den anderen. Wenn ihr Auftauchen bei Carinas Mutter schon eine solche Reaktion auslöste, wollte sie sich lieber nicht vorstellen, was die Leute denken würden, die ihr mal nahegestanden hatten.

»Ist Carina da?«, hakte sie nach.

»Die wohnt seit ihrer Hochzeit nicht mehr hier.«

»Ach so.«

Idiotin!, schimpfte sie sich selbst im Stillen. Angestrengt versuchte sie sich an den Absender zu erinnern, der auf Carinas Postkarten gestanden haben musste. Er wollte ihr nicht einfallen.

Christa Wolters zeigte Erbarmen, trat aus dem Haus und wies mit dem ausgestreckten Arm in Richtung Dorfzentrum. »Drei Höfe weiter, gleich nach der Linkskurve.«

Maike spürte, wie ihr alles Blut aus dem Kopf wich. »Carina wohnt … sie …«

»Auf dem Erdbeerhof. Ganz genau.« Erst nach einem Moment bemerkte sie Maikes Verwirrung. »Rosa Witthöft hat schon vor Jahren das Haus vermietet und die Felder verpachtet. Meine Tochter und mein Schwiegersohn hoffen, dass sie eines Tages auch die Eigentümer werden. Sie arbeiten beide hart.« Stolz schwang in ihrer Stimme mit, während Maike von wilden Fluchtgedanken heimgesucht wurde. Nicht zu Rosas altem Hof!, dachte sie. Überallhin, nur nicht dahin!

Es war zu nahe an ihrem Elternhaus. Nur rund hundert Meter Land und die Obstplantage lagen dazwischen.

In der Diele hinter Christa Wolters erklang lautes Gepolter. »Das ist mein Mann mit den Koffern. Hast Glück gehabt, dass du uns noch erwischt hast. Wir fahren zur Kur nach Rügen. Soll ich Carina anrufen?« Sie hielt ein altmodisches Handy hoch.

»Nein«, sagte Maike schnell. »Das ist nicht nötig.«

»So, so, ein Überraschungsbesuch.«

»Äh, ja.«

»Ich nehme an, sonst soll auch niemand etwas wissen?«, erkundigte sich Christa Wolters hellsichtig.

Maike nickte nur.

»In Ordnung, Deern.« Das Lächeln der älteren Frau

wurde weich, beinahe mütterlich. Sie erinnerte sich offensichtlich an etwas, das Maike seit so vielen Jahren zu vergessen suchte.

Bevor die Situation peinlich werden konnte, wurde erneut laut gerumpelt, und Christa Wolters verschwand im Haus.

»Du sollst die Koffer runtertragen, nicht werfen!«, hörte Maike sie noch rufen.

Dann ging sie zu ihrem Wagen zurück, fuhr wieder auf die Hauptstraße, hielt den Blick stur geradeaus, um nicht in Versuchung zu geraten, ihr Elternhaus anzusehen, folgte kurz darauf der Linkskurve und bog in die Einfahrt zu dem imposanten Hufnerhaus ein, das sie noch so gut kannte. Äußerlich hatte sich nichts verändert, nur das dunkle Fachwerk schien frisch gestrichen zu sein. Maike schluckte hart, als sie daran dachte, wie oft sie früher quer über die Sommerweide hierhergelaufen war, um bei Rosa zu sein. Wieder musste sie ihren Fluchtinstinkt niederkämpfen.

Kaum war sie ausgestiegen, jaulte hinter ihr ein potenter Motor auf und erstarb dann plötzlich. Sie wirbelte herum und erblickte einen anthrazitfarbenen SUV, dessen Marke sie nicht zu benennen wusste.

Ein Berg von einem Mann schälte sich heraus, musterte sie überrascht und sagte: »Passen Sie bloß auf, dass mein Schätzchen Ihr Spielzeugauto da nicht mit einem Happs auffrisst.«

Maike funkelte ihn an. »Welcher Idiot nennt sein Auto ›Schätzchen‹? Wer sind Sie überhaupt?«

Gleichzeitig flatterte kurz ihr Herz, und sie fragte sich überrascht, warum. Wieso hatte dieser Typ mit der dröhnenden Stimme und dem angeberischen Auftreten eine solche Wirkung auf sie?

Er war doch bloß ... »Niels! Niels Asmussen!«

Der große Mann vor ihr kratzte sich am Kopf. »Zu Diensten, die Dame. Wenn Sie mir jetzt noch verraten, woher Sie mich kennen? Jemand wie Sie gehört normalerweise nicht zu meinem Freundeskreis.«

Maike unterdrückte ein Grinsen. Offensichtlich machte sie ordentlich Eindruck auf ihn. Trotz der schlichten Jeans und des alten Pullis. Einen Zweihundert-Euro-Haarschnitt erkannte selbst ein Landei wie er, und ihre Haltung tat ein Übriges.

Er hingegen sah aus wie vor dreißig Jahren. Riesig, weißblond, mit Augen so grün wie eine saftige Rinderweide. Na gut, vielleicht waren die Haare inzwischen mehr silberfarben als blond. Und ein wenig zugenommen hatte er, so zwanzig oder dreißig Kilo. Aber er wirkte nicht fett. Nur unglaublich – stark.

Jetzt wurden ihr die Knie weich, und sie musste sich am Rahmen der offenstehenden Autotür festhalten.

Niels Asmussen war ihre erste große Liebe gewesen. Sie war damals siebzehn gewesen, er neunzehn. Sie hatte ihn auf dem Ball der Freiwilligen Feuerwehr zum ersten Mal bewusst wahrgenommen und den ganzen Abend nicht mehr aus den Augen gelassen.

Die junge Maike damals wusste, dass sie hübsch war. Ihr blondes Haar reichte ihr fast bis zur Hüfte, und die hellen Augen brauchten nur ein wenig Mascara, um geheimnisvoll zu wirken. Obwohl sie ein wenig Babyspeck mit sich herumtrug, rissen sich viele Jungs um einen Tanz mit ihr.

Nicht so Niels Asmussen. Der schien sie überhaupt nicht zu sehen! Saß bloß mit seinen Freunden an einem Tisch im Festzelt und lachte dröhnend über irgendwelche dummen Witze.

Vielleicht fand sie ihn ja deshalb so spannend, weil er sich eben nicht für sie interessierte.

Wie auch immer – sie verlor an jenem Abend ihr Herz.

Carina, die in letzter Zeit immer seltener von der großen, weiten Welt sprach, warnte sie: »Pass bloß auf. Du willst doch nicht etwa wegen 'nem großen, grünäugigen Vierländer in der Gegend bleiben? Was ist mit Hamburg? Nächstes Jahr nach dem Abi?«

»Ich will ja nicht gleich heiraten«, entgegnete Maike, obwohl sie sich im Geiste schon ein Leben an der Seite dieses tollen Typen ausmalte.

»Denn ist ja gut«, sagte Carina zweifelnd und richtete ihren eigenen Blick auf einen anderen großen, grünäugigen Vierländer.

Zwei Monate nach dem Feuerwehrball fand das Mühlenfest statt. Maike war in dieser Zeit bei Niels keinen einzigen Schritt weitergekommen. Das frustrierte sie. Denn nur wenn sie von ihm träumte, konnte sie der schrecklichen Situation zu Hause entfliehen. Obwohl Niels in Größe und Statur durchaus ihrem Vater ähnelte, lenkte sie jeder Gedanke an ihn von dem familiären Stress ab. Aber sooft sie ihm auch »zufällig« über den Weg lief – beim Spritzenhaus, wenn er seinen freiwilligen Dienst antrat, auf seinem elterlichen Hof oder im Gasthaus »Elbblick« – nie gab er auch nur mit einer hochgezogenen Augenbraue zu verstehen, dass er sie zur Kenntnis nahm.

Also blieb ihr keine Wahl. Am Abend gab sie beim

Stadtschreiber ihre Zahl ab. Eins. Sie glaubte fest daran, sie bringe ihr Glück. Schließlich stand sie in fast allen Fächern auf einer glatten Eins. Außerdem war es ein windstiller Abend, und Maike hoffte, dem Schicksal ein Schnippchen schlagen zu können, indem sie die niedrigste Zahl wählte. Wenigstens eine Umdrehung würden die verflixten Flügel doch schaffen! Das mussten sie einfach!

Andere waren genauso clever wie sie, und so notierte der Stadtschreiber eine Eins nach der anderen.

Ein kollektives Raunen ging durch die Menge, als die Glocke ertönte, und die Flügel sich nicht rührten. Kein Stück!

Das war's, sagte Maike sich. Ich werde nie eine Chance bei Niels haben.

Nach dem Fest schlug sie sich den Typen aus dem Kopf. Anfangs war es echt hart, aber im Laufe des Herbstes und des Winters fiel es ihr immer leichter.

Im Frühjahr konzentrierte sie sich dann ganz auf ihr Abitur und war im Nachhinein erleichtert, dass aus Niels und ihr kein Paar geworden war. Obwohl es noch den einen Abend gab, an dem alles möglich schien. Den einen Abend, an dem fast jemand gestorben wäre.

Ihr Stolz war noch angeknackst. Aber als sie dann im Spätsommer nach Hamburg zog, verschwendete sie nie wieder einen Gedanken an den großen Vierländer. Erst im Laufe der Jahre begriff sie, dass dieser Mann ihrem Selbstbewusstsein schwer geschadet hatte. Und nun war er der zweite Mensch, dem sie in Südwerder begegnete. Maike musste lachen. Das Schicksal hatte Sinn für Humor.

Niels zog seine buschigen weißblonden Brauen zusammen.

»Wer sind Sie?«, fragte er und klang nicht mehr besonders freundlich. Dann musterte er sie noch einmal, und plötzlich blitzte Erkennen in seinen wiesengrünen Augen auf.

»Der kleine Kürbis. Ich fasse es nicht!«

»Was? Wer?«

»Na du, also ... Sie. Egal. Maike Matthiesen, der kleine Kürbis. So haben wir dich damals genannt. Wusstest du das nicht?« Er machte mit beiden Händen eine Bewegung, die eindeutige Rundungen erkennen ließen, dann pfiff er durch die Zähne. »Bei allen Flussgeistern! Ich muss schon sagen, du hast dich ganz schön verändert.«

Sie war zu geschockt über den Spitznamen und konnte nicht antworten. Kleiner Kürbis? Sie? Nur weil sie da noch ein wenig mollig gewesen war? Frechheit!

Sie hätte ihm gern im Nachhinein eine geknallt, hielt sich aber zurück. Vielleicht würde sie Niels noch brauchen, auch wenn ihr im Augenblick keine Verwendung für ihn einfiel. Es war besser, sich nicht sofort neue Feinde in Südwerder zu schaffen.

Sein Blick wanderte von ihr zu ihrem kleinen Auto. »Ich habe ja gehört, dass du in Hamburg ganz groß Karriere gemacht hast, aber dieser mickrige Cinquecento enttäuscht mich.«

»Das ist nur ein Mietwagen«, erwiderte sie, mit den Gedanken ganz woanders. Bei der jungen Maike, die sich einbildete, alle Jungs stünden auf sie, dabei wurde sie nach einem großen runden Fruchtgemüse benannt. Sie fand es im Nachhinein schrecklich peinlich.

»Das ist ja noch schlimmer«, sagte Niels. »Willst du mir etwa weismachen, du hast kein eigenes Auto?«

Sie gab ihm keine Antwort, weil ihr in diesem Moment etwas auffiel. »Woher bist du so gut informiert?«

»Hä?« Er sah jetzt nicht sonderlich intelligent aus.

Also musste sie deutlicher werden. »Du hast mich eben nur mit Mühe erkannt, und wir haben seit dreißig Jahren keinen Kontakt. Wer hat dir von meiner Karriere erzählt?«

Niels schlug sich mit der flachen Hand gegen die Stirn. Ziemlich heftig. Musste weh tun, aber er verzog keine Miene. »Meine Schwägerin natürlich.«

Jetzt war es Maike, die nicht verstand. »Und wer ist das?«

Er lächelte geduldig. »Na, die Frau von meinem Bruder, wer sonst?«

Sie überlegte, ob es Sinn haben würde, ihn zu schütteln. Aber vermutlich würde sie diesen Berg keinen Millimeter weit verrücken.

»Von Onno«, ergänzte Niels und schwieg dann, als ob damit alles gesagt sei.

»Onno«, murmelte sie. »Onno Asmussen.« In der nächsten Sekunde hätte sie sich beinahe auch mit der Hand gegen die Stirn geschlagen. Sie konnte sich gerade noch beherrschen.

Carina hieß seit ihrer Heirat Asmussen mit Nachnamen. Sie hatte Onno geheiratet. Dass er Niels' Bruder war, hatte Maike in all den Jahren nie mehr bedacht.

»Und was machst du hier?«, fragte sie jetzt. Sie fand es auf einmal gar nicht mehr lustig, dass ihr einstiger Schwarm Zeuge ihrer Ankunft in Südwerder wurde. Sie hatte gehofft, wenigstens ein paar Tage unbemerkt zu bleiben. Das konnte sie nun vergessen. Auf die Verschwiegenheit von Christa Wolters konnte sie bestimmt zählen, zumal diese dabei war, wegzufahren, aber Niels würde bestimmt nicht die Klappe halten.

»Bin zum Kaffee eingeladen«, gab er zurück. »Als bedauernswerter Single werde ich von meiner Familie reihum gefüttert.«

Schon glaubte Maike, den Geschmack von frisch gebackenem Butterkuchen auf der Zunge zu spüren. Mit Mandelsplittern und Zuckerstreuseln. Ihr lief das Wasser im Mund zusammen.

»Heute Mittag war ich bei meiner ältesten Schwester, heute Abend wartet mein anderer Bruder auf mich«, führte Niels weiter aus. »Aber wenn du möchtest, lade ich dich zum Essen in Bergedorf ein. Dann feiern wir unser Wiedersehen.«

In seine Augen trat ein lüsterner Ausdruck, und Maike stellte sich vor, wie sie von einem Berg erdrückt wurde. Bevor sie sich diese Nahtoderfahrung noch weiter ausmalen konnte, wurde die Haustür aufgerissen.

Eine tiefe Männerstimme rief: »Ey, Niels! Schlägst du da draußen Wurzeln, oder was?«

»Ich komme schon, Brüderchen. Und ich habe euch was mitgebracht.«

Er gab Maike einen leichten Schubs.

Sie war froh, dass sie sich noch immer am Auto festhielt. Sonst wäre sie bei dem Schlag umgefallen.

»Wer ist denn da?«, fragte Carina.

Ihre Stimme war Maike auch nach dreißig Jahren noch vertraut. Die Frau, die sich jetzt an Onno vorbeidrängte und über den Hof auf sie zugelaufen kam, hätte sie allerdings im Leben nicht wiedererkannt. Sie war rund wie ein Sauerkrautfass, ihre einst feuerroten Haare waren von grauen Strähnen durchzogen, ihre Haut wirkte teigig.

Sie blieb vor Maike stehen und schaute sie scharf an. Im Gegensatz zu ihrem Schwager brauchte sie nur ein paar Sekunden, bis sie in der vornehmen Großstädterin ihre alte Schulfreundin entdeckte.

»Mensch, Maike, du? Wahnsinn! Du bist aber dünn geworden.«

»Im Gegensatz zu dir.« Sie täuschte einen Hustenanfall vor, aber es war natürlich schon zu spät.

Carina lief hochrot an. »Gute Manieren haben sie dir in Hamburg aber nicht beigebracht.«

»Ich muss immer die Wahrheit sagen«, gestand Maike kleinlaut.

»Echt?«, fragte Niels dazwischen. »Ist das ein Fluch?«

»Keine Ahnung.«

»Na gut, nicht so wichtig. Aber verrate mir eins: Wolltest du damals beim Mühlenfest, dass ich mich in dich verliebe?«

»Ja«, gab Maike zu. »Ich war schrecklich in dich verknallt.«

Sie wünschte, sie würde schlagartig stumm werden. »Aber wieso interessiert dich das? Ich war doch bloß der kleine Kürbis, wenn ich das eben richtig verstanden habe.«

Niels rieb sich zufrieden die schaufelgroßen Hände. »Ist 'ne alte Wette. Onno!«, rief er in Richtung Haustür. »Du schuldest mir zwanzig Mark. Wie viel Euro sind das? Bloß zehn? Mist!«

Inzwischen hatte Carina sich gefangen. »Ist ja ulkig!«, rief sie. »Deine Großmutter war auch so. Meine Mutter hat mal davon gesprochen, wie sich alle im Dorf über sie aufgeregt haben. Hätte nicht gedacht, dass sich so was vererben kann. Früher warst du anders.«

»Daran ist ein Denkmal schuld«, erklärte Maike. »Auf dem Hopfenmarkt.«

Als sie in zwei ratlose Gesichter blickte, lachte sie laut los.

Carina staunte. »Jetzt bist du genau wie früher. Da hast du dich oft über alles Mögliche schlappgelacht. Und Wilhelmine konnte das auch gut.«

»Kann ich reinkommen?«, bat Maike. »Dann erzähle ich der Reihe nach.«

»Na gut«, meinte Carina nach kurzem Überlegen. Sie war schon immer ein freundlicher Mensch gewesen.

Maike atmete auf. »Du bist ein Schatz.«

»Und das meinst du auch so.«

»Absolut.«

Sie setzten sich in Bewegung.

Der Berg blieb ihnen auf den Fersen. »Hast du deine Brüste machen lassen?«

»Niels!«, rief Carina schockiert, während Maike sich beide Hände vor den Mund hielt. Aber ein Kopfschütteln konnte sie nicht vermeiden.

»Und dein Gesicht?«, wollte Niels wissen. »Obenrum Botox und unten Hyaluron?«

Der kennt sich aber aus, dachte sie und schüttelte wieder den Kopf.

»Wie viele Liebhaber hattest du schon?«

Zum Glück hatten sie jetzt den Hauseingang erreicht. Carina schob erst Maike, dann Onno hinein und knallte die Tür mit Karacho vor Niels' Nase zu.

»Na hör mal«, protestierte Onno. »Er ist mein Bruder.«

»Und ein olles Klatschweib, das Maikes Schwäche ausnutzen will, um geilen Gesprächsstoff für den Stammtisch zu haben.«

»Stimmt«, gab Onno zu und wandte sich an Maike.

»Ich entschuldige mich für Niels. Seit er Erfolg mit seinem Landmaschinenhandel hat, ist er vom Größenwahn befallen. Und er weiß nicht mehr, was sich gehört.«

»Schon gut«, erwiderte sie und sank in der großen Diele erschöpft auf eine reich verzierte hölzerne Truhe. Sie war nur froh, dass Niels nicht mehr dazu gekommen war, sie auch nach Anzahl und Qualität ihrer Höhepunkte zu fragen.

Auf einmal musste sie an Robert denken. Er war ein zärtlicher Liebhaber, und sie ... sie würde nie mehr mit ihm zusammen sein.

»Warum weinst du?«, fragte Carina.

Ihr Mann verschwand durch eine Tür. Heulende Frauen waren eindeutig nicht sein Ding. Er murmelte noch was von einem Trecker, der dringend repariert werden musste.

»Ich habe meinen Freund verloren.«

»Ist er tot?«

»Quatsch.«

»Aber?«

»Ich war gemein zu ihm. Genauso wie zu Gesine. Sie ist – war – meine beste Freundin in Hamburg. Und meinen Job bin ich auch los.«

»Ist ja irre! Nur, weil du mal die Wahrheit sagst?«

»Du hast ja keine Ahnung.«

»Dann verrate es mir.«

»Ich ...« Maike hob den tränenverschleierten Blick und

schaute sich um. Schon heulte sie erneut los, obwohl die Diele abgesehen von ihren enormen Ausmaßen anders aussah als früher. Rosa hatte einst alles so gelassen, wie es seit Jahrhunderten gewesen war. Mit der Feuerstelle in der Mitte und den Haken für die Räucherware darüber. Mit Stalllaternen an den Wänden, dem verstaubten Dreschflegel neben dem Eingang, Jagdtrophäen an den Wänden und sogar mit einem alten Heuwagen in einer Ecke.

Carina hingegen hatte ganze Arbeit geleistet, den großen Raum mit wenigen alten, jedoch geschmackvollen Gegenständen bestückt, und ihm eine Frischekur verpasst, ohne seine Atmosphäre zu zerstören. Weitere Truhen wie die, auf der Maike hockte, waren an den Wänden verteilt, die frühere Feuerstelle wurde von einem hölzernen Bottich voll mit Grünpflanzen bedeckt, und der steinerne Boden war mit leichten Sisalteppichen belegt. Einzig der würzige Duft nach Holz und Rauch hing noch in der Luft und erinnerte Maike an früher. Aber vielleicht spielte ihr Geruchssinn ihr nur einen Streich.

»Warm wird's hier im Winter nie«, sagte Carina, »dazu ist die Diele zu groß. Aber ich wollte, dass es wenigstens gemütlich aussieht.«

»Das tut es«, erwiderte Maike und schniefte. »Es ist anders.«

Carina kniff die Augen zusammen. »Ach so. Mist. Du wusstest nicht, dass ich in Rosas altem Haus wohne. Willst du lieber wieder rausgehen?«

»Nein, ist schon in Ordnung.«

»Gut. Dann komm mit in die Küche und erzähl mir, was mit dir passiert ist.«

Maike stand auf und folgte ihr in den hinteren Teil des Hauses.

»Aber vorher erzählst du mir, was du von der Neuigkeit hältst«, sagte Carina über die Schulter. »Über deinen Vater und Rosa.«

10. Kapitel

Maike saß in Carinas Bauernküche auf der Eckbank und hielt unter dem Tisch die Finger ineinander verschränkt. Vor ihr standen ein Becher mit dampfendem Kaffee und ein Teller mit einem großen Stück duftendem Butterkuchen. Doch sie konnte nicht danach greifen, denn sie wusste, ihre Hände würden zittern. Carinas Ankündigung, sie müsse ihr etwas über Rosa und Hinrich erzählen, hatte sie unvorbereitet getroffen, und nun fürchtete sie sich vor dem, was sie zu hören bekam. Wieder wurde ihr bewusst, dass sie nur knapp hundert Meter Luftlinie von ihrem Elternhaus entfernt war, und somit von den zwei Menschen, die sie niemals im Leben hatte wiedersehen wollen.

Wahrscheinlich drehte sie nur deshalb nicht durch, weil Carina auch der Küche ihren eigenen Stempel aufgedrückt hatte. Abgesehen von den schwarzweißen Fliesen auf dem Boden erinnerte nichts mehr an die vielen Stunden, die Maike hier zusammen mit Rosa verbracht hatte. Der Tisch war aus hellem unbehandelten Holz, die Eckbank war mit selbstbestickten Kissen belegt. An den Wänden hingen stabile Regale voll mit alten Tellern aus Zinn, Steingut und Porzellan. Ein großer Vitrinenschrank beherbergte Gläser jeglicher Form, und über dem modernen Herd entdeckte Maike bronzene Kochtöpfe und Teekessel.

»Ich bin eine leidenschaftliche Sammlerin«, gestand Carina, die Maikes Musterung bemerkt hatte. »Guck mal.« Sie öffnete den Vitrinenschrank und holte aus seinen Tiefen ein Holzkästchen von der Form und der Größe eines Vogelhäuschens heraus. An der Giebelseite befand sich eine runde Verschlussklappe. »Das ist …«

»Ich weiß, was das ist!«, fuhr Maike aufgebracht dazwischen. »Ein Salzhäuschen!«

»Richtig«, entgegnete Carina ungerührt. »Es stammt aus dem achtzehnten Jahrhundert, glaube ich. Früher stand so eins neben jeder Feuerstelle. Das Holz band die Feuchtigkeit, so blieb das Salz schön trocken. Warum regst du dich so auf?«

Maike atmete ein paarmal tief durch, schwieg aber. Sie selbst hatte das antike Stück zwischen altem Gerümpel auf dem Speicher dieses Hauses gefunden. Da war sie neun gewesen. Rosa hatte ihr erlaubt, es zu behalten.

Mit größter Sorgfalt hatte Maike das Häuschen gereinigt und ihrer Mutter zum Geburtstag geschenkt. Diese jedoch hatte nur matt gelächelt, das Geschenk beiseitegestellt und nie mehr erwähnt.

Seltsam, überlegte Maike. Sie hatte seit vielen Jahren nicht mehr daran gedacht, aber nun spürte sie den Stich der Enttäuschung, als sei es erst gestern geschehen.

Carina stellte das Salzhäuschen zurück und schaute sie dann ratlos an. »Was ist denn?«

»Nichts.«

»Rosa hat es mir irgendwann mal gebracht«, erklärte

Carina vorsichtig. »Und sie meinte, es gehörte ursprünglich auf den Erdbeerhof. Sie weiß eben, dass ich gern alte Dinge aufhebe.«

»Ich sag doch, es ist nichts.«

Maike verfluchte Robert, weil er sie dazu gedrängt hatte, herzufahren. Sie verfluchte das Denkmal, weil es ebenfalls schuld an der Entwicklung hatte, sie verfluchte sich selbst, weil sie sich auf den Weg gemacht hatte …

»Na, Kraftausdrücke hast du in deinem vornehmen Hotel aber nicht verlernt«, sagte Carina und grinste breit.

Sie setzte sich auf einen Stuhl ihr gegenüber.

»Entschuldige. Ich habe nicht gemerkt, dass ich laut gesprochen habe.«

Carina winkte lässig ab. »Kein Thema. Ich habe einen Mann und zwei erwachsene Söhne. Da bekomme ich Schlimmeres zu hören.«

»Ich dachte, du hättest … äh … drei Kinder.«

»Vier«, erwiderte Carina, ein bisschen weniger fröhlich. »Aber meine Töchter fluchen nicht.«

»Entschuldige«, sagte Maike wieder. »Da habe ich im Laufe der Jahre anscheinend nicht richtig mitgezählt. Wo sind sie denn?«

»Von den Jungs lebt einer in Geesthacht und einer in Lauenburg. Beide haben bereits ihre eigenen Familien«, erzählte Carina mit hörbarem Stolz in der Stimme. »Janne, unsere ältere Tochter, studiert in Göttingen, und unser Nesthäkchen Betty geht in Bergedorf zur Schule. So wie wir damals. Heute ist sie den ganzen Tag bei einer Freundin. Sie wird es bestimmt schade finden, dass sie dich verpasst hat. Betty ist sechzehn und schwärmt für die große, weite Welt.«

Ein Schatten flog über ihr Gesicht. Maike nahm an, sie erinnerte sich an ihre eigenen Träume als junges Mädchen. Aber gleich darauf lächelte sie schon wieder. »Am besten verrate ich Betty gar nicht, dass ich schicken Besuch aus der Stadt hatte.«

Carina glaubte also, dies sei nur eine Stippvisite. Maike suchte schon nach Worten, um ihre eigentliche Bitte vorzubringen, tat es dann aber doch noch nicht.

»Du bist schon Großmutter«, sagte sie nach einem Moment. »Wahnsinn.«

»Tja, das fühlt sich manchmal noch ein bisschen seltsam an. Ich habe eine Enkeltochter und einen Enkelsohn, anderthalb und zwei Jahre alt. Aber jetzt hör auf, mich abzulenken. Ich muss dir von deinen Eltern erzählen.«

»Rosa ist nicht meine Mutter!«, stieß Maike heftig aus.

Carina hob die Hände. »Ach ja, tut mir leid. Die beiden leben schon so viele Jahre zusammen, dass ich das oft vergesse.«

»Ich nicht.«

Carinas Blick wurde scharf. »Du hast deinem Vater immer noch nicht verziehen?«

»Weder ihm noch Rosa.«

»Aber ...«

»Ach, hör schon auf. Ich soll vergeben und vergessen? Das kann ich nicht!«

Carina verfiel in Schweigen. Maike wagte es währenddessen, von dem Kuchen abzubeißen.

»Köstlich«, sagte sie mit vollem Mund.

»Danke. Du siehst aus, als würdest du von zwei Möhren und einem Apfel am Tag leben.«

»Du nicht.« Sie hustete, aber es war schon ausgesprochen.

Carina schien jedoch nicht beleidigt zu sein. »Vier Schwangerschaften und die deftige Vierländer Küche«, erklärte sie. »Da bleibt einer Frau kaum was anderes übrig, als in die Breite zu gehen.«

Schnell stopfte Maike sich erneut den Mund voll, damit sie bloß nicht noch mehr Gemeinheiten über Carinas Aussehen von sich gab. Sie kaute langsam und genoss den süßen Geschmack des Gebäcks.

Ihre Schulfreundin schaute ihr lächelnd zu. Dann sagte sie: »Also, was ich dir über Rosa und Hinrich erzählen wollte: Die beiden haben sich verlobt.«

Der Butterkuchen in ihrem Mund verwandelte sich in staubtrockenes Sägemehl. Maike musste endlos kauen, bis sie es schaffte, zu schlucken.

»Soll das ein Witz sein?«, fragte sie dann. »Sie leben seit zweiunddreißig Jahren zusammen, und jetzt verloben sie sich auf einmal? Sind die senil?«

»Nein«, erwiderte Carina. »Ich denke, sie wissen genau, was sie tun.«

»Aber warum jetzt? In ihrem Alter?«

»Ebendeshalb«, sagte Carina weich. »Vergiss nicht. Rosa ist achtundsechzig, Hinrich achtundsiebzig. Außerdem …«

»Was?«

»Ich bin mir nicht sicher. Meine Mutter hat nur mal so Andeutungen gemacht.«

»Was für Andeutungen?« Ein plötzlicher Verdacht stieg in Maike auf. »Ist mein Vater krank?«

»Ganz ehrlich, ich weiß es nicht genau. Wenn du willst,

rufe ich meine Mutter an und frage sie. Irgendwas ist da wohl passiert. Und auf jeden Fall wollen Rosa und Hinrich im Alter endlich den Zustand der wilden Ehe beenden.«

Alles Blut wich Maike aus dem Gesicht. Sie war froh, dass sie auf einer stabilen Holzbank saß.

»Willst du damit sagen, die wollen heiraten?«

Carina legte den Kopf schief. »Das tut man normalerweise, wenn man sich verlobt.«

»Aber ... aber das dürfen sie nicht!«

»Warum nicht? Dein Vater ist seit dreiunddreißig Jahren verwitwet.«

Maike wollte schreien, aber sie brachte nur ein Flüstern zustande. »Er hat meine Mutter auf dem Gewissen.«

Carinas Augen wurden groß. »Wie kannst du das immer noch sagen? Ich denke, du musst dich streng an Tatsachen halten!«

»Das *sind* Tatsachen!«

»Nein. Du weißt genau, dass es nicht so war.«

Maike blickte auf ihren Teller. »Er hat sie jämmerlich ersticken lassen.«

Sie staunte, weil die Worte genauso rauskamen, wie sie es geplant hatte. Schon damals, als es passierte, hatte sie das behauptet, und lange Zeit hatte ihr niemand widersprochen. Vermutlich aus Rücksicht auf das trauernde junge Mädchen. Heute jedoch, da sie gezwungen war, die Wahrheit zu sagen, konnte sie die Behauptung problemlos wiederholen.

Also stimmte es!

Maike schauderte. Ihr Vater war schuld am Tod ihrer Mutter!

Oder – das Schaudern wurde stärker – ihre Symptome

ließen nach. Sie wagte es nicht, erleichtert zu sein. Noch war gar nichts sicher.

Carina griff über den Tisch nach ihrem Handgelenk und drückte es fest. »Jetzt hör mir mal ganz genau zu. Das muss endlich aufhören. Du warst damals doch erst fünfzehn und hast dir nach dem Unfall sonst was eingebildet. Aber es hat eine polizeiliche Untersuchung gegeben, und Hinrich wurde von jeglicher Schuld freigesprochen. Weißt du das nicht mehr?«

Sie kramte in ihrem Gedächtnis, erinnerte sich dunkel an ein amtliches Schreiben. Aber sie hatte es nicht lesen wollen. Noch Monate nach dem Tod ihrer geliebten Mutter war sie wie gelähmt gewesen. Irgendwie hatte sie funktioniert, aber ihr Herz war gebrochen.

Halt und Trost hatte sie damals nur bei Rosa gefunden, ihrer älteren Freundin seit Kindertagen. Zu ihr hatte sie jederzeit gehen können. Sie war eine geduldige Zuhörerin gewesen und hatte nur protestiert, wenn Maike alle Schuld ihrem Vater gab. Dann jedoch, nur ein Jahr nach Christines Tod, verlor sie auch Rosa. Die Frau schnappte sich Hinrich Matthiesen und zog bei ihnen ein.

Der Verrat war so ungeheuerlich, dass Maike, damals gerade sechzehn geworden, nur einen Weg kannte, um damit fertig zu werden: Sie schwieg.

Carinas Gedanken waren ebenfalls in die Vergangenheit gerichtet, denn sie seufzte schwer und ließ Maikes Handgelenk los. »Damals haben wir alle gedacht, du kriegst einen Dachschaden. Aber in der Schule hast du ganz normal geredet, und auch mit deinen Freunden. Bloß zu Hause warst du anscheinend die meiste Zeit stumm wie ein Elbaal.«

»Das stimmt. Rosa war ziemlich verzweifelt.«

In Carinas Mundwinkeln erschien ein schwaches Lächeln. »Immerhin. Die Jahre oder deine neue Wahrheitsliebe bringen dich zur späten Einsicht.«

»Sie hatte es nicht anders verdient.«

»Na, ich weiß nicht.«

»Sie hat mich verraten, Carina! Hat sich all die Jahre bei mir eingeschmeichelt. Aber in Wirklichkeit hatte sie es nur auf meinen Vater abgesehen.«

Carina erwiderte nichts, und in der Küche breitete sich eine lange, schwere Stille aus. Während Maike von ihrem kalt gewordenen Kaffee trank, fragte sie sich, was das sollte. Warum war ihre einstmals beste Freundin auf einmal so zugeknöpft?

Als Carina endlich wieder redete, trafen ihre Worte sie wie ein Schlag in den Magen.

»Rosa hat Hinrich schon immer geliebt. Seit sie vierzehn war. Er war ihre einzige, ihre große Liebe. Wusstest du das nicht?«

»Nein, woher denn?«

»Vielleicht hätte sie es dir erzählt, wenn du öfter mit ihr geredet hättest.«

Maike erinnerte sich an die zwei Jahre, in denen sie mit Rosa unter einem Dach gelebt hatte. Sie hatte nur das Allernötigste mit der Freundin ihres Vaters gesprochen, sich nie auf ein richtiges Gespräch eingelassen. Es war nicht leicht gewesen, sich daran zu halten, aber irgendwann war sie so daran gewöhnt gewesen, dass es ihr kaum noch auffiel.

Den Schmerz ins Rosas Gesicht ignorierte sie geflissentlich, und im Laufe der Zeit hatte es sich im Hause

Matthiesen eingebürgert, dass kaum noch Worte gewechselt wurden, wenn die neu zusammengewürfelte Familie bei Tisch oder vor dem Fernseher saß.

Erst als Maike sich mit siebzehn in den schönen Niels verliebte, war sie ein paarmal drauf und dran, mit Rosa darüber zu reden. Immerhin standen sie beide auf denselben Typ Mann. Groß, blond und breitschultrig.

Später war sie froh, dass sie es nicht getan hatte. Rosa hätte sie bestimmt nur ausgelacht, weil sie von einem Jungen träumte, der für sie unerreichbar war.

Oder auch nicht, dachte sie jetzt, als sie staunend Carina zuhörte.

Das sei inzwischen im ganzen Dorf bekannt, erzählte die Freundin. Sie selbst habe die Geschichte vor einigen Jahren von ihren Eltern erfahren. Carina berichtete von der jungen Rosa, die zu hartherzigen Verwandten in Südwerder geschickt worden war und schrecklich leiden musste, bis der Jungbauer von nebenan ihr Beschützer wurde. Doch ihre Liebe zu ihm sei aussichtslos gewesen, und Jahre später habe er die schöne Christine geheiratet.

»Rosa hat sich daraufhin zurückgezogen. Aber sie blieb den Matthiesens eine gute Freundin. Selbst hat sie nie geheiratet, dabei hätte sie einige gute Chancen gehabt. Wie auch immer, sie führte den Hof, arbeitete hart und war immer für Hinrich da, wenn er Kummer mit seiner Frau hatte. Anscheinend hatte er den ziemlich oft …«

»Hör auf! Ich will das nicht hören.«

Carina zeichnete gedankenverloren ein Muster auf die Tischplatte. »Ich sag ja nur, dass die Ehe vielleicht nicht so glücklich war, wie du es dir immer eingeredet hast.«

Ein Blick Maikes ließ sie verstummen. Sie stand auf,

wandte ihr den Rücken zu und machte sich an der Kaffeemaschine zu schaffen.

Mit aller Kraft wehrte sich Maike gegen die Erinnerungen, aber sie standen ihr dennoch so klar vor Augen, als sei alles erst gestern geschehen. Der Vater, der manchmal so verzweifelt wirkte, die schöne Mutter, die ihrer Tochter anvertraute, eines Tages würden sie fortgehen. Nur sie beide. Weg aus diesem langweiligen Dorf, hinaus in die Welt.

Die junge Maike war dann immer hin- und hergerissen, denn sie liebte ihre Eltern gleichermaßen. Und dann gab es da diese Angst, die sie jedes Mal überfiel, wenn ihre Mutter mal wieder irgendwo hochgeklettert war. Kein Baum, kein Dachboden war vor ihr sicher gewesen. Einmal hatte sie es sogar auf den Glockenturm von St. Severini geschafft und sich zum Gespött der Leute gemacht, weil der erboste Küster sie die schmale Leiter hinunterzerren musste.

Sie rieb sich die Schläfen, um die Bilder von damals zu vertreiben. Zum ersten Mal in ihrem Leben fragte sie sich, ob sie ihr Fernweh von Christine geerbt hatte. War es vielleicht gar nicht ihr eigener Wunsch gewesen, die Vierlande zu verlassen? Wäre sie so oder so fortgegangen, selbst wenn ihr Vater und Rosa nichts getan hätten, um sie zu vertreiben?

Es war schwierig, darauf eine Antwort zu finden. Was geschehen war, das war geschehen. Ob ihr Leben anders verlaufen wäre, wenn eine höhere Macht an ein, zwei Punkten die Weichen anders gestellt hätte – das würde Maike wohl nie mehr herausfinden.

Carina hatte sich inzwischen wieder hingesetzt und redete weiter. »Eine bessere Freundin als Rosa konnte sich Hinrich nicht wünschen. Von ihren Gefühlen hat er wahrscheinlich all die Jahre über nichts geahnt. Er dachte bestimmt, sie wolle wiedergutmachen, dass er ihr früher geholfen hatte. Und sie hat auch dich sehr geliebt, falls du das nicht mehr weißt. Sie war deine Beschützerin.«

Maike verzog das Gesicht. »Es reicht.«

»Wie du willst. Aber früher oder später werde ich dir alles erzählen, was ich über deine Familie weiß. Ich finde, es gibt Dinge, die du erfahren solltest. Manches habe ich auch von Rosa selbst, obwohl sie vor lauter Loyalität zu euch sicherlich vieles für sich behalten hat. Auf jeden Fall kannst du dir kein Urteil erlauben, bevor du nicht die ganze Geschichte kennst.«

Erneut senkte sich Stille über die beiden Frauen in der Küche. In Maike regte sich ein Gefühl, das einem schlechten Gewissen erschreckend nahekam. Sie warf einen neuen Blick in die Vergangenheit und fragte sich, ob sie Rosa unrecht getan hatte. Und ihrem Vater.

Dann verschloss sie sich vor diesen beängstigenden Gedanken, denn ihr fiel wieder ein, was am Abend nach ihrer Abiturfeier passiert war. Wie hatte sie das auch nur für eine Sekunde vergessen können!

Plötzlich entschlossen, rutschte Maike die Eckbank entlang und stand auf. »Ich denke, ich kehre nach Hause zurück.«

Carina erhob sich ebenfalls.

»Ohne zu deinen Eltern zu gehen? Ich dachte, du bist deshalb hier.«

»Weshalb?«, fragte Maike irritiert.

»Wegen der Verlobung. Ich dachte – na ja –, dein Vater hätte dich informiert.«

»Mein Vater und ich stehen seit Jahren nicht mehr in Kontakt miteinander.«

»Und tut dir das leid?«

»Ja.«

Verdammt! Sie hatte »Nein« sagen wollen.

Auf ein Nachlassen der Symptome konnte sie also nicht hoffen.

»Dann verstehe ich nicht, wieso du ihn nicht besuchst.«

»Weil ... ich habe Angst.«

Der Vorfall nach der Abiturfeier kam ihr zum Glück nicht aus Versehen über die Lippen. Ihre alte Schulfreundin erinnerte sich bestimmt noch lebhaft daran, aber darüber jetzt auch noch zu sprechen, hätte Maike überfordert.

Carina schaute sie zweifelnd an, dann schien sie zu begreifen. »Du hast Angst, du könntest zu Rosa und Hinrich Sachen sagen, die du lieber verschweigen würdest.«

»So ungefähr. Aber ...«

»Was?«

»Ich glaube, ich will doch noch nicht heimfahren. Meinst du, ich könnte ...«

»Ein paar Tage hier bei uns wohnen? Na klar.«

Vor lauter Dankbarkeit wäre Maike ihr am liebsten um den Hals gefallen. Sie beschränkte sich auf ein extra breites Lächeln. »Das ist toll. Ich bleibe auch nicht lange, versprochen. Nur bis ich weiß, was mit mir passiert, und bis ich einen Weg finde, zu meinem Vater zu gehen, ohne alles noch schlimmer zu machen.«

»Und zu Rosa.«

»Und zu Rosa«, wiederholte Maike gegen ihren Willen.

Sie war stolz auf sich selbst, weil sie den Mut zu dieser

Begegnung aufbringen wollte, aber sie hatte keine Ahnung, wie sie das große Zerwürfnis aus der Welt schaffen sollte. »Vorläufig werde ich mich aber vom Matthiesen-Hof fernhalten.«

»Du kannst Jannes Zimmer haben.«

»Wunderbar.«

»Hast du Gepäck?«

Ein hoher spitzer Schrei ließ beide Frauen zusammenfahren.

»Was ist denn jetzt schon wieder?«, wunderte sich Carina. »So viel ist hier sonst in einem ganzen Jahr nicht los.«

Sie lief aus der Küche und durch die Diele in Richtung Haustür.

Maike ging ihr nach. Draußen musste sie ein paarmal blinzeln, bevor sie realisierte, was sie da sah.

»Hilfe!«, schrie Gesine wieder. Sie stand mit dem Rücken gegen ihren knallroten Sportwagen gepresst und wedelte mit den Händen, als wollte sie ein paar lästige Fliegen verscheuchen. Das Tier, das dicht vor ihr stand, war jedoch um einiges größer als ein Insekt und knabberte ungerührt an ihrer Handtasche.

»Das ist eine echte Louis Vuitton!«, kreischte sie. »Die hat zweitausendvierhundertfünfzig Euro gekostet!«

Typisch Gesine, dachte Maike, halb erschrocken, halb amüsiert. Den Kaufpreis ihrer luxuriösen Besitztümer kannte sie genau.

Sie hatte Maike einmal gestanden, dass sie aus armen Verhältnissen stammte. Ihr Vater war Hafenarbeiter gewesen, ihre Mutter Hausfrau. Seit sie als Anwältin Karriere gemacht hatte, gab sie ihr Geld beinahe zwanghaft für teure Dinge aus.

»Wie kommst du denn hierher?«, fragte Maike.

»Stellen Sie sich nicht so an«, sagte Carina gleichzeitig und marschierte auf die Besucherin zu. »Bradley ist harmlos.«

»Bradley?«, wiederholte Maike. Langsam folgte sie Carina, hielt aber einen gewissen Sicherheitsabstand zu der Gefahrenzone.

»Ja, nach Bradley Cooper.« Carina deutete auf das hellbraune Shetlandpony, das nun an Gesines Gürtelschnalle schnupperte. »Siehst du die hübsch gelockte Mähne und die großen, verträumten Augen? Er sieht ihm ähnlich, findest du nicht? Außerdem trinkt er gern mal einen über den Durst. Wie Bradley Cooper in ›Hangover‹.«

Während sie sprach, krallte sie sich geschickt das Halfter des Ponys und zog es mit einiger Mühe von der Besucherin weg.

Gesine sprang daraufhin samt angeknabberter Handtasche in ihren Wagen und betätigte von innen die Zentralverriegelung.

»Gehört übrigens nicht uns, sondern Rosa«, fügte Carina hinzu und kraulte dem Pony die Mähne. »Vor ein paar Jahren hat sie ihn abgemagert und verwahrlost einem kleinen Wanderzirkus abgekauft. Sie kann es nicht ertragen, wenn ein Mensch oder ein Tier leidet. Du weißt ja, wie gutmütig sie ist.«

Maike wäre lieber nicht daran erinnert worden. Je mehr freundliche Dinge sie wieder über Rosa wusste, desto schwerer fiel es ihr, der Frau noch länger böse zu sein.

»Sie können rauskommen!«, rief Carina jetzt Gesine zu.

Die schüttelte mit Panik im Blick den Kopf.

»Eine Freundin von dir?«, fragte Carina.

»Ja, Gesine Kiehl. Ich weiß auch nicht, warum sie hier ist.«

»Um dich vor dir selbst zu retten!«, erklang es dumpf aus dem Wageninneren.

Carina grinste. »Und wie wollen Sie das anstellen, wenn Sie da festsitzen?«

»Die Bauersfrau macht sich lustig über mich!«, rief Gesine empört.

»Die Stadttussi hat Angst vor einem süßen Pony, das ihr kaum bis zur Schulter reicht«, bemerkte Carina.

Womit die Fronten zwischen ihren beiden Freundinnen geklärt waren, dachte Maike.

Sie wandte sich an Carina. »Kannst du bitte das ... äh ... Bradley wegbringen? Dann verlässt Gesine den Wagen.«

»Okay, ich binde ihn draußen am Stall an. Onno kann ihn nachher zum Matthiesen-Hof führen. Leider büxt Bradley gern aus, rennt dann quer über die alte Sommerweide und landet meistens bei uns. Er weiß genau, dass Onno und Niels ihm gern mal ein Bier spendieren. Ist ein kluges Kerlchen. Der Zaun rund um die Weide ist an vielen Stellen kaputt. Dein Vater hält ja schon lange kein Milchvieh mehr.« Sie verschwand mit dem Pony um die Hausecke.

Gesine schälte sich aus dem Auto. »Habe ich das richtig verstanden? Das Pferd trinkt Bier? Wo bin ich hier gelandet? Maike, du Ärmste! Jetzt verstehe ich, warum du nie wieder in diese Gegend zurückkehren wolltest.«

Aus einem unerfindlichen Grund störte sie das Mitleid in Gesines Augen.

11. Kapitel

»Hat Robert dich geschickt?«, fragte Maike.

Auf leicht wackeligen Beinen stand Gesine vor ihr. »Mehr oder weniger. Er hat mich angerufen und mir gebeichtet, dass es Stress gegeben hat.«

»So kann man es auch nennen.« Sie ließ den Kopf zwischen die Schultern sinken. »Es ist aus zwischen uns. Er liebt mich nicht mehr.«

»Jetzt sei mal nicht so dramatisch.« Gesine untersuchte ihre Handtasche, während sie mit ihr sprach. An einer unteren Ecke war das dunkelbraune Leder leicht zerfetzt. »Hoffentlich kann das repariert werden. Die Rechnung bekommst natürlich du.«

Maike nickte nur, in Gedanken noch bei Robert.

Gesine schenkte ihr ein kleines Lächeln. »Und er sagte auch, dass du unerreichbar bist. Ans Handy gehst du nicht, und bei dir zu Hause macht niemand auf. Er klang ziemlich beunruhigt.«

Ein Hoffnungsschimmer erschien vor Maikes Augen. Wenn Robert nach ihr suchte, empfand er vielleicht doch noch etwas für sie. Oder er machte sich einfach nur Sorgen. Wie ein guter Freund.

»Da habe ich zwei und zwei zusammengezählt«, fuhr

Gesine fort. »Dein Gemüsemann mag diesen Ausflug in die Vergangenheit für eine gute Idee halten, aber ich habe mir gedacht, ich muss herkommen und eine Katastrophe verhindern.«

»Du bist hier, obwohl ich dich so beleidigt habe«, sagte Maike staunend.

»Jep. Kannst mir ein andermal auf Knien danken. Jetzt wollen wir zusehen, dass wir dein Abenteuer abbrechen.«

»Daraus wird nichts. Ich habe beschlossen, dass ich dableibe und mich den Dingen stelle.«

Gesine hob ihre perfekt gezupften und schwarz gefärbten Augenbrauen. »Bist du verrückt? Mit deinem neuen Tick machst du alles nur noch schlimmer.«

»Ich wüsste nicht, was noch schlimmer sein soll als dreißig Jahre Schweigen.«

»Ach, mir fällt da so einiges ein.«

»Du übertreibst. Komm erst mal mit rein. Carina hat Butterkuchen gebacken.«

Gesine zog eine Grimasse, als hätte man ihr eine Darmspiegelung angeboten. Seit Maike sie kannte, war die Anwältin auf Diät, obwohl sie von Natur aus schon dünn war. Bis zu ihrem Unfall war sie mit Gesine da auf einer Wellenlänge gewesen.

»Butterkuchen«, zischte Gesine. »Bist du sicher, dass noch was übrig ist? Deine Freundin sieht aus, als hätte sie den allein aufgegessen.«

»Pst«, machte Maike, weil Carina schon fast wieder in Hörweite war. Gerade bog sie um die Hausecke und schritt schnell auf sie zu.

»Was die wohl wiegt«, flüsterte Gesine noch.

»Hab Onno schon angetroffen«, sagte Carina. »Er bringt Bradley zurück.«

Sie wandte sich an Gesine und bemühte sich um Freundlichkeit. »Darf ich Ihnen einen Kaffee anbieten?«

»Aber nur schwarz, ohne Sahne, ohne Zucker, ohne Butterkuchen.«

»Normalerweise lassen wir den Kuchen nicht in unserem Kaffee schwimmen.«

»Das beruhigt mich ungemein.«

Der Ton wurde wieder giftig. Maike legte beiden eine Hand auf den Arm, als könne sie so ein Band der Freundschaft schließen.

»Seid ihr bitte nett zueinander? Mir zuliebe.«

»Ich gebe mir Mühe«, sagte Gesine, »aber meine Erfahrungen im Umgang mit der ländlichen Bevölkerung halten sich in Grenzen.«

Carina lief rot an. »Tja, wenn ich sehe, wie feine Damen aus Blankenese sich so benehmen, bleibe ich doch lieber eine Landfrau.«

»Gesines Vater war Schauermann«, erklärte Maike, bevor sie die Lippen zusammenpressen konnte. »Siewohntein ... Zwei ... Wohnung.«

»Was?«, fragte Carina.

»Stopp!«, rief Gesine.

»Warum nuschelt sie so?«, fragte die Landfrau.

»Sie versucht, nicht die Wahrheit auszusprechen«, erklärte die Stadttussi. »Aber jetzt ist es auch egal. Ja, ich bin in einer Zweizimmerwohnung groß geworden. In Hamburg-Hamm. Das war ein Arbeiterviertel. Wir waren ziemlich arm. Alles, was ich heute bin, habe ich allein mir selbst zu verdanken.«

»Alles, was Sie heute sind? Eine eingebildete Pute, die damit angibt, was ihre Handtasche gekostet hat?«, erkundigte sich Carina zuckersüß.

Gesine war jetzt genauso rot. »Eine erfolgreiche Scheidungsanwältin!«

»Ach, da habe ich keinen Bedarf. Wissen Sie, mein Onno und ich lieben uns seit bald dreißig Jahren, und wir haben immer noch tollen Sex.«

Maike spürte Gesines scharfen Blick auf sich. Aber sie konnte guten Gewissens unschuldig zurückschauen. Nein, sie hatte Carina nicht verraten, dass sie Gesine für sexuell frustriert hielt. Bloß Robert. Und der hatte es hoffentlich nicht weitergesagt.

Anscheinend verfügte Carina jedoch über eine ausgeprägte Menschenkenntnis und sah, dass Gesine eine Frau war, die Männer einschüchterte. Erfolgreich, taff, selbstbewusst. Da traute sich eben so leicht keiner ran.

Bin ich das nicht auch?, fragte sich Maike sofort. Zumindest nach außen hin? Sie dachte an Robert, der sich nie von ihrer manchmal ruppigen Art hatte abschrecken lassen. Weil er hinter meine Fassade schaut, überlegte sie. Weil er klüger und einfühlsamer ist als andere Männer.

Verdammt! Sie musste aufhören, so viel an ihn zu denken!

Carina und Gesine standen sich inzwischen gegenüber wie zwei Boxerinnen im Ring. Es fehlten bloß noch die erhobenen Fäuste.

»Kaffee«, sagte Maike daher schnell, bevor es zu einem Kampf kam. »Ich könnte auch noch einen Schluck vertragen. Oder auch was Stärkeres.«

Carina wandte sich um und betrat das Haus. »Dann kommt mal mit. Ich hole eine Flasche von unserem selbstgebrannten Apfelkorn.«

Gesine ging schweigend hinter ihnen her, rutschte in der Küche zu Maike auf die Eckbank und kippte dann drei Schnäpse hintereinander.

»Lecker«, verkündete sie. »Wie viele Kalorien hat der?«

»Mehr, als Sie wissen wollen«, sagte Carina mit einem schmalen Lächeln.

»Von den paar Schlucken werde ich aber nicht gleich aussehen wie Sie, oder?«

»Könnt ihr mal das blöde Gesieze lassen?«, fragte Maike schnell dazwischen. Die Gefahr, dass es zu gewalttätigen Auseinandersetzungen kam, war keineswegs gebannt, fand sie.

Folgsam tranken Gesine und Carina Brüderschaft.

»Gleich noch einmal«, forderte Maike. »Damit es wirklich hält.«

Sie taten es. Maike ließ sich auch nachschenken, obwohl ihr schon seltsam schwummerig war. Vielleicht vertrug sich Alkohol ja nicht mit ihrem neuen Geisteszustand. Und die Ärzte hatten ihr den ohnehin verboten. Oder sie war das hochprozentige Zeug nicht mehr gewöhnt.

Früher hatte sie mit ihren Freunden so einiges gekippt. Auf dem Land gab es für Jugendliche eben nicht so wahnsinnig viel Abwechslung. Aber damals hatte es definitiv mehr als ein paar Gläschen Appelköm gebraucht, um sie umzuhauen.

Carina erklärte Gesine jetzt, dass die alte Apfelsorte, die sie für den Schnaps benutzte, in ihrem eigenen Garten wuchs.

»Toll«, meinte Gesine. »Der Schnaps hängt hier an den Bäumen.«

Carina grinste gutmütig, Maike machte sich Sorgen. Gesine vertrug offenbar noch viel weniger als sie selbst. Aber wenigstens herrschte jetzt eine Art Waffenstillstand zwischen ihren beiden Freundinnen.

Sie schaute erst Carina, dann Gesine an. Die beiden repräsentierten ihre eigene Vergangenheit und ihre Gegenwart. Aber welche würde in der Zukunft ihre Vertraute sein? Und wo würde diese Zukunft stattfinden? In Hamburg natürlich, sagte sie sich sofort. Wo sie bald Robert heiraten würde, und wo Gesine ihre Brautjungfer werden würde, gemeinsam mit Carina, für die das rosa Tüllkleid eventuell etwas ausgelassen werden müsste, und ...

Maike schob ihr Glas weg, stand auf und trank ungefähr einen Liter Wasser direkt aus dem Hahn. Als sie sich wieder hinsetzte, bildete sie sich ein, schon wieder viel nüchterner zu sein, aber bis auf ein gewisses leises Gluckern in ihrem Bauch hatte sich nichts verändert. Sie war noch genauso angetüdelt.

Das Gespräch am Tisch drehte sich inzwischen um Männer. Während Carina die kernigen Vorzüge der maskulinen Landbevölkerung pries, erging Gesine sich in Lobgesang über gutgekleidete Städter mit feinen Manieren.

Maike hörte interessiert zu. Es war höchst angenehm, mal nicht über das eigene Leben nachdenken zu müssen.

»Pah!«, rief Carina. »Wenn so einer seinen feinen Zwirn ordentlich zusammengelegt hat, fragt er um Erlaubnis, ob er sich zu dir ins Bett gesellen darf. Da wäre bei mir schon alles aus.«

»Woher willst du das wissen?«, fragte Maike.

»Ich denke es mir so.«

»Höflichkeit schadet auch im Schlafzimmer nicht«, warf Gesine ein. Sie nuschelte ein wenig, war aber noch gut zu verstehen.

Carina trank den nächsten Schnaps und knallte dann ihr Glas auf die hölzerne, zerschrammte Tischplatte. Maike fuhr zusammen, Gesine auch.

In Carinas Augen trat ein leidenschaftliches Funkeln, das aus ihr schlagartig eine schöne, begehrenswerte Frau machte.

Maike staunte.

»Ich brauche einen Kerl, der mich nimmt, ohne groß zu bitten. Einen ganzen Mann eben. So einer ist mein Onno.«

Wie aufs Stichwort wurde die Küchentür aufgerissen, und Onno kam herein.

Dicht gefolgt von Niels.

In der Küche wurde es schlagartig eng, und die Luft knisterte.

Gesine stieß einen kleinen Schrei aus.

Maike überlegte, ob sie unter den Tisch sinken konnte, ohne dass es weiter auffiel. Sie fürchtete bloß, sie würde dann nicht wieder hochkommen, also blieb sie sitzen, starrte in ihr leeres Glas und betete, Niels würde sie nicht wieder löchern.

»Hallo, Schatz«, sagte Onno zu Carina. »Was erzählst du da über mich? Nur Gutes, will ich hoffen.«

»Klar, mein Großer«, erwiderte Carina und zwinkerte ihrem Mann zu. Dann wies sie auf Niels. »Der hat Hausverbot. Wieso ist er schon wieder hier?«

»Hab ihn beim alten Hinrich entdeckt, als ich Bradley zurückgebracht habe. Dachte, es wäre euch vielleicht nicht recht, wenn er da was ausplaudert.«

Maike klappte den Mund auf und zu. Niels machte einen etwas unglücklichen Eindruck.

»Dann waren wir noch bei Fiete«, fuhr Onno fort. »Aber jetzt wollte ich hier mal nach dem Rechten sehen.«

Fiete, dachte Maike. Der hatte schon zu ihrer Zeit das Gasthaus mit dem vornehmen Namen »Elbblick« geführt. Es lag im Dorfzentrum. Sie erinnerte sich an ein paar feuchtfröhliche Abende, als sie alt genug dafür gewesen war. Die Kneipe hingegen, die schräg gegenüber auf der anderen Straßenseite lag, hieß einfach nur »Bei Theo«.

»Habt ihr etwa getrunken?«, erkundigte sich Carina mit bemüht strengem Blick.

»Nicht mehr als ihr«, gab Onno grinsend zurück.

Maike hörte kaum hin. Hatte Niels etwa mit ihrem Vater gesprochen? Hatte er ihm erzählt, dass sie auf dem Erdbeerhof war?

Anscheinend war ihr anzusehen, was sie dachte, denn Niels versicherte ihr schnell: »Keine Angst, kleiner Kürbis. Ich habe keinen Ton verraten. Hab beim alten Hinrich nur zwei Kisten Äpfel abgeholt. Eine für dich, Carina, eine für Muttern.«

Carina stöhnte. »Bring beide deiner Mutter. Ich weiß kaum, wohin mit unserer eigenen Ernte.«

»In Ordnung.«

»Kürbis?«, fragte Gesine. »Wer ist das?«

Carina deutete auf Maike. »Die da. Früher mal.«

»Aha. Und wieso?«

»Ist eine lange Geschichte«, sagte Carina.

Zu Maikes Erleichterung fragte Gesine nicht nach. Sie war eindeutig abgelenkt.

Erst jetzt schien Niels die zweite Besucherin wahrzunehmen. Er stieß einen Pfiff aus, der Maike laut in den Ohren klingelte, und faltete seinen massigen Körper dann auf der Eckbank zusammen. Er saß so dicht neben Gesine, dass auf deren Gesicht hektische rote Flecken erschienen. Die waren auch durch die dicke Schminkschicht gut zu sehen. Maike bemerkte, dass Carina schmunzelte. Sie war in Gedanken noch mit dem Thema beschäftigt, welche Sorte Mann sie lieber ins Schlafzimmer lassen würde. Gesine offenbar auch, denn nun begann sie leise zu hecheln.

»Zu viel Schnaps?«, fragte Niels freundlich.

»Nein, zu viel Mann.«

»Oho!« Er lachte dröhnend.

Maike wunderte sich, dass das Haus davon nicht wackelte.

Onno holte unterdessen zwei weitere Gläser und eine neue Flasche und goss sich und seinem Bruder ein.

»Die Mädels sind schon ziemlich weit. Wir hatten nur zwei Pils. Lass uns aufholen.«

Ungefähr zehn Schnäpse später waren die Brüder allerbester Stimmung. Maike auch. Sie hatte aus Versehen noch ein bisschen mitgetrunken. Eifersüchtig war sie auch. Niels gehörte ihr! Sie kletterte über Gesine hinweg und quetschte sich zwischen die beiden.

»Hoppla!«, rief Niels.

Gesine ächzte nur.

»Das ist meiner«, sagte Maike. Dann verlor sie vorübergehend den Faden, weil es auf der Seite, wo sie an Niels gedrängt saß, so heiß wurde.

»Mir ist ein bisschen kalt«, klagte dafür Gesine.

Klar, die saß ja auch nicht mehr neben diesem Vulkan. Passte besser als *Berg*, fand Maike und erging sich in Überlegungen zum Umfang von Männeroberschenkeln.

»Warum lasst ihr mich nicht in eure Mitte?«, schlug Niels vor. »Von mir gibt es genug für beide.«

»Oller Angeber«, sagte Carina, die mittlerweile auf Onnos Schoß sah.

Maike fand, dass Niels bestimmt nicht übertrieb.

»Mir ist kalt«, bemerkte Gesine erneut.

Ein Handy klingelte, und es dauerte lange, bis Maike merkte, dass es ihres war. Doch da hatte es aufgehört.

»War bestimmt Robert«, meinte Gesine.

Robert. Schlagartig war alles wieder da. Ihr Freund, der sie nicht mehr wollte, den sie aber liebte, oder den sie hasste, und der sie im Leben nicht heiraten würde ... so ungefähr. Ihr Freund jedenfalls, der sie in die Vierlande geschickt hatte, damit sie Klarheit in ihr Leben brachte.

Maike kletterte über Niels hinweg, blieb kurz an seinem breiten Brustkorb hängen und landete dann auf allen vieren auf dem Küchenfußboden. Mit einiger Mühe rappelte sie sich auf.

»Danke für den Kuchen, den Kaffee, den Appelköm und den Vulkan. Ich muss jetzt nach Hause.«

Carina verließ den Schoß ihres Mannes, baute sich vor Maike auf und stemmte die Hände in die Hüften. »Du willst doch wohl jetzt nicht nach Hamburg fahren? In deinem Zustand?«

Maike schüttelte den Kopf. Dabei wurde ihr schwindelig, und sie musste sich an der Tischkante festhalten. »Nö. Ich lauf eben rüber zum Hof und erkläre meinem Vater und Rosa ...« Sie vergaß, was sie sagen wollte.

»Auf keinen Fall!«, sagte Gesine scharf von der Eckbank her. »Carina, tu was! Maike darf da jetzt nicht hin.«

»Okay, aber was? Mir fällt nichts ein.«

Maike sah von einer zur anderen. Waren die beiden nicht eben noch Todfeindinnen gewesen? Wann hatten die sich gegen sie verbündet?

»Ich kann sie ja schlecht im Stall festbinden«, fügte Carina hinzu und setzte sich wieder auf die Knie ihres Mannes. »Sie ist keine Kuh.«

»Danke«, sagte Maike inbrünstig.

Die Männer wollten wissen, was genau das Problem sei, aber Carina und Gesine beachteten sie gar nicht. Das war jetzt Frauensache, fanden sie offensichtlich, schauten einander intensiv an, machten Vorschläge und verwarfen sie wieder.

Maike erfuhr, dass der Dachboden auch nicht in Frage kam, weil man ihn nicht abschließen konnte. Dasselbe galt für den Keller. Auch die Möglichkeit, einer der Anwesenden könnte sie nach Hamburg zurückfahren, fiel sofort aus. Niemand war dafür nüchtern genug.

An dem Punkt protestierten Onno und Niels lautstark, wurden aber mit kurzen Blicken wieder zum Schweigen gebracht.

Inzwischen saß Maike im Schneidersitz auf den schwarzweißen Fliesen. Der Weg zurück zur Eckbank oder auf einen Stuhl erschien ihr zu weit. Sie war jedoch fest davon überzeugt, dass sie es über die alte Sommerweide bis zum Matthiesen-Hof schaffen konnte. Sogar die Durchquerung der Obstplantage traute sie sich zu. Die frische Luft würde ihren Kopf bestimmt wieder klar machen.

Carina und Gesine verstummten jetzt.

Onno klopfte seiner Frau tröstend auf die Schulter. »Dir fällt schon was ein.«

»Noch ist sie ja hier«, ergänzte Niels und deutete auf den Fußboden. »Gebt ihr doch erst mal noch was zu trinken.«

Bloß nicht, dachte Maike. Ihr war schon ein wenig schlecht. Mittlerweile gluckerten Wasser und Apfelkorn in ihrem Bauch um die Wette.

»Das ist nicht hilfreich!«, fuhr Gesine ihren Sitznachbarn an. »Wenn sie zu viel getrunken hat, dann …« Sie stutzte, blickte auf die erste leere und die zweite halbleere Flasche, zupfte an ihrem kinnlangen Haar herum, klopfte sich ein paarmal gegen die Stirn und rief: »Ich hab's!«

»Heureka!«, schrie Niels.

Maike überlegte, ob es wohl irgendwo in der Küche Ohrstöpsel gab. Warum mussten die Leute bloß so laut sein?

Jetzt hörte sie plötzlich nichts mehr. Die Brüder Asmussen grinsten sich an, Gesine und Carina flüsterten miteinander.

Als Maike von Niels hochgezogen und wieder auf der Eckbank platziert wurde, begriff sie immer noch nicht.

Als sie ein weiteres Schnapsglas leeren sollte, auch nicht. Obwohl sie wirklich sehr gut aufpasste.

Sie versuchte, in den Gesichtern zu lesen, aber die waren auf einmal allesamt irgendwie leer.

Sie wollte mit Gesine reden, bekam aber keine Antwort, als sie fragte, ob ihr denn nun was eingefallen sei.

Als sie verkündete, niemand könne sie davon abhalten, ihre Familie zu besuchen, gab es auch keine Reaktion.

Nur ein erneut gefülltes Glas. Schon komisch.

Irgendwann drehte sich das Gespräch gar nicht mehr um Maike, sondern um ...

Sie strengte sich an, aber die Worte der anderen rauschten in einem unverständlichen Buchstabensalat an ihr vorbei.

Außerdem bewegte sich auf einmal die Küche.

In einem letzten klaren Moment dämmerte es Maike. Da war es bloß schon zu spät. Da sackte sie schon zusammen.

»Abgefüllt«, hörte sie noch Niels zufrieden sagen.

Plötzlich verstand sie wieder ganz klar.

»Die geht nirgendwohin.«

»Ausgezeichnet«, meinte Gesine.

»Jetzt müssen wir sie nur noch ins Bett kriegen«, fügte Carina hinzu.

Niels lachte dröhnend. »Kein Problem.«

Maike spürte noch, wie sie hochgehoben und aus der Küche getragen wurde.

»So'n Schiet«, jammerte sie.

12. Kapitel

Als Maike wieder zu sich kam, schien eine helle Oktobersonne durchs Fenster. Sie brauchte einen Moment, um sich zu orientieren. Das Mädchenzimmer mit den hellgelben Tapeten war ihr fremd, das schmale Bett, in dem sie lag, war mit buntem Baumwollstoff bezogen, nicht mit dem feinen Satin, den sie gewohnt war. An den Dachbalken erkannte sie jedoch, dass sie in einer der Kammern auf dem ehemaligen Heuboden lag.

Früher hatte es hier karg und ziemlich ungemütlich ausgesehen. Rosa hatte ihr einmal erklärt, sie habe einfach keine Zeit, sich auch noch um die Renovierung des alten Hauses zu kümmern. Vor Jahren hätte sie es mal versucht, sich aber nicht gegen ihre Tante durchsetzen können. Inzwischen hätte sie es aufgegeben. Sie schufte sowieso schon von früh bis spät, und seit sie den Hof ganz allein führe, mache sie es sogar wie ein echter Vierländer und lehne sich für ein Nickerchen nur mal kurz an einen Baum.

Daraufhin hatte Maike laut und fröhlich gelacht. Die Vorstellung von Rosa, die wie ein Pferd im Stehen schlief, war aber auch zu komisch.

Maike rieb sich über die Augen und blinzelte ein paarmal.

Dann setzte sie sich auf, spürte ein unangenehmes Brummen im Kopf und erinnerte sich schlagartig wieder an den gestrigen Tag. Ihre Fahrt nach Südwerder, die Begegnung mit Niels, Carina und Gesine, schließlich die Apfelkornsause in der Küche.

»Oh Gott!«

Schnell hob sie die Decke an und stellte erleichtert fest, dass sie noch halbwegs angezogen war. Nur die Jeans fehlte.

»Das war ich«, sagte Gesine, die in diesem Augenblick ins Zimmer kam. »Der scharfe Niels Asmussen hat dich bloß hochgeschleppt, dann habe ich ihn verscheucht und dir wenigstens die enge Hose ausgezogen.« Sie trug ein Tablett vor sich her und stellte es auf einem schmalen Schreibtisch aus hellem Kiefernholz ab. »Zu mehr hatte ich dann aber keine Kraft mehr. War selbst auch ziemlich hinüber. Außerdem hatte ich noch was zu klären, bevor ich auf einem verflixt unbequemen Ausziehsofa zusammenbrechen konnte. Du hast es hier wesentlich gemütlicher.«

Frischer Kaffeeduft erfüllte das Zimmer.

Maike legte sich eine Hand auf den Magen. »Ich glaube nicht, dass ich den jetzt vertrage.« Zudem fühlte sie sich von dem Redeschwall überfordert. Sie war definitiv noch nicht ganz da.

»Dann trink das Wasser hier.« Gesine reichte ihr ein großes, bis zum Rand gefülltes Glas. »Und danach gehst du duschen. Du stinkst wie eine Seemannskneipe auf der Reeperbahn.«

»Bin schon weg.« Sie schlüpfte in einen rosaroten Mädchenbademantel und verschwand.

Als sie zwanzig Minuten später erfrischt zurückkam,

saß Gesine auf ihrem Bett und ließ sich ein knuspriges Brötchen mit Butter und goldflüssigem Honig schmecken. Für ihre Verhältnisse war sie dezent geschminkt, trug nur etwas Lippenstift und Eyeliner.

»Wie kannst du bloß so munter sein?«, erkundigte sich Maike und raffte ihre noch feuchten blonden Haare zu einem Pferdeschwanz zusammen. »Mir geht's fast so schlecht wie nach meinem Unfall.«

»Erstens ist es schon Mittag vorbei, falls dir das nicht aufgefallen ist, und ich sterbe vor Hunger. Kann mich gar nicht erinnern, wann ich das letzte Mal so spät gefrühstückt habe.« Gesine grinste mit vollem Mund. »Außerdem habe ich nicht ganz so viel gebechert wie du. Der Wikinger hat mich abgelenkt.«

»Niels Asmussen?« Berg, Vulkan oder Wikinger. Passte alles.

»Klar, wer sonst? Du hast mir nie erzählt, dass in dieser Gegend so geile Typen rumlaufen. So groß! So stark! So männlich!«

Geile Typen? Maike staunte. Normalerweise drückte Gesine sich gewählter aus. Mit ihren Make-up-Schichten hatte sie offenbar auch ihre vornehme Hamburger Art abgelegt.

Gesine kaute eine Weile schweigend, bevor sie hinzufügte: »Schade, dass er ein rustikaler Bauersmann ist. Hast du die schwarzen Ränder unter den Nägeln gesehen? Igitt.«

Okay, dachte Maike. Doch nicht so ganz. Ihre Freundin hatte zu viele Jahre daran arbeiten müssen, ein Snob zu werden. Das konnte sie nicht so einfach aufgeben.

»Niels handelt mit Landmaschinen.« Aus ihr unerfindlichen Gründen fühlte sie sich verpflichtet, ihren einstigen Schwarm zu verteidigen. »Und wenn ich es gestern richtig mitbekommen habe, ist er sehr erfolgreich damit.«

»Dann sind die Ränder eben vom Maschinenöl«, erwiderte Gesine ungerührt. »Aber Bauer bleibt Bauer. Übrigens ein geschiedener Bauer, aber das hilft ihm auch nicht. Ich habe ihm erklärt, dass er zu viele Stufen unter mir steht.«

»Wann denn?«

»Als du schon im Bett warst. Er wollte so leicht nicht aufgeben, aber als ich das mit den Stufen gesagt habe, ist er ruck, zuck verschwunden. Ich fürchte, ich habe den armen Mann verärgert. Dabei kann er froh sein, dass ich einen sitzen hatte. Wer weiß, was ich sonst noch von mir gegeben hätte.«

Sie lachte, trank etwas Kaffee, wirkte dabei aber ungewohnt nachdenklich. So als bedauerte sie insgeheim, dass sie den Mann vor den Kopf gestoßen hatte.

Ihr Gespräch mit Robert fiel Maike ein. Hatte sie ihm nicht ungefähr dasselbe gesagt? Dass er nicht gut genug für sie sei, weil er bloß ein Grünhöker war? Sie erklärte sich selbst für einen Holzkopp und dachte schnell an etwas anderes.

»Was machst du noch hier? Du müsstest längst wieder in deiner Kanzlei sein.«

»Willst du mich loswerden?«

»Ja.«

Gesine grinste. »So langsam gewöhne ich mich an deine ehrliche Art.« Sie beschmierte sich eine weitere Brötchenhälfte, diesmal mit Butter und Erdbeermarmelade. Maike staunte über den guten Appetit ihrer Freundin. Das musste die Landluft sein, dachte sie und schielte selbst nach dem Frühstück.

»Ich habe mir freigenommen«, erklärte Gesine. »Damit ich auf dich aufpassen kann.«

»Das ist nicht nötig.«

»Von wegen! Weißt du nicht mehr, dass du gestern Abend volltrunken über die Felder zu deinen Eltern laufen wolltest?«

»Ich …«

»Siehst du? Du brauchst mich.«

Maike nahm sich ein Stück trockenes Brötchen und knabberte daran. Sie musste testen, ob ihr Magen schon feste Nahrung vertrug. Erst danach kleckste sie auf ein weiteres Stückchen ein wenig dunkle Holunderbeerenmarmelade.

Köstlich, fand sie. So etwas Gutes hatte sie seit dreißig Jahren nicht mehr zum Frühstück gehabt. Sie erinnerte sich daran, dass Rosa eine Meisterin im Marmeladekochen war, und sie wusste noch, wie sie ihr früher dabei hatte helfen dürfen. Unten in der Küche, die jetzt Carinas Küche war. Sie hatten dabei geplaudert und gescherzt, und Maikes kleine Kinderfinger waren schwarz vom Holundersaft gewesen.

»Ich glaube, du bleibst wegen Niels hier«, sagte sie dann, um sich schon wieder selbst abzulenken.

Eine leichte Röte überzog Gesines Wangen. »Quatsch. Ich habe dir doch gerade erklärt, dass er mir zu rustikal ist.«

»Hast du ein Glück!«

»Was? Wieso?«

»Du kannst so wunderbar flunkern.«

Die Röte vertiefte sich, und Gesine beschäftigte sich angelegentlich mit ihrem Kaffeebecher.

»Hier geht es um dich, Maike. Um deine Probleme, nicht um meine … ähm … sexuelle Frustration.«

»Wer's glaubt …«

Gesine stand auf. »Ich muss jetzt runter zu Carina. Sie will mir zeigen, wie man Rote Grütze kocht. Sie sagt, sie hat noch eingefrorene Himbeeren und Johannisbeeren.«

»Wahnsinn! Gestern hättet ihr euch fast geprügelt, und heute kocht ihr zusammen.«

Ihre Freundin ließ das unkommentiert und ging zur Tür.

»Ruh dich noch aus«, sagte sie, schon fast draußen. »Versuch, etwas mehr zu essen. Wir sehen uns später.«

Als Maike eine halbe Stunde darauf die Küche betrat, duftete es dort intensiv nach eingekochten Beeren. Wieder sah sie sich selbst als Kind mit Rosa bei der Zubereitung von Marmelade. Nur der Duft von Vanille, die zusammen mit Zucker und Stärkemehl dem köchelnden Sud hinzugefügt worden war, passte nicht so ganz in ihre Erinnerung. Während Carina am Herd stand und rührte, spülte Gesine eine große Glasschüssel mit kaltem Wasser aus.

Ohne ihre Arbeit zu unterbrechen, fragte Carina: »Wie geht es dir heute?«

»Ganz gut, glaube ich.«

»Abgesehen vom Restalkohol«, meinte Gesine und stellte die Glasschüssel auf den Holztisch.

Die Eckbank erinnerte Maike an alles, was vorgefallen war. Sie setzte sich trotzdem und warf ihren Freundinnen einen bösen Blick zu. »Ich sollte wütend auf euch sein, weil ihr mich so abgefüllt habt.«

Carina zuckte mit den Achseln. »Das meiste hattest du schon selbst erledigt, und eine bessere Idee hatten wir nicht, um dich davon abzuhalten, geradewegs in dein Unglück zu rennen.«

Darauf fiel Maike keine Erwiderung ein, deshalb sagte sie nur: »Wie auch immer. Ich bin wieder nüchtern. Es wird Zeit, dass ich meinen Vater treffe.«

Gesine packte sie am Arm. Ziemlich fest. »Nein!«

»Aber es geht mir gut, und ich werde die Sache anders anfangen.«

»Wie denn?«

»Das weiß ich noch nicht. Mir wird schon was einfallen.«

Gesine ließ sie nicht los. »Es bleibt bloß immer noch dein Hang zur Wahrheit.«

»Sie hat recht«, sagte Carina. »Du bist eine wandelnde Zeitbombe.«

Maike verzog die Mundwinkel nach unten. »Jetzt hört aber mal auf. Alle beide. Ihr tut ja gerade so, als sei ich eine Gefahr für meine Mitmenschen.«

Keine der beiden widersprach ihr. Sie wechselten nur erneut bange Blicke.

»Mir reicht's. Schöne Freundinnen seid ihr! Wisst ihr was? Ich brauche eine Pause von euch.« Sie stand auf.

»Wo willst du hin?«, fragten die beiden anderen Frauen im Chor.

»Ich gehe einfach ein bisschen raus.«

»Doch nicht etwa rüber zum Matthiesen-Hof?«, erkundigte sich Carina.

»Um wen hast du eigentlich Angst? Um mich oder um Hinrich und Rosa?«

»Um euch alle.«

Maike konnte nicht abschätzen, ob sie die Wahrheit sagte oder sie anlog. Aber so, wie sie Carina noch zu kennen glaubte, lag ihr das Wohl von ihnen allen gleichermaßen am Herzen.

Währenddessen schaute sich Gesine hektisch in der Küche um.

Was suchte sie wohl? Einen Holzknüppel, mit dem sie Maike niederschlagen konnte?

Ein lautes Lachen brach aus Maike heraus, hallte durch die Küche und versetzte die anderen beiden Frauen in Erstaunen.

Gesine erholte sich als Erste. »So ist sie jetzt immer«, erklärte sie Carina. »Total lustig drauf. Furchtbar anstrengend.«

»Aber früher war sie auch so. Sie konnte gackern, dass die Hühner neidisch wurden.«

»Tatsächlich.«

»Wenn ich's doch sage«, gab Carina zurück. »Es hat dann bloß … irgendwann aufgehört.«

Das Lachen verebbte schlagartig.

»Ich mache einen Deichspaziergang an der Elbe«, erklärte Maike schließlich. »Da kann niemandem was passieren. In Ordnung?«

Carina erklärte Gesine, dass der Fluss am anderen Ende des Dorfes lag, also in der zum Matthiesen-Hof entgegengesetzten Richtung. Dann nickten beide zögerlich.

»Wenn ihr wollt, könnt ihr mich vorher knebeln. Damit wir auf Nummer sicher gehen.«

Carina kratzte sich verunsichert am Kopf, aber Gesine

machte ein Gesicht, als würde sie die Option ernsthaft in Betracht ziehen.

Maike sah zu, dass sie wegkam. Sie lenkte ihre Schritte nach Süden, vermied aber die Dorfstraße, nachdem sie sie überquert hatte, und wählte ein paar Nebenwege. Eine Viertelstunde später lief sie oben auf dem Zollenspieker Hauptdeich entlang, schaute auf den breiten Strom hinunter und beobachtete ein Ausflugsschiff, das in Richtung Lauenburg elbaufwärts fuhr.

Ein paar hundert Meter weiter östlich lag das »Zollenspieker Fährhaus« mit seiner bequemen Anlegestelle. Dort würden die Ausflügler wahrscheinlich zu Kaffee und Kuchen einkehren. Schon um 1620 war an diesem uralten Fährort und Zollspeicher – auf Plattdeutsch *Zollenspieker* – ein Gasthaus errichtet worden. Inzwischen war ein moderner Hotelbau hinzugekommen.

Danach würden die Ausflügler vielleicht noch die berühmte Windmühle in Südwerder besichtigen.

Maike stieß einen tiefen Seufzer aus. Sie wäre gern einfach nur ein Tourist gewesen, der keine größere Entscheidung als die zwischen Labskaus und geräucherter Forelle zu fällen hatte.

Kurz darauf erreichte sie den alten, verfallenen Bootsanleger, der ihr noch so vertraut war. Und der ihr, nach dem Unglück, das vor Jahren hier geschehen war, noch immer Angst einjagte. Sie war seitdem nie wieder hier gewesen.

Auf der Landseite führte eine hölzerne Treppe zum Deich hinauf. Oben verlief ein Holzsteg auf der Deichkrone entlang, machte dann einen scharfen Knick und führte auf alten wackeligen Pfählen über das Ufer hinaus. An seinem Ende reichte eine zweite Treppe bis zum Fluss hinunter. Am Fuß dieser Treppe hatten einst die Frachtkähne angelegt und reichliche Ladung an Obst und Gemüse aufgenommen, um sie nach Hamburg auf den Großmarkt zu bringen. Erst als Anfang und Mitte des vorigen Jahrhunderts die Straßen- und Schienennetze ausgebaut worden waren, hatte die Frachtschifffahrt in dieser Gegend an Bedeutung verloren, bis sie schließlich eingestellt wurde.

Die Bretter des Stegs und der Treppe waren inzwischen durchgefault oder fehlten ganz. Das Betreten war strengstens verboten, denn je nachdem, wie weit man den Steg schon überquert hatte, riskierte man einen Sturz in die Elbe.

Maike hielt sich von dem morschen Bauwerk fern, folgte ein paar Steinstufen zur Straße hinunter und hinter dem Bootsanleger wieder nach oben. Dann stakste sie auf der Flussseite zum Ufer hinab, setzte sich nahe der Treppe auf den Boden und ließ ihren Blick lange über die sanft geschwungene Elbe schweifen. Sie dachte daran, wie sie sich hier früher mit ihrer Clique getroffen hatte. Während ihre Großeltern noch ächzend mit Holzschubkarren ihre Fracht herangeschleppt hatten, amüsierten sich die jungen Leute mit Musik aus dem Ghettoblaster, ein paar Flaschen Bier, verbotenen Zigaretten und wildem Geknutsche im Schutz der Dunkelheit. Wie sehr hatte sich Maike damals gewünscht, einmal nur von Niels Asmussen geküsst zu werden!

Die anderen Jungs interessierten sie nicht, und so kam es oft vor, dass sie allein dasaß. Höchstens noch in Gesellschaft der Lütten, die in Wahrheit Berit Behrendt hieß, aber klein und unscheinbar war. Und so blieb der Spitzname an ihr kleben.

An einem bestimmten Abend hatte der Bootsanleger eine besondere Rolle im Leben der Clique gespielt. Jemand hatte eine dumme Idee gehabt, jemand anderes wäre fast gestorben. Maike zog es vor, nicht mehr daran zu denken.

Als sie den Kopf hob, fiel ihr Blick wieder auf die mächtigen Windkrafträder am anderen Ufer der Elbe. Erneut fühlte sie sich von deren Anblick gestört, aber sie begriff, dass die Welt sich weiterdrehte, auch in den Vierlanden. Ihr waren bereits die vielen neuen Gewächshäuser aufgefallen, ebenso wie die zahlreichen schmucken Neubauten, die wahrscheinlich Pendlern gehörten. Maikes einstige Heimat war schon lange kein reines Bauernland mehr. Viele Hamburger waren hierhergezogen, um nach Feierabend und an den Wochenenden der Hektik der Großstadt zu entfliehen.

Ruhe überkam sie, als sie wieder auf den langsam dahinfließenden Strom schaute. Das Gras war trocken, die Luft für Oktober ungewöhnlich warm. Maike lehnte sich zurück. Zum ersten Mal war sie froh, hergekommen zu sein. Zeit verging, ohne dass sie es merkte. Ihre Gedanken sprangen von der Vergangenheit in die Gegenwart und wieder zurück.

»Da bist du ja!«, donnerte eine Stimme über ihr.

Sie schrak hoch. Die Sonne war weitergewandert, und Maike schätzte, dass sie seit mindestens zwei Stunden hier war.

Niels Asmussen ragte über ihr auf und warf seinen langen Schatten auf sie.

»Das hätte ich mir denken können!«

»Was?«, fragte sie und blinzelte.

»Dass du an den Ort zurückkehrst, wo du mich früher immer angeschmachtet hast.«

Sie stützte ihr Kinn in die Hand und drückte fest zu, damit ihr bloß kein Wort entschlüpfte.

»Übrigens ist halb Südwerder auf der Suche nach dir. Ich schicke Carina schnell eine Nachricht.« Er tippte auf seinem Smartphone herum und sprach dabei mit. »Keine Panik. Kürbis gefunden.«

»Sehr witzig«, knurrte Maike.

»Deinen Freundinnen sind verrückt vor Sorge. Die Süße aus der Stadt glaubt, du hättest dich in der Elbe ertränkt.«

Maike ließ ihr Kinn los. »So ein Quatsch! Das würde ich nie tun! Ich hänge an meinem Leben.«

Niels setzte sich neben ihr ins Gras. Der Blick aus seinen grünen Augen war prüfend. »Sie behauptet, du bist nicht mehr zurechnungsfähig, seit du dir den Kopf gestoßen hast.«

»Das stimmt doch überhaupt nicht!«

»Denke ich auch. Du bist bloß lustig und kannst nicht lügen.«

»Hm.«

Eben noch war sie froh gewesen, dass Niels hier neben ihr saß. Nun wünschte sie verzweifelt, er möge wieder gehen, bevor sie ihm irgendwelche peinlichen Dinge sagte. Sie zitterte in ihrem dünnen Pulli und machte Anstalten, aufzustehen. Nur fort von hier, fort von Niels, fort von seinen blöden Fragen. Doch er überraschte sie. Mit einer fließenden Bewegung zog er seine Lederjacke aus und hängte sie ihr über die Schultern. Dann legte er einen Arm um sie. Es war eine beschützende Geste ohne

Hintergedanken, das spürte sie genau. Auf einmal fühlte sie sich wie damals mit siebzehn. Ihr größter Traum ging in Erfüllung. Niels Asmussen hielt sie fest.

»Der Pferdeschwanz steht dir gut«, sagte er mit einem Schmunzeln in der Stimme. »Damit siehst du fast so jung aus wie damals.«

»Oller Schleimer.«

»Denkst du manchmal noch daran?«, fragte er dann und deutete auf den Bootsanleger. Seine Augen waren ernst geworden.

Das gute Gefühl verschwand. »Ich versuche, es zu vermeiden.«

»Es war nicht deine Schuld.«

»Das haben andere Leute etwas anders gesehen. Dein Vater zum Beispiel, oder meiner.«

»Die waren nicht dabei.«

Maike schwieg, und auch Niels blieb eine Weile still.

»Tut mir leid wegen gestern«, sagte er dann mit tiefer, beinahe liebevoller Stimme. »Ich habe mich wie ein Idiot aufgeführt, als ich dir diese peinlichen Fragen gestellt habe.«

Sie wollte mit den Schultern zucken, doch das Gewicht seines Arms hinderte sie daran. Also sagte sie nur: »Schon in Ordnung.«

»Ist es nicht. Ich habe deine Schwäche ausgenutzt, um dir intime Geständnisse zu entlocken. Und als du später so schön blau warst, habe ich gehofft, du würdest noch mehr verraten.«

Kurz bekam sie es mit der Angst zu tun. »Habe ich aber nicht, oder?«

Er schüttelte den Kopf. »Nein. Leider.«

Sie sah ihn an und entdeckte den Schalk in seinen Augenwinkeln.

»Du Mistkerl! Erst kommst du mit der großen Entschuldigung und …«

Weiter kam sie nicht.

Niels küsste sie.

Vor Schreck wehrte sie sich nicht. Zum zweiten Mal in kurzer Zeit überraschte ein Mann sie mit einem plötzlichen Kuss.

So etwas war ihr früher nie passiert.

Niels küsste anders als Robert. Härter, ohne Rücksicht auf empfindsame Lippen. Sein Arm hielt sie fest, sein Atem strich stoßweise über ihre Wange.

Sie fiel zurück in der Zeit und war plötzlich wieder siebzehn.

Ein paar Schritte weiter hörte Maike zwei ihrer Freunde etwas miteinander murmeln, die anderen waren nicht zu hören. Wahrscheinlich knutschten sie auch. Bierflaschen klirrten aneinander, aus einem nagelneuen Ghettoblaster ertönte passenderweise der Song »That's what friends are for«.

Die Windkrafträder lösten sich in nichts auf, aus dem Ort drang der Lärm des Mühlenfestes herüber.

Alles, was sie sich gewünscht hatte, erfüllte sich in diesem Augenblick. Niels liebte sie, und der Flügel mit der weißen Spitze hatte sich genauso oft gedreht, wie sie es vorausgesagt hatte.

Bis er sie losließ, bis er ein Stück von ihr abrückte und sich nachdenklich übers Kinn rieb. Da fiel sie wieder heraus aus der Vergangenheit und landete schmerzhaft in der Gegenwart.

Die Zeit der Windmühlenträume war vorbei.

Maike wusste nicht, was sie fühlte, sie war viel zu durcheinander. Sie hoffte nur, Niels würde sich nicht auch für diesen Kuss entschuldigen. Dann wäre alles zerstört.

Ganz kurz hatte sie den Zauberwald der Jugend betreten, hatte einen Blick auf die junge Maike werfen dürfen, die trotz allem Hoffnung in sich trug.

Diesen Moment wollte sie bewahren.

Niels jedoch schwieg, und sie war ihm dankbar dafür.

Erst nach einer kleinen Ewigkeit sagte er: »Lass uns gehen.«

»Ich würde gern noch …«

»Nein. Die anderen warten.«

Er stand auf und zog sie so heftig mit hoch, dass sie einen kleinen Sprung machte und gegen ihn stieß.

Maike schnappte nach Luft. »Hoppla.«

Doch bevor ihre Sinne erneut verrücktspielen konnten, trat Niels mit einem seltsamen Ausdruck in den Augen einen halben Schritt zurück und kletterte dann den Deich hoch, ohne sich nach ihr umzuschauen.

Sie folgte ihm und wunderte sich auf dem Heimweg, warum er so darauf bedacht war, mindestens einen halben Meter Abstand zwischen ihnen einzuhalten. Warum er nicht mehr sprach, warum er auf seine typische Art die Brauen zusammengezogen hatte und aussah wie ein Mann, der einen großen Fehler begangen hatte.

Kurz vor dem Erdbeerhof sagte er nur grimmig: »Du findest allein hin. Ich muss jetzt weiter. Tschüs, man sieht sich.«

»Was ist denn los?«, fragte sie zaghaft.

»Nichts, alles okay.«

»Das nehme ich dir nicht ab. Du verschweigst mir doch etwas.«

Niels blickte angelegentlich auf seine Schuhspitzen, sagte aber nichts.

»Komm schon«, bat Maike. »Tut es dir leid, dass du mich geküsst hast?«

Sie bekam nur ein tiefes, unverständliches Brummen zur Antwort.

»Ich fand es schön«, wagte sie sich vor.

»Ich auch«, knurrte er.

»Aber?«

»Nichts aber. Kommt bloß ein bisschen plötzlich. Weiß gar nicht, was mich da geritten hat.«

Auf einmal dämmerte es Maike. »Weil du dich zwar geschmeichelt fühlst, aber eigentlich Gesine gut findest.«

»Schwachsinn.«

»Ich glaube nicht, dass ich mich irre. Gesine ist ja auch wirklich eine schicke Frau. Blöd nur, dass sie dir eine Abfuhr verpasst hat. Das bist du nicht gewöhnt.«

»Schwachsinn«, kam es wieder zurück. Weg war er.

Erneut beneidete sie einen anderen Menschen darum, dass er so wunderbar lügen konnte.

Verwirrt ging Maike weiter, betrat das Bauernhaus, durchquerte die Diele und traf in der Küche auf Carina und Gesine. Beide rannten auf sie zu und umarmten sie so fest, dass ihr schon wieder die Luft wegblieb. Dann redeten sie laut auf sie ein, schimpften mit ihr, erklärten, dass sie sich große Sorgen gemacht hätten.

Maike murmelte eine Entschuldigung, hörte aber kaum zu. Sie sank auf die Eckbank und fühlte noch immer Niels' Lippen auf ihren.

Erst als Gesine schließlich Robert erwähnte, merkte sie auf. »Was war das eben?«

»Ich habe ihn vor ein paar Stunden angerufen und gesagt, er muss noch heute herkommen. Könnte sein, dass er schon in der Gegend ist.«

»Warum hast du das getan?«

»Du brauchst ihn hier. Und außerdem hat er dir alles eingebrockt.«

»Nein und nein.«

»Was?«

»Ich brauche ihn nicht, und er hat keine Schuld. Er hat mir höchstens den letzten Anstoß dazu gegeben. Und außerdem …«

»Was?«, fragte Gesine wieder.

»Außerdem hat Niels mich geküsst, und ich habe mich wunderbar gefühlt.«

Gesines Miene verdüsterte sich schlagartig, während Carina aufmerksam von einer zur anderen schaute.

Maike spürte Ungeduld in sich aufsteigen. »Du hast gesagt, er interessiert dich nicht. Er ist dir zu rustikal.«

»Ganz genau.«

»Also verstehe ich dein Problem nicht.«

»Vielleicht gibst du dir ja nicht genug Mühe.«

Bevor Maike etwas erwidern konnte, mischte sich Carina ein. »Mädels, jetzt erzählt mir doch mal von diesem Robert. Ist das der Freund, der dich verlassen hat? Und wie ist er so? Sieht er gut aus? Und kommt er wirklich nach Südwerder?«

»Vielleicht doch nicht«, gestand Gesine. »Er war nicht sonderlich erfreut über meinen Anruf.«

»Was hat er gesagt?«, fragte Maike.

»Irgendwas in der Richtung, dass du da allein durchmusst.«

Maike wusste nicht, ob sie erleichtert oder enttäuscht sein sollte. Ihr Herz hüpfte unentschlossen hin und her, wollte mal zu Robert, mal zu Niels – was ein ziemlich anstrengender Zustand war.

»Und was ist der Mann von Beruf?«, erkundigte sich Carina.

»Früher war er Banker«, klärte Maike sie auf. »Sogar ein sehr erfolgreicher. Damit hat er bloß leider aufgehört, weil ihn der Job nicht ausfüllte. Heute ist er Obst- und Gemüsehändler.«

»Ein Grünhöker!«, rief Carina aus. »Du überraschst mich. Hätte nicht gedacht, dass du dich mit so einem abgibst.«

»Ich habe immer gehofft, dass er noch einmal mehr aus sich macht«, gab Maike zu. »Aber als ich ihm das zuletzt gesagt habe, war er ziemlich sauer auf mich. Deswegen wird er auch nicht kommen. Es ist aus zwischen uns. Der stolze Herr Robert Wedemann wird nicht so leicht klein beigeben.«

Sie bemerkte, wie sich Carinas Gesichtsausdruck in kurzer Abfolge veränderte. Erst wirkte sie ratlos, dann erschrocken, schließlich amüsiert.

»Was ist denn?«

»Ach, nichts. Alles gut.«

Was eine Lüge war.

Schon wieder, dachte Maike.

13. Kapitel

Südwerder, Vierlande, 1970

Rosa nahm ihr Kopftuch ab und wischte sich damit über das verschwitzte Gesicht. Gleichzeitig streckte sie vorsichtig ihren schmerzenden Rücken, hielt sich dabei aber gut an der hohen Holzleiter fest. Sie konnte sich nicht daran erinnern, jemals einen derart heißen Sommer erlebt zu haben.

Schon im Mai wären ihnen beinahe die Erdbeeren vertrocknet. Tag und Nacht hatten Rosa, ihr Onkel Peter und der Knecht Sven die Felder bewässern müssen. Nur so hatten sie die Ernte retten können. Allerdings waren die Beeren kleiner und weniger süß gewesen als in anderen Jahren. Nach ein paar kräftigen Regenschauern im Juni blieb der Himmel dann erneut wolkenlos. Alle Bauern in den Vierlanden stöhnten über das Wetter, Peter Witthöft machte da keine Ausnahme.

Die Matthiesens hatten es ein wenig besser getroffen. Die meisten ihrer Blumen zogen sie in Gewächshäusern und waren somit weniger abhängig von den äußeren Bedingungen.

Seit zwei Tagen nun brachten Rosa und Peter Witthöft

die Ernte der Sommerbirnen ein. Auch diese Früchte waren kleiner als sonst, aber sie zeigten eine rote Seite und ließen sich leicht abdrehen. Länger durften sie nicht am Baum bleiben.

Rosa setzte sich das Kopftuch wieder auf und machte weiter. Heute musste sie allein pflücken. Ihr Onkel war früh am Morgen mit dem Knecht zu einem Bauern in Winsen an der Luhe gefahren, um die letzten fünf Mastferkel zu verkaufen.

Endlich hatte Rosa sich durchgesetzt! Und schon zum zweiten Mal! Sie grinste zufrieden vor sich hin. Vor anderthalb Jahren hatte sie darauf gedrängt, die Milchwirtschaft aufzugeben. Es waren viele Monate vergangen, bis ihr Onkel sich ihrem Willen gebeugt hatte. Doch schließlich hatte er einsehen müssen, dass der Milchverkauf keinen nennenswerten Gewinn mehr einbrachte.

Hinrich Matthiesen war da sturer gewesen. Manchmal hatte Rosa versucht, auch ihn zu überzeugen, aber er hielt an seinen zwanzig Schwarzbunten fest. Auf die Blumenzucht allein wolle er sich nicht verlassen, behauptete er dann. Da sie nicht mit ihm streiten wollte, ließ sie die Sache auf sich beruhen und konzentrierte sich lieber auf den eigenen Hof.

Kaum waren die Kühe abgeschafft gewesen, hatte Rosa damit begonnen, gegen die Ferkelmast zu argumentieren. Der Betrieb werde einen wesentlich höheren Gewinn abwerfen, wenn sie sich auf die Erdbeerfelder und die Obstplantage konzentrierten, hatte sie wieder und wieder vorgebracht. Die Zeiten der Mischbetriebe gehörten endgültig der Vergangenheit an. Wer als Bauer überleben wollte, müsse sich spezialisieren.

Angst vor dem Onkel hatte Rosa schon lange nicht mehr. Die Machtverhältnisse auf dem Hof waren andere als in ihren ersten Jahren. Hinter ihren Worten steckte inzwischen nicht mehr das klapperdürre, schüchterne Mädchen von einst, sondern eine selbstbewusste und starke junge Frau von einundzwanzig Jahren.

Sie brauchte auch keine Jungbauern mehr, die sich für sie einsetzten.

Zudem hatte sie den Verwandten bewiesen, wie viel ihr am Erdbeerhof lag, indem sie die Lehre zur Floristin abgebrochen hatte. Ihre Entscheidung damals hatte zwar mehr mit den Vorgängen auf dem Nachbarhof als mit ihren Pflichten hier zu tun gehabt, aber das mussten Onkel und Tante ja nicht wissen.

Irgendwann hatte sich dann Birthe Witthöft eingemischt: »Lass die Deern doch machen«, hatte sie mürrisch ihren Mann aufgefordert. »Die erbt sowieso den Hof. Spätestens wenn wir tot sind, wird sie ihren Willen durchsetzen. Also soll sie jetzt zusehen. Dann können wir wenigstens unsere Mahlzeiten ohne Streit einnehmen.«

Rosas Grinsen wurde noch breiter. Sie hatte es geschafft. Der Erdbeerhof war jetzt das, was sein Name versprach, kein Mischmasch mehr, bei dem man sich nur verzettelte.

»Aber die Obstbäume rührst du nicht an«, hatte Onkel Peter gefordert.

»Nein, keine Sorge«, war Rosas Antwort gewesen.

Tatsächlich hing sie selbst sehr an den vierzig Birnen-, Apfel- und Pflaumenbäumen. Zum einen boten sie nach der Erdbeersaison eine angenehme Abwechslung, zum anderen erinnerten sie Rosa an ihre alte Heimat. Es kam noch hinzu, dass die Obstplantage ebenso wie die Sommerweide an den Hof der Matthiesens grenzte. Sie ging sogar ohne Zaun dazwischen direkt in den Garten der Nachbarn über.

Keine zehn Meter vom letzten hohen Birnbaum entfernt hatte Hinrich für seine Frau eine kleine Ruheoase im Garten angelegt. Unter einer Linde stand eine alte Holzbank, daneben waren zwei Liegestühle und ein Tisch aufgebaut. Ein Laufgitter sorgte dafür, dass die kleine Maike nicht davonkrabbeln oder mit ihren inzwischen sechzehn Monaten weglaufen konnte, wenn ihre Mutter sich an diesem schönen Platz ausruhte.

Wovon bloß?, dachte Rosa manches Mal, wenn sie beobachtete, wie Christine Matthiesen müßig in einer Zeitschrift blätterte und an einem Glas frisch gepresster Zitronenlimonade nippte. Davon, dass sie vor mehr als einem Jahr ein Kind zur Welt gebracht hatte? Davon, dass sie mit dem Baby so schrecklich viel zu tun hatte? Letzteres stimmte nicht, und Rosa wusste es.

Es war Wilhelmine, die sich die meiste Zeit um das Kind kümmerte. Es mache ihr nichts aus, beteuerte sie Rosa gegenüber. Sie liebe ihre Enkeltochter und sie stünde auch gern nachts mehrfach auf, wenn Maike weinte. Sie war sogar extra in eine kleine Kammer neben dem Kinderzimmer gezogen, um immer zur Stelle zu sein.

Rosa sagte nichts dazu, aber sie wusste, auch wenn Wilhelmine es nie aussprach: Christine war keine gute Mutter. Ihre Tochter schien ihr gleichgültig zu sein. Noch Wochen nach der Geburt hatte sie das Baby kaum angefasst, war ständig in Tränen ausgebrochen und hatte sich im Haus verkrochen.

Als Rosa über die Weihnachtsfeiertage wie jedes Jahr ihre Familie im Alten Land besucht hatte, da hatte sie lange über die feine Prinzessin geschimpft, die ihre wenige Monate alte Tochter kaum zur Kenntnis nahm. Sie habe alles, was eine Frau sich nur wünschen könne. Eine wunderbare Familie und ein sorgenfreies Leben. Aber statt dankbar zu sein, verkrieche sie sich im Haus und starre aus dem Fenster. Das sei doch unerhört.

Ihre ältere Schwester Nele, die inzwischen selbst zwei kleine Kinder hatte, stimmte ihr empört zu, aber ihre Mutter mahnte zur Nachsicht. Für sie klinge das nach einer schlimmen Schwermut, die manche Frauen nach der Geburt treffen könne. Sie habe einmal in einer Zeitschrift darüber gelesen. Das müsse ganz schrecklich für die arme Christine Matthiesen sein.

Rosa hatte sich daraufhin zutiefst geschämt und sich geschworen, künftig freundlicher zur Nachbarin zu sein.

Als der Winter in den Frühling überging, schien es Christine Matthiesen besser zu gehen. Allerdings verbrachte sie die Tage nach wie vor mit Nichtstun.

Rosa war zwar bloß eine Gartenbäuerin ohne höheren Schulabschluss und mit nur einer halben Lehre, aber selbst sie konnte sich denken, dass dieser ständige Müßiggang auf Dauer nicht gesund sein konnte.

Und nach wie vor schien Christine keine besondere Beziehung zu ihrem Kind zu haben. Oft musste Rosa beobachten, dass die junge Mutter gar nicht merkte, dass die Kleine neben ihr weinte. Dann hätte sie am liebsten eingegriffen, hielt sich jedoch zurück.

Aber sie schwor sich, dem Baby zu helfen, sollte sie jemals mitbekommen, dass es in Gefahr war.

So ergab es sich, dass Rosa nach und nach Beschützerinstinkte für Maike entwickelte, vermutlich ganz ähnlich jenen, die Hinrich einst für ein vierzehnjähriges Mädchen aus dem Alten Land empfunden hatte.

Ach, Hinrich.

Während sie eine weitere Frucht abdrehte und in den Korb legte, der an der Leiter baumelte, kniff sie kurz die Augen zusammen. Es tat ihr nicht gut, an Hinrich zu denken, und sie vermied es, wo sie konnte.

Nur ungern erinnerte sie sich an die Zeit, in der er der Mittelpunkt ihres Lebens gewesen war. Aber Rosa war keine vierzehn und keine sechzehn mehr. Wenn sie nicht gerade ein Kopftuch trug, floss ihr braunes Haar lang und seidig den Rücken hinunter, ihre dunklen Augen waren groß und ausdrucksvoll. Rosa wusste, dass sie hübsch war, und sie bemerkte durchaus die bewundernden Blicke, die viele Männer ihr nachwarfen.

Sie bildete sich ein, ihre Liebe zu Hinrich sei längst erloschen, und zwar seit ziemlich genau zwei Jahren. Seit dem Tag nämlich, an dem er Christine geheiratet hatte.

Es hatte ein großes Fest auf dem Matthiesen-Hof gegeben, und natürlich hatte Rosa hingehen müssen. Sie wäre Mittelpunkt des Tratsches gewesen, wäre sie ferngeblieben.

Spät am Abend, als sie endlich allein in ihrer Dachkammer gewesen war, hatte Rosa sich mit einem heißen Waschlappen immer wieder fest über das Gesicht reiben müssen, weil sie anders das eingemauerte Lächeln nicht losgeworden wäre, das sie den ganzen schrecklichen Tag lang zur Schau getragen hatte.

Sie dachte nicht gern daran zurück, aber sie wusste

noch, wie sie am Morgen darauf den festen Entschluss gefasst hatte, von nun an ihr eigenes Leben zu leben und keinen Gedanken an Hinrich mehr zu verschwenden.

Seltsam nur, dass es ihr nie so recht gelingen wollte. Immer spielten ihre Nachbarn eine Rolle in ihrem Alltag. Ob es Hinrich war, dessen fröhliches Pfeifen sie kaum ertragen konnte, wenn er manchmal ganz in ihrer Nähe arbeitete, Wilhelmine, die mit den Jahren stiller zu werden schien, oder Christine, die auf Rosa wirkte wie ein Schattenwesen, das sich in die bäuerliche Welt der Vierlande verirrt hatte.

Mit der Schwangerschaft war die junge Frau dann aufgeblüht wie eine der neu gezüchteten Rosen auf dem Nachbarhof, doch nach der Geburt waren die Schatten wieder länger und länger geworden. Rosa wurde aus Christine einfach nicht schlau. Sie versuchte ja, Verständnis für sie aufzubringen, aber wenn sie ihr Kind vernachlässigte, dann war es mit ihrer Geduld vorbei.

Mit Hinrich redete Rosa nie darüber, sie sprachen kaum noch miteinander.

Wilhelmine hingegen kam sie manchmal besuchen, und bei solchen Gelegenheiten wurde Rosa bewusst, dass sich das Verhältnis zu der älteren Frau veränderte. Nicht mehr sie, Rosa, war es, die Hilfe und Zuspruch suchte, sondern Wilhelmine bat sie immer öfter um Rat oder schüttete ihr das Herz aus.

Rosa streckte sich nach zwei Birnen über ihrem Kopf und blickte dann nach oben. In der Baumkrone hingen noch einige Früchte, die reif aussahen, besonders hier auf der Sonnenseite. Doch um die herunterzuholen, brauchte sie den Obstpflücker. Das war eine lange Stange mit einem kleinen Netz an der Spitze, in das die Früchte sanft fallen konnten, ohne beschädigt zu werden.

Ihr blieb nichts anderes übrig, als von der Leiter zu steigen. Dann lief sie durch die schnurgeraden Reihen der Birnbäume zurück zum Hof.

Die Sonne stand schon weit oben am Himmel, und Rosa verspürte Sehnsucht nach einer kalten Dusche. Sie beneidete alle Leute, die heute, an diesem heißen zweiten Samstag im Juli, einfach freinehmen konnten und sich am Fluss aufhielten, ihre Füße in einen See tauchten oder gar im Freibad von Bergedorf ihre Bahnen zogen. Sie wusste zwar, dass die meisten Leute in Südwerder nicht dazugehörten, denn Bauern kannten keinen freien Tag. Dennoch ließ sich der brennende Neid nicht so einfach unterdrücken.

Im ehemaligen Kuhstall, wo inzwischen alle Geräte untergebracht waren, schien die Luft einen Hauch kühler zu sein. Rosa trank kaltes Wasser direkt aus dem Hahn am Eingang, benetzte sich das Gesicht und lehnte sich an die Stallwand.

Ach, tat das gut!

Nach ein paar Minuten suchte sie den Obstpflücker heraus und wollte den Rückweg antreten, als im Haus das Telefon klingelte.

Ihre Tante Birthe war beim Friseur, also lief Rosa schnell hinein und nahm ab.

»Witthöft.«

»Hallo, Rosa.«

Jakob. Ein müdes Lächeln stahl sich in ihre Mundwinkel. »Wie geht's so?«

»Könnte besser sein.«

Jakob Bader war ihr fester Freund, und sie hatte ihn sehr gern. Meistens jedenfalls.

»Erzähl mir nicht, du willst mit mir schwimmen gehen«, sagte sie.

»Schön wär's. Ich sitze hier fest. Kannst du nicht rüberkommen und mir ein wenig Gesellschaft leisten? Zu reparieren habe ich nichts, aber vorhin ist eine Gruppe von Ausflüglern hier eingefallen und hat sich ein halbes Dutzend Räder geliehen. Ich muss wahrscheinlich Stunden warten, bis die zurückkommen.«

Jakob hatte Rosas Idee von damals in die Tat umgesetzt und die Stellmacherei seiner Familie in eine Fahrradwerkstatt umgewandelt. Die Idee mit dem Räderverleih stammte ebenfalls von Rosa und ließ sich gut an.

»Unmöglich«, erwiderte sie, während ihr Lächeln verblasste. »Ich habe noch zwei Birnbäume vor mir. Die muss ich bis zum Mittag allein schaffen.«

»So ein Mist. Dabei habe ich fest mit dir gerechnet. Sag mir wenigstens, dass es dir leid tut.«

»Es tut mir leid.«

»Und dass du mich liebst.«

»Ich liebe dich«, beteuerte sie mit einem kurzen Anflug von Ärger. So war Jakob. Mit schöner Regelmäßigkeit forderte er ihre Gefühle ein.

Rosa verstand das nicht. Jakob und sie gingen jetzt seit gut zwei Jahren miteinander, sie küssten sich, und sie taten noch viel mehr – schließlich lebten sie in modernen Zeiten, und die Hippie-Bewegung hatte mit leichter Verspätung auch die Vierlande erreicht. Kaum ein junger Mensch kümmerte sich noch um Konventionen. Es wurde gefeiert, getrunken und geliebt. Manche Leute trugen Batikkleider oder Fransenhemden und flochten sich bunte Bänder um den Kopf. Viele ließen ihr Haar wachsen. Auch die Jungs. Jakob zum Beispiel sah mit seinen schulterlangen Locken hinreißend aus. Er gab sich, zumindest nach außen hin, noch ein bisschen freier als die Dorfjugend. Schließlich hatte er drei Jahre in Hamburg gelebt, um sich zum Zweiradmechaniker ausbilden zu lassen.

Wenn er in jener Zeit nach Hause gekommen war, hatte er stets einen Hauch von Großstadt mitgebracht, und er war für Rosa immer interessanter geworden.

Sie erinnerte sich, wie er eines Abends mit einem Veilchen bei ihr aufgetaucht war. Er habe sich nur einem Protestmarsch gegen die Kapitalistenschweine am ersten Mai angeschlossen, erzählte er mit heldenhafter Untertreibung. Dabei sei ihm ein Ziegelstein mitten ins Gesicht geflogen.

Als sie erschrocken aufgeschrien hatte, da hatte er scheinbar bescheiden abgewinkt. Andere hätte es viel schlimmer erwischt.

Das war noch vor Hinrichs und Christines Hochzeit gewesen, aber Rosa hatte längst gewusst, dass sie den Jungbauern verloren hatte.

In jener Nacht gab sich Rosa zum ersten Mal Jakob hin. Er war ein erfahrener Liebhaber, zärtlich und rücksichtsvoll. Sie konnte sich keinen besseren wünschen. Doch seit sie fest zusammen waren, schien er all die neuen Ideale von freier Liebe und der Leichtigkeit des Seins nach und nach wieder abzulegen. Sie fand inzwischen, er ähnelte mehr und mehr seinem Vater, einem tyrannischen Familienoberhaupt, das keinen anderen Herrscher neben sich duldete.

Jakob wurde besitzergreifend. Er mochte es nicht, wenn Rosa mal mit einer Freundin ins Kino ging, und horchte sie über jeden Abend aus, an dem sie sich nicht sahen. Und er wollte hören, dass sie ihn liebte. Immer und immer wieder.

»Fehle ich dir?«, fragte er jetzt.

Rosa wünschte, sie könnte ein bisschen wie Wilhelmine sein. Dann hätte sie einfach geantwortet: Nein, Jakob. Um ehrlich zu sein, fehlst du mir im Augenblick überhaupt nicht. Wir waren gestern bis spät zusammen, und ich bin seit fünf Uhr früh auf den Beinen. Wegen dir habe ich nur vier Stunden geschlafen, und ich schufte schon den ganzen Vormittag bei der Birnenernte. Ich habe wirklich keine Zeit, mich nach dir zu verzehren.

Stattdessen sagte sie: »Ja.«

»Das war aber knapp«, kam es beleidigt durch den Hörer.

Rosa unterdrückte ein Seufzen.

»Tut mir leid«, sagte sie wieder.

Manchmal hatte sie das Gefühl, sie tue nichts anderes mehr, als sich bei Jakob zu entschuldigen. Aber es war nie genug.

»Okay«, meinte er gedehnt. »Dann will ich dich nicht länger von deiner Arbeit abhalten. Wir sehen uns heute Abend.«

»Jakob …«

»Was denn?«

Ich bin müde, wollte sie sagen. Die Hitze macht mir zu schaffen. Ich möchte früh schlafen gehen. Lass uns eine Pause einlegen. Wir könnten uns genauso gut morgen wiedersehen.

Aber sie tat es nicht. »Nichts. Bis später.«

»Warte mal!«, rief er aufgebracht. »Was wolltest du sagen? Dass es dir heute nicht passt? Weil du vielleicht was Besseres vorhast? Womöglich mit deinem geliebten Hinrich?«

Jetzt konnte Rosa ein Seufzen nicht mehr verhindern. Hinrich war ein ständiges Streitthema zwischen ihnen. Jakob nahm es ihr nicht ab, dass ihre Liebe zu dem Nachbarn vorbei war. Er war rasend eifersüchtig auf den Mann, und es wurde immer schlimmer. Sie konnte noch so oft beteuern, dass er nur eine Schwärmerei in ihrer Backfischzeit gewesen war. Jakob glaubte ihr einfach nicht. Tief in ihrem Inneren ahnte sie, dass er mit seiner Vermutung ganz richtiglag. Aber sie gab es nicht zu, nicht einmal vor sich selbst.

»Annemarie behauptet auch, dass du den Mann noch liebst.«

»Was?« Auf einmal stieg Wut in Rosa auf. »Wie kann deine Schwester es wagen, über mich zu urteilen? Was geht die mein Leben an?«

»Sie ist eine verheiratete Frau und kennt sich aus. Als sie letztes Wochenende zu Besuch war, hat sie euch beobachtet. Ihr seid händchenhaltend über die Straße gegangen. Leider hat sie mich erst vorhin angerufen, um es mir zu erzählen. Sonst hätte ich dich vorher gefragt, ob das stimmt.«

»So ein Unsinn! Wir haben uns zufällig beim Bäcker getroffen und höchstens ein paar Worte gewechselt. Das ist normal unter Nachbarn. Und wir haben ganz bestimmt nicht Händchen gehalten.«

Rosa konnte es nicht fassen. Annemarie, die inzwischen Mutter von zwei Söhnen war, lebte mit ihrer Familie in Bardowick bei Lüneburg und ließ sich nur noch selten in Südwerder sehen. Und dann hatte sie nichts Besseres zu tun, als ihr, Rosa, nachzuspionieren? Sie musste ein paarmal tief durchatmen.

»Richte deiner Schwester aus, sie soll sich um ihren eigenen Kram kümmern!«

»Kein Grund, so zu brüllen.«

»Und ob!«, rief Rosa. »Und ob!«

»Schluss jetzt. Du hast kein Recht, meine Familie zu beleidigen!«

Ihr lag schon eine heftige Erwiderung auf der Zunge, aber sie schluckte sie hinunter und knallte stattdessen den Hörer auf die Gabel.

Sie war so wütend! Auf Jakob, auf die blöde Annemarie, auf sich selbst.

Während sie mit dem Obstpflücker zurück zum halb abgeernteten Birnbaum eilte, schlug die Wut langsam in Ärger auf sich selbst um.

Warum hatte sie sich so in Rage bringen lassen? Es konnte ihr doch egal sein, was Annemarie herumtratschte. Aber sie wusste auch, es würde ein anstrengender Abend werden. Sie würde Jakob um Verzeihung bitten und ihm glaubhaft ihre Liebe versichern müssen. Rosa war schon müde, als sie an die bevorstehenden Stunden mit ihrem Freund nur dachte. Wie sehr wünschte sie sich, sie hätte den Mut gehabt, ihm für heute abzusagen.

Sie stieg wieder auf die Leiter und begann, die Birnen oben in der Baumkrone abzuernten.

Eine gute Stunde später erreichte sie den letzten Birnbaum. Sie stand ganz oben auf der Leiter, als sie bemerkte, dass Christine mit der kleinen Maike auf dem Arm aus dem Haus kam.

Wilhelmine folgte ihr kurz darauf, einen Krug mit Limonade und Gläser in der Hand. Sie stellte alles auf den Gartentisch, nahm Christine dann das Kind ab und setzte es in den Laufstall. Die Kleine stand aber sofort auf, hielt sich an den Gitterstäben fest und schien lieber frei im Garten herumlaufen zu wollen. Kein Wunder, dachte Rosa. In dem Alter möchte ein Kind die Welt erkunden. Aber wahrscheinlich war das für Christine zu anstrengend.

»Ruhe dich aus, Liebes«, sagte Wilhelmine zu ihrer Schwiegertochter. »Ich fahre schnell mit dem Rad zu Emmi und hole dir die Plätzchen.«

Emmi Claar führte den Gemischtwarenladen in Kirchwerder und war zudem eine alte Freundin von Wilhelmine. Rosa fragte sich, warum eine gesunde junge Frau wie Christine nicht selbst in der Lage sein sollte, sich Sonderwünsche zu erfüllen. Warum musste dazu Wilhelmine mit dem Fahrrad los? Die Bäuerin war in letzter Zeit ein wenig wackelig auf den Beinen.

Kein Wunder. Immerhin war sie Mitte sechzig und hatte ein hartes, entbehrungsreiches Leben als Landfrau hinter sich.

Rosa wollte sich schon bemerkbar machen und Wilhelmine anbieten, an ihrer Stelle zu fahren. Bei der Gelegenheit könnte sie ein paar Biere und etwas Knabberzeug besorgen. Damit würde sie Jakob am Abend versöhnlich stimmen. Doch dann überlegte sie, dass ihre Nachbarinnen ein solches Angebot vielleicht als Einmischung auffassen würden.

Also hob Rosa nur die freie Hand und winkte Wilhelmine kurz zu. Diese sah sie jedoch nicht dort oben in der Baumkrone. Laut rufen mochte Rosa nicht, und so schaute sie nur voller Zuneigung auf ihre ältere Freundin hinab.

»Brauchst du sonst noch etwas?«, fragte diese Christine freundlich.

»Oh ja. Ein ganz neues Leben, bitte«, kam es sarkastisch zurück. »Vielleicht in New York oder wenigstens in Paris. Mit tollen Partys, lustigen Leuten und geistreichen Gesprächen.«

»Du bist so undankbar«, erwiderte Wilhelmine auf ihre unverblümte Art, und Rosa stimmte ihr im Stillen aus ganzem Herzen zu.

Aber es war ihr unangenehm, hier oben im Baum zu lauschen. Sie wusste bloß nicht, wie sie aus der Sache wieder rauskommen sollte. Der Moment, in dem sie sich zwanglos hätte melden können, war verstrichen. Jetzt würden die beiden Frauen da unten denken, sie hätte absichtlich gelauscht.

Hoffentlich ging Wilhelmine bald weg. Dann würde Christine vielleicht ein Nickerchen machen, und Rosa konnte sich gefahrlos davonschleichen.

Leider sah es nicht danach aus.

»Warum kannst du bloß nicht zufrieden sein?«, fragte Wilhelmine, während sie sich in den Laufstall beugte, um für Maike eine Spieluhr aufzuziehen. Die Kleine klatschte begeistert in die Hände, als das Lied »Fuchs, du hast die Gans gestohlen« erklang. Dabei verlor sie das Gleichgewicht, plumpste auf ihren windelbepackten Popo und kreischte vor Vergnügen.

»Du hast alles, was sich eine junge Frau nur wünschen kann«, fuhr Wilhelmine fort. »Ein wunderbares Kind, einen liebenden Ehemann und ein gemütliches Zuhause.«

»Ja!«, sagte Christine heftig. »Und Langeweile von früh bis spät!«

»Es liegt an dir, deine Tage mit einem Sinn zu füllen«, erwiderte Wilhelmine ruhig.

»Und wie soll ich das bitte anstellen? Hier gibt es nichts für mich zu tun. Gar nichts. Du hast den Haushalt fest im Griff, und wenn ich mal etwas verändern will, dann komme ich nie gegen dich an.«

Rosa runzelte die Stirn. Zum ersten Mal empfand sie Verständnis für ihre Nachbarin, die nur ein paar Jahre älter als sie selbst war.

Mit ihrer Tante Birthe hatte Rosa nämlich so ziemlich dieselben Schwierigkeiten. Zuletzt waren sie aneinandergeraten, weil Rosa ein paar schrecklich hässliche Jagdtrophäen von den Wänden der großen Diele abnehmen wollte. Sie hatte sich nicht durchsetzen können. Der Wildschweinkopf, die Hirschgeweihe und der verstaubte, von Motten zerfressene Hase blieben hängen. Was die Bewirtschaftung des Hofes anging, war Birthe Witthöft nachgiebiger als bei der Einrichtung.

»Im Dorf gucken mich die Leute schief an«, setzte Christine drüben im Garten hinzu, »und als ich daran gedacht habe, Kosmetikerin zu werden, habt ihr mich bloß ausgelacht. Hier auf dem Land würde ich keine Kunden finden. Deine Worte.«

Ach, dachte Rosa und blickte auf ihre kurzen, eingerissenen Fingernägel. Eine Kosmetikerin wäre etwas Feines. Sie stellte sich vor, sich mit einer Schönheitspackung auf dem Gesicht zu entspannen, während ihre Nägel gefeilt und gepflegt wurden. Ob sie allerdings zu Christine gehen würde, war eine andere Frage. Hinrichs Frau galt als Zugereiste, und niemand wurde so richtig warm mit ihr.

Rosa war auch einmal fremd gewesen, aber sie stammte aus einer Bauernfamilie und hatte sich schnell ins Dorfleben integriert. Die Prinzessin hingegen ging den Leuten am liebsten aus dem Weg.

»Nun, vielleicht findest du etwas anderes«, meinte Wilhelmine friedfertig. »Du könntest noch ein ...«

»Noch ein Kind kriegen?«, fuhr Christine dazwischen. Sie hatte sich Limonade eingegossen, nun stieß sie das Glas um. Zuckrige Flüssigkeit versickerte im Rasen. »Das hättest du wohl gern! Aber ich bin nicht eure Zuchtkuh!«

Rosa konnte sehen, wie blass Wilhelmine wurde. »Ich wusste nicht, dass du es so verabscheust, noch einmal Mutter zu werden.«

Christine sackte in sich zusammen. Ganz klein und verletzbar hockte sie auf einmal in ihrem Liegestuhl. »Dann weißt du es jetzt«, murmelte sie so leise, dass Rosa sie nur mit Mühe verstehen konnte. »Glaub mir, Wilhelmine. Noch einmal eine so dunkle Zeit würde ich nicht überleben.«

Eine Weile herrschte Stille, nur das Kinderlied war zu hören, weil Wilhelmine die Spieluhr wieder aufzog.

»Aber das ist nicht der einzige Grund, nicht wahr?«, fragte sie schließlich.

»Ich will nicht darüber reden«, erwiderte Christine matt.

»Du musst. Sonst wird es nie besser. Und du musst vergessen, was damals in Berlin geschehen ist.«

Rosa hielt den Atem an. Vielleicht würde sie jetzt endlich erfahren, worüber in Südwerder seit Jahren spekuliert wurde. Sie war sich bloß nicht sicher, ob sie es wissen wollte.

14. Kapitel

Südwerder, Vierlande, 1970

Rosas rechter Fuß kribbelte, aber sie konnte sich nicht kratzen. Wenn sie sich hier oben auf der Leiter rührte, würden Wilhelmine und Christine sie sofort entdecken. Und dann würde es unangenehm für sie werden. Es gab keine vernünftige Erklärung dafür, dass sie im Birnbaum hockte und dem Gespräch lauschte. Jetzt nicht mehr, wo die beiden sich schon eine ganze Weile dort im Garten aufhielten.

Also ertrug sie das Jucken und regte sich nicht.

Unter ihr nahm Wilhelmine die kleine Maike auf den Arm und ließ sich mit ihr auf dem freien Liegestuhl nieder. Das Kind wirkte jetzt ruhiger. Wahrscheinlich setzte auch ihm die Hitze zu. Es kuschelte sich eng an seine Oma.

»Bitte. Erzähl mir, was mit dir passiert ist. Manchmal tut es gut, sein Herz auszuschütten.«

Christine stieß einen unbestimmten Laut aus, aber nach einem Moment des Schweigens rang sie sich zu einer Antwort durch.

»Ich hatte eine Fehlgeburt«, sagte sie tonlos. »Bevor ich zu euch kam.«

Vor Schreck wäre Rosa fast von der Leiter gefallen. Sie konnte sich gerade noch festhalten. Die Äste in ihrer Nähe rauschten. Zum Glück merkten die Frauen nichts.

Eine Fehlgeburt? Als sie noch in Berlin gelebt hatte? Aber sie war doch noch so jung, dachte Rosa.

»Du warst sehr jung«, sagte Wilhelmine leise.

»Ich war neunzehn, als ich zum ersten Mal zu Besuch hergekommen bin«, gab Christine zurück. Noch immer schwang keinerlei Gefühl in ihrer Stimme mit. »Und ich war achtzehn, als ich im fünften Monat mein Baby verloren habe. Ich war siebzehn, als ich mich in Joachim verliebt habe, und ich ...«

Plötzlich schluchzte sie laut auf und barg das Gesicht in den Händen. Vor Schreck fing die kleine Maike an zu weinen, und Wilhelmine brauchte eine Weile, bis sie das Kind beruhigt hatte. Dann setzte sie es wieder in den Laufstall, zog die Spieluhr auf und legte schließlich ihrer Schwiegertochter eine Hand auf die Schulter.

»Armes Mädchen.«

»Joachim hat mein Leben zerstört!«, stieß Christine aus. »Was hat er von der großen Liebe gefaselt! Und ich habe ihm geglaubt. Ich habe ihn geliebt!«

Und Hinrich liebst du nicht, dachte Rosa, die auf einmal alles verstand. Christine war nach Südwerder gekommen, um sich von einem schlimmen Schicksalsschlag zu erholen. Ein Mann wie Hinrich Matthiesen kam ihr da gerade recht. Jung, stark, ein Beschützer, der sie auf Händen tragen würde.

Wilhelmines Gedanken schienen in dieselbe Richtung zu gehen. »Da hast du ja Glück gehabt, dass du so bald darauf meinen Sohn kennengelernt hast.«

Christine ging nicht darauf ein. »Ich war so dumm! Hingegeben habe ich mich ihm, und damals waren die Sitten nicht so locker wie heute. Nicht mal in Berlin. Meine Eltern durften auf keinen Fall etwas davon wissen. Ich war nicht so frei wie die Rosa von nebenan. Die kann es mit ihrem Freund sogar unter dem Dach von Onkel und Tante treiben, und kein Hahn kräht danach.«

Bei der Erwähnung ihres Namens drohte der nächste Leitersturz. Rosa krallte die Hände um die Sprossen.

»Lass die Deern aus dem Spiel«, mahnte Wilhelmine. »Sie hat dir nichts getan, und sie ist immer freundlich zu dir.«

Christine hob bloß die Schultern. »Schon gut. Mein Vater hätte mich jedenfalls windelweich geschlagen, wenn er von Joachim erfahren hätte«, fuhr sie dann fort. »Oder sagen wir besser: von dem, was Joachim und ich am liebsten taten. Na ja ...« Sie wischte sich über die tränennassen Wangen, bevor sie weitersprach. »Der liebe Vati hat mich dann auf andere Weise bestraft. Er ist schuld am Tod meines Babys!«

»Oh mein Gott. Hat er ...«

»Nein, er hat mich nicht verprügelt, wenn es das ist, was du wissen willst. Aber er hat mich rausgeworfen, und ich wusste nicht, wohin. Zwei Tage bin ich durch die Stadt geirrt. Ich habe mich furchtbar geschämt und wollte nicht zu Verwandten oder Freunden. Schließlich bin ich bei der Bahnhofsmission gelandet. Die Leute haben mir geholfen, aber mein Baby habe ich verloren. Im Krankenhaus hieß es, so etwas könne jederzeit passieren, niemand sei schuld. Aber ich weiß es besser.«

Voller Mitleid sah Rosa auf die junge Frau hinunter, die

sie insgeheim schon so oft dahin gewünscht hatte, wo der Pfeffer wuchs.

Was hatte sie durchgemacht! Sie schämte sich für ihren Neid auf Christine.

»Und deine Mutter?«, fragte Wilhelmine ruhig.

»Sie hat sich nicht getraut, sich gegen ihn zu stellen. Mein Vater war der Ernährer der Familie. Was hätte sie gemacht, wenn er sie verlassen hätte? Ich habe noch drei jüngere Schwestern. Nein, sie hatte keine Wahl. Aber immerhin hat sie mich zu Tante Martha geschickt.«

»Meine Kusine«, warf Wilhelmine ein.

»Genau. Sie hat mich gepflegt, und dann bin ich zu euch gekommen.«

»Ich weiß noch, wie Martha mich anrief«, sagte Wilhelmine. »Sie fragte, ob du zu uns zur Erholung kommen könntest. Wegen deines Asthmas.«

»Ja, das war die offizielle Version, die auch allen Verwandten und Bekannten in Berlin erzählt wurde.«

»Und dein Joachim?«, fragte Wilhelmine. »Hat er zu dir gestanden?«

»Wäre ich sonst hier?«, kam es bitter zurück. »Oh nein, der Herr Fabrikantensohn hat schnellstens das Weite gesucht. Soweit ich weiß, lebt er inzwischen in Amerika.«

Sie stöhnte auf und wiederholte: »Amerika.« So viel Sehnsucht war in ihrer Stimme, dass Rosa sich fragte, ob sie dem Land oder dem Mann galt.

»Und deine Eltern?«, fragte Wilhelmine.

»Was soll mit ihnen sein?«

»Kommen sie dich deshalb nie besuchen? Fährst du deshalb nie nach Berlin?«

Christine zwirbelte ihre blonden Locken. Für Rosa sah

es aus, als wollte sie sich die Haare ausreißen. »Ich habe Mutter schon ein paarmal eingeladen, aber sie hat zu viel Angst. Und für Vater existiere ich nicht mehr.«

»Wie dumm die Menschen sind!«, rief Wilhelmine aus. »Weil sie nicht verzeihen können oder weil sie sich vor dem anderen fürchten, verpassen sie es, dieses wunderbare Geschöpf kennenzulernen.« Die kleine Maike spürte anscheinend, dass die Oma von ihr sprach, und strahlte sie an.

Wilhelmine wischte sich über die Augen, dann stand sie auf. Es schien Rosa, als bewege sie sich langsamer, als sei sie schlagartig gealtert.

»Ich besorge dir mal deine Plätzchen, bevor Emmi den Laden schließt. Es ist fast Mittag.« Behutsam setzte sie ihre Enkelin wieder im Laufstall ab und wandte sich zu ihrer Schwiegertochter um.

»Warte.« Christine griff nach ihrer Hand. »Bitte denk nicht schlecht von mir. Es geht mir schon viel besser, und ich könnte mir ein Leben ohne meine Kleine nicht mehr vorstellen. Ich fürchte bloß, ich bin nicht gut genug für sie.«

»Das wird schon«, meinte Wilhelmine versöhnlich. »Du musst nur aufpassen, dass du sie nicht vernachlässigst. Manchmal habe ich den Eindruck, du vergisst sogar, dass sie da ist.«

Christine senkte den Kopf. »Ich werde mir mehr Mühe geben, versprochen. Und bitte glaub mir: Ich habe Hinrich gern, wirklich sehr gern.«

»Aber du liebst ihn nicht.«

Es dauerte lange, bis eine Antwort kam. »Noch nicht, aber ich werde es lernen.«

Rosa oben auf ihrem Beobachtungsposten schüttelte leicht den Kopf. Das war dumm. Liebe konnte man nicht lernen, Liebe war da, oder eben nicht. Ihr tat das Herz weh, weil Hinrich mit einer Frau zusammenlebte, die keine tieferen Gefühle für ihn empfand.

»Nun«, sagte Wilhelmine. »Wenn das so ist, kannst du mir ja versprechen, deine dumme Kletterei sein zu lassen. Es macht uns allen Angst, wenn du irgendwo auf einem Scheunendach oder in einer Baumkrone hockst.«

Sie schaute nach oben und blickte direkt in Rosas Augen. Erschrocken fuhr sie zusammen, aber dann ließ sie sich nichts anmerken.

Vielleicht, so hoffte Rosa, war Wilhelmine ganz froh über eine Zeugin dieses Gesprächs. Vielleicht würde sie aber auch nie wieder ein Wort mit Rosa wechseln.

Wenigstens folgte Christine nicht dem Blick ihrer Schwiegermutter.

»Das kann ich nicht versprechen«, sagte sie zaghaft.

»Du musst es versuchen.«

»Das tue ich ja. Aber manchmal ist der Drang stärker als ich.«

»Warum machst du das überhaupt? Was ist da oben?«

»Die Freiheit«, erwiderte Christine. »Und die Weite. Ich kann mir einbilden, sehr, sehr weit zu sehen.«

»Bis nach Amerika?«

Darauf erhielt Wilhelmine keine Antwort. War auch überflüssig, fand Rosa.

Schließlich ging die ältere Frau über den Rasen davon, um ihre Besorgung zu machen. Die kleine Maike spielte friedlich mit bunten Bauklötzen. Der Laufstall stand im Schatten der Linde, und das Kind hatte es angenehm kühl.

Christine lehnte sich im Liegestuhl zurück und schloss die Augen.

Ein paar Minuten wartete Rosa noch. Als sie dann den Eindruck hatte, ihre Nachbarin sei eingeschlafen, wagte sie es, die Leiter hinunterzuklettern. Die letzten Birnen, beschloss sie, würde sie am Nachmittag ernten.

Nur das Kleinkind bemerkte sie. Es schaute Rosa an und schenkte ihr ein breites Lächeln. Dazu brabbelte es leise in seiner Babysprache. Schon jetzt war zu erkennen, dass Maike die Schönheit ihrer Mutter geerbt hatte. Der zarte Körperbau, die blonden Locken und die helle Haut täuschten jedoch darüber hinweg, dass sie sehr robust war. Bisher, das hatte Wilhelmine Rosa erzählt, hatte sie weder Fieber noch sonst eine Schwäche gehabt. Und die Augen – wenn Rosa ganz genau hinschaute, dann glaubte sie, Hinrichs Augen in seiner Tochter zu erkennen. Hell waren sie, wie der Mittagshimmel, oder wie die Ostsee im Sommer. Und vielleicht hatte sie ja auch Hinrichs gesunde Konstitution geerbt.

Rosas Herz wurde weich. Am liebsten wäre sie zum Laufstall gegangen, um Maike kurz in den Arm zu nehmen, aber davon wäre ihre Nachbarin bestimmt aufgewacht, und das wollte sie nicht riskieren.

Christine Matthiesen mochte Rosa nach wie vor nicht. Möglicherweise spürte sie, dass zwischen der jüngeren Frau und ihrem Ehemann mehr war als nur eine gute Freundschaft.

Zumindest, was Rosa betraf.

Oder es war einfach ein Charakterzug, dass sie keine anderen Leute in ihrer Familie duldete.

Wie auch immer. Wahrscheinlich würden sie niemals

Freundinnen werden. Rosa winkte dem Kind zu und verschwand dann durch den Obstgarten.

Während sie mit müden Schritten auf das Hufnerhaus zuging, fragte sie sich, ob sie selbst einmal Kinder haben würde. Rosa hoffte es sehr, obwohl sie sich noch zu jung dafür fühlte. Sie hatte gelesen, dass Frauen in den Städten sich immer häufiger entschieden, erst später im Leben eine Familie zu gründen. Die Anti-Baby-Pille schenkte ihnen diese Freiheit.

Doch hier auf dem Lande war es anders. Rosa kannte einige sehr junge Mütter. Annemarie Bader zum Beispiel hatte ihren ersten Sohn bekommen, als sie in Rosas Alter gewesen war.

Manchmal hatte sie den Eindruck, Jakob legte es darauf an, ihr ein Kind zu machen. Er wusste nicht, dass sie sich heimlich die Pille besorgt hatte. Vor einem Jahr schon war sie zu einem Frauenarzt nach Hamburg gefahren und hatte erzählt, sie müsse allein einen Hof führen und dürfe noch nicht schwanger werden, obwohl sie ihren Verlobten sehr liebe. Geduldig hatte sie sich eine Moralpredigt angehört, aber schließlich war sie mit dem Rezept in der Hand aus der Praxis gekommen.

Rosa kicherte leise vor sich hin. Jakob wusste auch nicht, dass sie ihn bei der Gelegenheit zum Verlobten befördert hatte. Allerdings wunderte er sich vielleicht, dass sie bisher noch nicht in anderen Umständen war. Zum Glück sprach er nie darüber. Das war in seinen Augen offenbar kein Thema, über das sich ein Mann mit seiner Freundin unterhielt.

Rosa ging um das Haus herum zum Hintereingang, zog dort ihre schmutzigen Arbeitsschuhe aus und schlüpfte in ein Paar Sandalen. In der Küche wartete ihre Tante mit dem Mittagessen auf sie. Unwillkürlich verzog Rosa das Gesicht, als sie sah, was es gab.

Die Witthöfts waren wohlhabende Bauern, aber noch immer ernährten sie sich wie arme Leute. Wenn Rosa es wagte, mal zu protestieren, weil es wieder bloß gestampftes Gemüse wie in alten Zeiten gab, dann bekam sie zu hören, wie sehr die Menschen in den Vierlanden im Krieg und in der Nachkriegszeit gelitten hätten. Da dürfe man aus Respekt nicht so prassen. Rosa glaubte nie, dass ihre Verwandten irgendwas vermisst hatten. Die waren bestimmt schlau genug gewesen, um genügend Speckseiten und Schinken zu verstecken.

Heute war sie zu müde, um etwas zu sagen. Sie wusch sich die Hände und setzte sich dann an den Tisch. Wortlos reichte Birthe ihr den Topf mit den Pellkartoffeln. Dazu gab es Quark mit Kräutern und Leinöl.

»Was ist mit Onkel Peter?«, fragte Rosa

»Er und Sven werden erst am Abend wiederkommen. Wahrscheinlich schlagen sie sich die Bäuche in einem teuren Restaurant voll.«

So wie Rosa ihren geizigen Onkel kannte, ging sie eher davon aus, dass er sich und seinem Knecht bloß eine Bratwurst an einem Imbissstand gönnen würde. Aber sie nickte und aß dann schweigend. In Gedanken war sie bei Christines trauriger Geschichte. In Zukunft, das nahm sie sich fest vor, wollte sie sich um die Freundschaft ihrer Nachbarin bemühen.

Nach der einfachen Mahlzeit beschloss sie, sich für eine Viertelstunde hinzulegen. Die vergangene Nacht war wirklich verflixt kurz gewesen. Doch als sie in ihre Dachkammer trat, wich sie sofort zurück. Die Hitze war hier oben nicht auszuhalten.

Also kehrte Rosa nach unten zurück und legte sich auf das abgewetzte Sofa in der großen Wohnstube. Sie nahm sich vor, nur ein kurzes Schläfchen zu halten. Und Tante Birthe sollte ruhig schimpfen, wenn sie Rosa dabei erwischte. Sie hatte ein Recht auf ein wenig Erholung! Sollten die alten Bauern sich gegen einen Baum lehnen, sie würde das bestimmt nie tun! Rosa lächelte, ohne zu ahnen, wie sehr sie sich in einigen Jahren verändern würde. In der nächsten Minute war sie fest eingeschlafen.

Ein schrilles Geräusch weckte sie. Es dauerte einen Moment, bis sie erkannte, dass das Telefon läutete. Die Standuhr schlug zwei Uhr. Rosa hatte anderthalb Stunden tief geschlafen. Sie rieb sich die Augen und ging in die Diele, wo der Apparat stand. Hoffentlich nicht wieder Jakob, dachte sie noch und verspürte sofort einen Anflug schlechten Gewissens.

Es war Wilhelmine. »Ich hoffe, ich störe dich nicht.«

»Aber nein«, sagte Rosa schnell.

»Gut. Darf ich dich um einen Gefallen bitten?« Sie klang angespannt, was gar nicht zu ihr passte.

»Natürlich.«

»Ich hatte auf dem Weg zu Emmi einen kleinen Unfall.«

»Wilhelmine!«, rief Rosa aus. »Was ist passiert?«

»Keine Sorge, mir geht es gut. Nur der linke Fuß ist verstaucht. Ich bin mit dem Rad über einen Stock gefahren und umgekippt. Alles halb so schlimm. Doktor Kruse hat mich schon verarztet.«

Der Arzt war vor zehn Jahren nach Südwerder gezogen

und hatte sich längst das Vertrauen der Alteingesessenen erworben.

»Aber ich muss warten, bis Hinrich kommt und mich nach Hause fahren kann«, setzte die ältere Frau hinzu. »Das kann noch etwas dauern.«

»Wo ist er denn?«, fragte Rosa und merkte, wie ihr Herz sofort schneller schlug. Sie hoffte, wie so oft, das sei bloß alte Gewohnheit.

Keine Liebe mehr. Bitte nicht.

»In Hamburg. Er hat Verhandlungen mit einem Blumengroßhändler geführt. Ich schätze, so in ein, zwei Stunden ist er wieder hier. Kannst du ihm Bescheid geben, wenn du ihn siehst?«

»Aber gern. Oder warte mal. Ich bitte Jakob, dass er dich bei Doktor Kruse abholt.«

»Ach lass man, Deern. Ich fühle mich hier im Augenblick ganz wohl. Weißt du, mein Kopf ist auch ein wenig angeschlagen.«

»Wilhelmine!«

»Nur eine Beule, wirklich. Und ein wenig Schwindel. Jedenfalls meint der Doktor, ich soll mich noch ausruhen.«

»In Ordnung«, erwiderte Rosa, die trotzdem voller Sorge um ihre Freundin war.

»Aber ich möchte dich noch um einen weiteren Gefallen bitten.«

»Sicher.«

»Du arbeitest doch heute im Obstgarten.«

Zum Glück blieb Rosa keine Zeit für eine Entschuldigung, weil sie gelauscht hatte, denn Wilhelmine sprach schon weiter: »Ist Christine mit der Kleinen noch draußen? Ich hoffe, sie ist reingegangen. Die Mittagshitze ist nicht gut für das Kind. Wahrscheinlich mache ich mir unnötige Sorgen. Bestimmt hat Christine sich mit Maike im Schlafzimmer hingelegt und kann nur das Telefon nicht hören.«

Rosa versprach, dass sie gleich nachschauen werde. Dann legte sie auf und verließ das Haus.

Eine plötzliche Unruhe ergriff sie, und sie begann zu rennen. Sie erreichte den Obstgarten, lief an der schnurgeraden Reihe von Bäumen entlang, betrat das Nachbargrundstück und entdeckte, dass der Liegestuhl, in dem Christine zwei Stunden zuvor geruht hatte, leer war. Sie wollte schon aufatmen, als ihr Blick in den Laufstall fiel.

Der Schatten der großen Linde war weitergewandert, und das Laufgitter stand jetzt in der prallen Sonne. Und dort neben der Spieluhr lag Maike. Krebsrot im Gesicht.

Reglos.

Ein, zwei Sekunden lang war Rosa wie erstarrt. Dann sah sie, dass Maike lebte. Ihr Atem ging flatternd, der kleine Brustkorb hob und senkte sich unregelmäßig. Rosa dachte nicht nach, sie handelte. Rasch beugte sie sich in den Laufstall, nahm vorsichtig das Kind hoch und lief ins Haus der Matthiesens.

In der kühlen Diele legte sie das Kind auf die Holzbank, schob ein Kissen unter seinen Kopf und rief den Notarzt. Dann rannte sie in die Küche, hielt ein paar Geschirrhandtücher unter den Wasserhahn, lief zurück und bedeckte damit Stirn und Ärmchen des Kindes. Sie wollte der Kleinen auch Wasser einflößen, doch es gelang ihr nicht. Schon wenige Minuten später stürzte Doktor Kruse herein. Er untersuchte das Kind, stellte einen Hitzschlag und einen schweren Sonnenbrand fest und nahm es mit ins Krankenhaus nach Bergedorf.

»Nur zur Sicherheit«, beruhigte er Rosa. »Die Kleine ist ausgetrocknet und muss an den Tropf.«

Rosa nickte nur. Sie zitterte auf einmal und musste sich setzen.

Doktor Kruse, der bereits Maike auf dem Arm trug, um sie zum Notarztwagen zu bringen, schenkte ihr ein beruhigendes Lächeln. »Das ist der Schock, Fräulein Witthöft. Ruhen Sie sich aus. Die Kleine verdankt Ihnen wahrscheinlich ihr Leben. Wo sind die Eltern?«

»Ich … ich weiß nicht.«

Der Arzt fuhr ab, und Rosa saß noch auf der Holzbank, als eine vor Sorge hysterische Wilhelmine, schwer auf ihre Freundin Emmi gestützt, hereinhumpelte und sich alles erzählen ließ.

»Doktor Kruse ist so schnell weg, dass er mich in seiner Praxis glatt vergessen hat«, sagte sie noch.

Kurz darauf kam eine gähnende Christine die Treppe herunter.

Als Wilhelmine sie anschrie und fragte, wie sie nur ihr eigenes Kind hätte vergessen können, da sank Christine ohnmächtig in sich zusammen.

Und Hinrich, den Rosa bei dem Großhändler in Hamburg erreichte, sagte nichts außer: »Ich fahre direkt ins Krankenhaus nach Bergedorf.«

Tags darauf kehrte er mit seiner Tochter nach Hause zurück. Maike hatte sich erholt, nur die Haut im Gesicht und an den Ärmchen war noch rot und empfindlich.

Am Nachmittag sah Rosa, wie Hinrich auf sie zukam. Sie stand unter einem Apfelbaum, musterte die Früchte und entschied gerade, dass sie noch mindestens eine Woche Sonnenreife brauchten.

Als Hinrich nur noch wenige Meter entfernt war, tat ihr Herz, was es immer tat. Es stolperte und raste los.

Sie zwang sich, ruhig zu atmen.

»Wie geht es Maike?«, fragte sie.

»Besser. Rosa, ich muss dir danken. Ohne dich ...«

Sie hob die Hand. »Lass gut sein, Hinrich.« Sie liebte es, seinen Namen auszusprechen.

Er verfiel in Schweigen.

Sie betrachtete ihn und entdeckte silbrige Fäden in seinem Haar. Und Fältchen in den Augenwinkeln. Er war erst einunddreißig, doch er wirkte schlagartig gealtert.

Eine unbestimmte Traurigkeit erfasste Rosa.

Sie legte ihm eine Hand auf den Arm, schaute zu ihm auf.

»Bitte mach dir keine Sorgen. Ich werde in Zukunft mit auf Maike aufpassen. Das verspreche ich dir.«

Sein Blick war voller Dankbarkeit.

Nur Dankbarkeit, ermahnte sie sich im Stillen. Nichts anderes. Keine Liebe.

»Wie willst du das anstellen?«, fragte er. »Du und Christine, ihr seid nicht gerade beste Freundinnen.«

»Das wird sich ändern«, erwiderte sie mit fester Stimme. »Ich werde ihr Vertrauen gewinnen, du wirst schon sehen.«

Zu ihrer eigenen Überraschung wusste sie auf einmal ganz genau, dass ihr dies auch gelingen würde. Trotz des schrecklichen Fehlers, den Christine begangen hatte – ihre Geschichte zu hören, hatte Rosa dazu gebracht, ihre Meinung über die unglückliche Frau zu ändern.

»Und gemeinsam mit Wilhelmine werde ich deine Tochter beschützen«, fügte sie hinzu. Woher sie die Zeit dafür nehmen sollte, fragte sie sich lieber nicht.

Irgendwie musste es eben gehen.

Hinrich nickte ihr noch kurz zu und ging dann wieder.

Rosa sah ihm nach. Und sie betete, es möge ihr gelingen, ihr Versprechen zu halten.

Sie schaffte es.

Christine war heilfroh, dass wenigstens von Rosa keine Vorwürfe kamen. Und sie besserte sich auch im Umgang mit ihrer Tochter. Der Schock hatte sie aufgeweckt, und sie kümmerte sich liebevoll um die Kleine. Zumindest, wenn sie guter Dinge war. Es gab jedoch auch Zeiten, in denen ihre Schwermut stärker wog als die Mutterliebe.

Dennoch ging einige Jahre lang alles gut.

Bis das große Unglück geschah. Bis Rosa begriff: Sie hatte Hinrich nur versprochen, sein Kind zu schützen.

Nicht seine Frau.

15. Kapitel

Südwerder, Vierlande, 1984

Rosa pfiff laut nach John und wartete. Wie der Blitz kam der kleine Mischlingshund aus dem Gebüsch geschossen und tanzte schwanzwedelnd um sie herum.

»Braver Junge«, sagte sie und tätschelte sein langes, schwarzes Fell, das ihm über Kopf und Augen fiel. Der Rest seines Körpers war gescheckt und kurzhaarig. Sie musste daran denken, dass er um ein Haar schon kurz nach seiner Geburt gestorben wäre.

»Für so einen hässlichen kleinen Kerl bleibt nur die Elbe«, hatte der alte Bauer Klein gesagt, als sie den Wurf seiner Border-Collie-Hündin betrachtet hatte. »Meine Susi hat sich mit einem verdammten Straßenköter eingelassen. Die anderen zwei Welpen kommen nach der Mutter. Die kriege ich verkauft. Aber den hier wird keiner wollen.«

Dabei hatte er Rosa mit einem listigen Blick bedacht. In Südwerder war es allgemein bekannt, dass die Jungbäuerin Witthöft ein Herz für Tiere besaß. Weil sie keine eigenen Kinder hatte, hieß es. Und Jungbäuerin war sie ja eigentlich auch nicht mehr mit ihren fünfunddreißig

Jahren. Bloß konnte niemand sich abgewöhnen, sie so zu nennen. Auch nicht Jahre, nachdem Peter und Birthe Witthöft das Zeitliche gesegnet hatten.

Weil Rosa nie heiratete, weil sie keine eigene Familie hatte, blieb sie eben die Jungbäuerin. Sie wusste um ihren Ruf, aber es war ihr egal. Sollten die Leute doch tratschen. Sie war ganz zufrieden mit ihrem Leben. Außerdem fand sie es angenehm, dass die Jahre, in denen sie als Schönheit gegolten hatte, vorbei waren. Natürlich war sie auch jetzt noch eine hübsche Frau, aber sie hatte einen praktischen Kurzhaarschnitt, schminkte sich nicht und trug meistens Männerhemden und alte Jeans. Außerdem hatte sie ein paar Kilo zugelegt.

Na gut, mehr als ein paar. Es war ihr egal. Sie liebte Hausmannskost und sah keinen Sinn darin, irgendeine Diät zu halten.

John brachte sich in Erinnerung, indem er an ihrem linken Turnschuh knabberte.

»Pfui«, sagte sie.

Sofort ließ er von ihr ab und schaute sie mit treuem Hundeblick an.

»Guter Junge.« Sie beugte sich hinab und kraulte ihn hinter den Ohren.

»Ich nehme ihn«, hatte sie an dem Tag im April zu Bauer Klein gesagt. »Sag Bescheid, wenn er entwöhnt ist. Und wehe, du tust dem kleinen Kerl etwas an.«

Daraufhin behauptete der Bauer plötzlich, der Welpe sei doch ziemlich wertvoll, und natürlich musste Rosa am Ende einen Kaufpreis zahlen, den kein reinrassiger Border Collie wert gewesen wäre.

Es war ihr egal. Der Kleine hatte sie im Sturm erobert,

und sie wollte nicht mehr auf ihn verzichten. Außerdem konnte sie sich die eine oder andere extravagante Ausgabe leisten. Der Erdbeerhof gehörte ihr allein, und er florierte. Zusätzlich zu dem Knecht Sven hatte sie zwei weitere Leute fest angestellt, und zur Erntezeit kamen zwanzig Saisonarbeiter.

In diesem Jahr hatten sie wieder ein regenarmes Frühjahr gehabt, und die Ernte fiel weniger ertragreich aus. Doch auch diese geringeren Einnahmen konnte Rosa problemlos verkraften. Manchmal dachte sie darüber nach, wie sie früher davon geträumt hatte, zusammen mit Hinrich nur noch Blumen zu züchten. Diese Zeiten waren vorbei. Rosa baute weiterhin Erdbeeren an und besaß auch nach wie vor die Obstplantage.

Jetzt war es Juli geworden. Bald würden die Sommerbirnen reif sein. Das Leben verlief in gleichmäßigen Bahnen.

Rosa ging weiter.

Der Welpe hatte sich zu einem Temperamentsbündel entwickelt, und genau wie Rosa liebte er die langen Spaziergänge auf dem Deich. Nur dass er hin und wieder davonstob und irgendwo verschwand.

»Bei Fuß«, sagte Rosa jetzt streng.

Der junge Hund trottete neben ihr her, als könne er kein Wässerchen trüben.

Sie hatte ihn John genannt, nach John Lennon. Der Name passte zu seinem Pilzkopf, fand sie. Außerdem erinnerte er sie an jenen Tag vor mehr als zwanzig Jahren, als sie zum ersten Mal Hinrich Matthiesen begegnet war.

Rosa verhielt den Schritt und lauschte in sich hinein. Dann nickte sie zufrieden. Ihr Herz raste nicht los, es stolperte nicht. Ruhig und gleichmäßig schlug es weiter. Genauso verhielt es sich auch, wenn Hinrich in ihrer Nähe war. Aufgrund der engen Beziehung, die Rosa zu Christine und Maike pflegte, kam das sehr häufig vor. Es hatte viel Geduld und Zeit gebraucht, mit Christine eine Freundschaft aufzubauen.

Rosa stieß einen kurzen Seufzer aus, wie immer, wenn sie an die schwierigen Anfangszeiten dachte. Hinrichs junge Frau war über Wochen und Monate ihr gegenüber abweisend geblieben; aber als sie merkte, wie hilfsbereit Rosa war, wie oft sie ihr Maike abnahm und wie geichbleibend freundlich sie sich verhielt, taute sie langsam auf. Rosa überließ Christine ohne Weiteres die Rolle der etwas älteren und welterfahrenen Freundin, während sie sich selbst zurücknahm. Mit den Jahren normalisierte sich die Freundschaft, auch wenn Rosa spürte, dass da immer ein gewisser Abstand zwischen ihnen blieb. Es war jedoch in Ordnung, und beide kamen mit dieser Beziehung gut zurecht. Christine schien nie Verdacht zu schöpfen, dass ihre Freundin etwas für ihren Mann empfand. Und Rosa gab sich ja auch alle Mühe, sämtliche Gefühle für Hinrich ganz tief in ihrem Innern zu begraben.

Allerdings machte sie sich nichts vor. Ihre Liebe zu ihm war nie gestorben. Sie hatte nur die ungestüme Zeit der Jugend überwunden und lebte nun ruhig in ihrem Innern.

John, der ein Stück weitergelaufen war, kam jetzt zu ihr zurück und winselte.

Warum bleibst du stehen?, schien er zu fragen. Los, lauf mit mir!

Rosa lächelte und setzte ihren Weg fort. Nur wenige andere Sonntagsspaziergänger waren ihr bisher begegnet. Es war Mittagszeit, und die meisten Leute saßen mit ihren Familien bei Tisch.

Außerdem war es heiß. Fast so heiß wie in jenem Sommer vor vierzehn Jahren, als mit der kleinen Maike beinahe ein Unglück geschehen wäre. Rosa dachte nicht gern daran zurück. Als könnte sie so unangenehme Erinnerungen vertreiben, schob sie sich ihren breitrandigen Strohhut tiefer ins Gesicht. Sie hatte ihn an der Costa Brava gekauft, als sie vor ein paar Jahren zum ersten und einzigen Mal ins Ausland gefahren war. Ausgerechnet Christine hatte ihr dazu geraten. »Du musst mal was von der Welt sehen. Dein Hof wird in zwei Wochen schon nicht untergehen. Deine Leute sind zuverlässig, und Hinrich kann ja auch einen Blick auf alles haben.«

Dann hatte sie Rosa von der Pauschalreise erzählt. Mit dem Bus nach Spanien. »Ist auch gar nicht teuer.«

Maike, die damals zehn war und mit zärtlicher Liebe an ihrer »Tante« Rosa hing, hatte gefragt, ob sie mitfahren dürfe.

Nein, hatte Christine entschieden. Rosa müsse sich mal richtig erholen, auch von einem Wirbelwind, wie Maike einer war.

Das Dumme war nur, dass Rosa sich überhaupt nicht erholte. Sie fand von Anfang an alles grässlich. Die Enge im Bus, die lange Fahrt, das laute Hotel, der übervölkerte Strand, das ungewohnte Essen.

Sie schrieb fröhliche Ansichtskarten an die Matthiesens und die paar Freunde, die sie hatte, aber sie zählte die Tage, bis sie endlich wieder heimfahren durfte. Wahrscheinlich, so dachte sie damals, war sie einfach nicht für das Reisen geschaffen. Sie war eben eine typische Landfrau, die ihre Scholle nicht verlassen wollte. Deshalb ließ sie sich auch nie wieder auf ein solches Abenteuer ein.

Inzwischen war der Strohhut löchrig, aber er leistete noch immer gute Dienste. Rosa lächelte in sich hinein und schaute dann auf die Elbe hinaus. Der breite Strom führte wenig Wasser und floss träge dahin. Seit Wochen hatte es in halb Mitteleuropa nicht mehr richtig geregnet.

Es gab Menschen, die diese ungewöhnliche Trockenheit und Hitze nicht gut vertrugen. Christine war einer dieser Menschen. Rosa seufzte. In letzter Zeit war die Freundin wieder besonders unruhig. Sie bekam dann diesen glasigen Blick und starrte in den Himmel. Zum Glück schien sich das Wetter zu ändern. Da war eine Ahnung von Feuchtigkeit und Kühle in der Luft. Rosa spürte, dass spätestens zum Abend regennasse Wolken aufziehen würden.

Noch einmal ruckelte sie an ihrem Strohhut. Und weil ihr Sichtfeld nun eingeschränkt war, bemerkte sie zu spät das Paar, das auf sie zukam.

Erst als John loskläffte, schaute sie auf.

»Halt bloß deinen hässlichen Köter im Zaum«, sagte Jakob. »Nicht dass er meinem lieben Schatz noch in die Fessel beißt.«

Der liebe Schatz hieß Irene und trug einen ansehnlichen Babybauch vor sich her.

Rosa bückte sich, packte John am Halsband uns nahm ihn an die Leine.

»Tut mir leid«, sagte sie schnell. Dann musste sie grinsen. Alte Gewohnheiten legte man nicht so schnell ab. Sie neigte immer noch dazu, sich bei Jakob bei jeder Gelegenheit zu entschuldigen.

»Was ist so lustig?«, fragte er und wirkte eingeschnappt.

»Ach, Hase«, sagte Irene. »Lass uns einfach weitergehen. Hallo Rosa, schönen Sonntag.«

Hase? Sie hatte sich verhört, oder? Jetzt musste sie fest die Lippen zusammenpressen, um nicht loszuprusten. Also konnte sie Irene nur zunicken. Sie war eine nette Frau, ein paar Jahre jünger als Rosa und ihrem Mann Jakob treu ergeben. Drei Söhne hatte sie ihm bereits geboren, nun war sie mit einem Mädchen schwanger.

Kurz flackerte so etwas wie Bedauern in Rosa auf. Das könnte ich sein, sagte sie sich. Eine stolze Ehefrau und Mutter.

Aber sofort verschwand das Gefühl auch wieder und sie verspürte nur die altbekannte Erleichterung darüber, dass sie damals mit Jakob Schluss gemacht hatte.

Es war im Herbst nach jenem heißen, schicksalhaften Sommer gewesen. Mehr und mehr hatte Rosas Freund sich darüber beklagt, dass sie neuerdings so viel Zeit mit der Nachbarsfamilie verbrachte. Seine alte Eifersucht auf Hinrich war erneut aufgeblüht und hatte sich wuchernd über ihre Beziehung gelegt, wie Unkraut über ein Kartoffelfeld. Kurz vor Weihnachten hatte er Rosa dann vor die Wahl gestellt: entweder die Matthiesens oder er.

Es war ihr nicht schwergefallen, sich zu entscheiden. Jakob war eine Belastung geworden, und sie hatte sich längst eingestanden, dass sie ihn nicht liebte. Und bis heute konnte sie ihn ansehen, ohne die leiseste Reue zu verspüren.

Die Gefahr, in Gelächter auszubrechen, verflog endlich, und Rosa konnte mit fast normaler Stimme fragen:

»Ist das für euch nicht eine ungewöhnliche Zeit für einen Spaziergang?«

»Mir ist beim Essen ein wenig schlecht geworden«, erklärte Irene. »Ich brauche frische Luft. Aber ich fürchte, es wird schon zu heiß für mich.«

»Dann lass uns zurückgehen«, sagte Jakob. »Sonst kommst du noch auf die Idee, dir auch so einen grässlichen Hut aufzusetzen. Ich möchte nicht, dass meine Frau wie eine übergewichtige Vogelscheuche aussieht.«

Rosa lächelte milde, grüßte noch einmal und ging einfach weiter. Wenn Jakob glaubte, er könnte sie mit einer primitiven Beleidigung treffen, so täuschte er sich gewaltig. Sie fand es schade für ihn, dass er nach all den Jahren anscheinend noch nicht über die Schmach hinweg war, die sie ihm zugefügt hatte.

»Lass es gut sein«, flüsterte sie, während sie nun wieder flott losmarschierte. »Du hast so viel mehr im Leben bekommen als ich.«

Natürlich hörte er sie nicht mehr.

Rosa atmete tief ein und dachte an die Matthiesens, die so eine Art Ersatzfamilie für sie geworden waren. Christine und besonders die kleine Maike waren ihr eng ans Herz gewachsen. Damals, nach dem Unfall mit Maike, hatte Rosa sogar die Hoffnung verspürt, sie könnte ihre Liebe zu Hinrich vollständig auf sein Kind übertragen. Außerdem wurde Wilhelmine in jenen Jahren zunehmend gebrechlich, und es war Rosa wichtig, der älteren Freundin beizustehen.

Wilhelmine starb, als Maike fünf Jahre alt war, und Rosa weinte bitterlich. Ihre Freundin war noch keine siebzig, doch das Leben hatte sie ausgezehrt.

Auf dem Sterbebett hatte Wilhelmine zu ihr gesagt: »Ich weiß es, ich weiß es seit Jahren. Seit dem Windmühlenfest damals, als du dich so schick ganz in Schwarz gekleidet hattest.«

Rosa hatte die Augen niedergeschlagen. »Ich kann nichts dafür.«

»Ach, mein liebes, liebes Kind. Ich gebe dir doch keine Schuld.«

Die zittrige Hand war durch Rosas Haar gefahren, und dann hatte die Sterbende noch geflüstert: »Bitte gib acht auf sie. Gib acht auf meine Familie. Ich kann sie nur dir anvertrauen.«

Rosa hatte krampfhaft ihre Tränen zurückgehalten. »Das verspreche ich.«

Dann hatte Wilhelmine noch etwas hinzugefügt, das Rosa nicht verstehen konnte. Sie hatte vermutet, ihre liebe Freundin sei schon durcheinander vom nahenden Tod. »Es wird geschehen.«

Lange hatte sie über diese drei Worte nachgedacht, sich jedoch nie einen Reim darauf machen können.

Als der Schmerz über den Verlust mit der Zeit kleiner wurde, schloss sich Rosa noch enger an die Matthiesens an. Für einen anderen Mann blieb da endgültig keine Zeit übrig. Auch kein Gefühl.

Jahre, nachdem sie Jakob verlassen hatte, akzeptierte sie ihr Schicksal. Für sie würde es keine Ehe, keine eigene Familie geben.

Aber Rosa fühlte sich niemals einsam. Sie hatte den Hof, sie hatte die Matthiesens, sie hatte ein paar wenige, aber gute Freunde, und sie hatte ihre Tiere. Außer John besaß sie derzeit zwei Katzen, die einander so ähnlich waren, dass Rosa sie Alice und Ellen getauft hatte. Und einen Esel namens Chris, nach Chris de Burgh. Rosa fand nämlich, dass Chris' Stimme genauso schön klang wie die des berühmten Sängers. Ihre Nachbarn sahen das ein wenig anders. Sogar der geduldige Hinrich hatte mal vorgeschlagen, dem Tier einen Maulkorb zu verpassen, man höre es ja bis hinauf nach Kirchwerder.

John hüpfte vor Freude ein paarmal mit allen vieren in die Höhe, als sie ihn wieder von der Leine ließ. Rosa schritt weit aus. Sie überlegte, was heute noch zu tun war, doch da war nicht viel. Sie konnte die Sommerbirnen prüfen oder sich um die Buchhaltung kümmern. Oder sie machte sich einfach einen schönen freien Sonntag und legte sich am Nachmittag mit ihrem Walkman in den Garten. Sie hatte sich selbst ein hübsches Plätzchen geschaffen, ähnlich jenem, das Hinrich auf seinem Hof für seine Familie angelegt hatte. Allerdings weit weg davon, auf der Rückseite des Stallgebäudes, auf einem Stück Land, auf dem nur eine große Rotbuche stand und das ansonsten über Jahrzehnte hinweg brachgelegen hatte.

Es gab Momente, in denen Rosa von den Matthiesens nichts sehen und nichts hören wollte. Dann verzog sie sich in diese grüne Ecke, las ein Buch oder hörte Musik.

Rosa liebte ihre neueste Errungenschaft. Das kleine Radio, das sie einst von ihrem Vater bekommen hatte, war im Laufe der Jahre durch modernere Geräte ersetzt worden, aber dieser Walkman war etwas Besonderes. Mit Stöpseln im Ohr die Kassetten von den Bee Gees, den Beatles oder von Mike Oldfield hören, ohne irgendjemanden zu stören. Das war wundervoll.

Rosa hätte ihr Gerät auch gern auf den Spaziergang

mitgenommen, allerdings fürchtete sie, bald als wunderlich zu gelten, wenn die Leute von Südwerder sie damit sahen. Bei Jugendlichen mochte das akzeptiert werden. Aber eine Mittdreißigerin, die manchmal zu laut und in schrecklichem Englisch mitsang?

Ausgeschlossen.

Sie lächelte, als sie daran dachte, dass sie vor ein paar Tagen einen nagelneuen Walkman gekauft hatte. Maike hatte ihren fünfzehnten Geburtstag zwar schon im Frühling gefeiert, aber Rosa hatte einfach Lust, ihr noch einmal eine Freude zu machen. Und sie war schon gespannt auf Maikes Gesicht, wenn sie ihr Geschenk auspackte.

Bisher hatte sich Maike oft Rosas Walkman ausgeliehen, und wenn sie dann eine ihrer Kassetten darin vergessen hatte, war Rosa jedes Mal vor Schreck zusammengezuckt. Die grelle Stimme von Michael Jackson oder die Punkmusik von den Sex Pistols trafen definitiv nicht ihren Geschmack.

Maike lachte sich bei solchen Gelegenheiten schlapp und bezeichnete Rosa als hoffnungslos altmodisch. Dabei fuhr sie sich nachdenklich durch ihre wunderschönen blonden Haare, ganz so, als überlegte sie, sich demnächst einen pinkfarbenen Irokesenschnitt zuzulegen.

Zum Glück war sie noch ein wenig zu jung, um so offen gegen das Establishment zu protestieren, und Rosa hoffte inbrünstig, die punkige Phase ihres Schützlings möge in Kürze vorbei sein.

Sie überlegte, ob sie das Mädchen am Nachmittag zum Eisessen einladen sollte. In Geesthacht hatte eine italienische Gelateria eröffnet. Oder sie konnten in Südwerder bleiben und im neuen »Mühlencafé« Kuchen essen gehen.

Aber dann fiel ihr ein, dass Maike mit ihrer Schulfreundin Carina und deren Eltern nach Hamburg gefahren war.

»Ich sollte Christine einladen«, murmelte sie vor sich hin. Ihre Nachbarin war heute ganz allein auf dem Hof, denn Hinrich verbrachte das Wochenende auf einer Landwirtschaftsschau in Lüneburg. Rosas Gewissen regte sich. Es war nicht gut für Christine, zu viel allein zu sein, besonders zu einer Zeit, in der sie ohnehin wieder abzudriften drohte.

Inzwischen wusste das ganze Dorf, dass die Frau von Hinrich Matthiesen Depressionen hatte, aber kaum jemand konnte sich so recht etwas darunter vorstellen. Außerdem gab es ja auch Zeiten, in denen sie völlig normal war. Maike tat immer so, als sei mit ihrer Mutter alles in Ordnung, aber Rosa ahnte, dass sie heimlich litt, wenn Christine wieder mal so abwesend wirkte. Und noch immer kletterte sie in die Höhe.

Das war ihr einfach nicht abzugewöhnen.

Rosa stieß einen kleinen Seufzer aus. Dann fasste sie einen Entschluss: Sie würde sich den Sonntagnachmittag einfach aufteilen. Erst würde sie mit Christine nach Geesthacht fahren und sich dann mit ihrer geliebten Musik in den Garten legen.

Der Besuch im Eiscafé erwies sich als Reinfall. Christine sagte kaum ein Wort, kostete nur ein paarmal von ihrem Bananensplit und bat Rosa schon bald, wieder heimzufahren. Sie habe Kopfschmerzen, behauptete sie, und wolle sich hinlegen.

Rosa schämte sich, weil sie darüber erleichtert war,

aber dann sagte sie sich, sie sei ja nicht Christines Babysitterin und sie habe auch ein Recht auf etwas Entspannung.

Wieder zu Hause, schnappte sie sich ihren Walkman, legte sich nach draußen und schloss die Augen.

Es war der kleine John, der sie Stunden später weckte. Er bellte ihr direkt ins Gesicht und sprang auf ihrem Brustkorb auf und ab.

Rosa fuhr erschrocken hoch. Die Kassette im Walkman war längst zu Ende, die Sonne ging hinter dem Reetdach unter, und vom Boden kroch Feuchtigkeit hoch.

Ich hatte recht, war ihr erster klarer Gedanke. Das Wetter ändert sich. Es wird kühl. Dann fiel ihr auf, dass John sich wie verrückt aufführte. Als sie endlich stand, rannte er um sie herum und hörte nicht auf zu kläffen.

»Jetzt gib schon Ruhe.«

Der Hund wurde nur noch wilder.

»Aus!« Sie verpasste ihm einen Klaps auf das Hinterteil.

Vor Schreck verkroch sich John leise winselnd unter dem Liegestuhl. Jetzt hörte Rosa das andere Geräusch, und sie begriff, warum ihr Hund so durchgedreht war. Es waren die Rufe eines Mannes. Nein, die Schreie. Und der Mann schrie um Hilfe.

Hinrich!

Sie rannte los, ums Haus herum, durch den Obstgarten. Dann stoppte sie, versuchte zu ergründen, woher die Rufe kamen.

Wertvolle Sekunden vergingen, bis sie Hinrich oben auf dem Getreidesilo hocken sah. Er schob etwas hinein, etwas Langes, Flaches. Dann noch ein zweites davon.

Holzbretter, dachte Rosa automatisch, und dann verstand sie. Schon sprintete sie wieder los, erreichte den Silo, öffnete unten die Absaugschnecke, ließ den Weizenschrot herausfließen, einfach auf den Boden, das war nicht wichtig. Schnell stürzte das Getreide durch die schmale Öffnung, aber nicht schnell genug.

Rosa rannte zum Stall der Matthiesens, wo die Milchkühe unbeeindruckt wiederkäuten, schnappte sich ein dickes, aufgerolltes Seil und rannte zurück.

Ohne zu zögern kletterte sie außen am Silo hoch, kam atemlos oben an, schaute hinein. Im schwindenden Tageslicht sah sie Hinrich auf zwei Brettern knien. Sie verhinderten, dass er einsackte. Er hielt etwas fest und zog und zog. Doch der starke Mann schaffte es nicht.

Rosa war vor Entsetzen wie erstarrt. Sie wusste, was passiert sein musste.

Christine.

Sie hatte wieder einen ihrer Anfälle gehabt und musste hochgeklettert sein, um in die Ferne zu blicken.

Und dann war sie hineingefallen. Rosa konnte sich nicht erklären, wieso, aber irgendwie war es passiert.

Und der verdammte Weizenschrot war schlimmer als Treibsand. Als es bei Onkel und Tante noch einen Silo gegeben hatte, war ihr mehrmals eingebläut worden, bloß nie da reinzusteigen. Sie würde unaufhaltsam nach unten gezogen und qualvoll ersticken.

Und ein paar Jahre später war ein Junge aus Südwerder nur knapp mit dem Leben davongekommen. Er hatte mit seinen Freunden eine Mutprobe veranstaltet. Nur weil er sich breit und flach hingelegt hatte, war er nicht zu schnell eingesunken und in letzter Sekunde gerettet worden.

»Ich schaffe es nicht!«, schrie Hinrich.

Es gab ein seltsames knackendes Geräusch. Später sollte sich herausstellen, dass er sich die Schulter ausgekugelt hatte. Zusätzlich zu den drei gebrochenen Fingern.

Aber er gab nicht auf, obwohl sein Arm tiefer und tiefer in den Schrot gezogen wurde.

In der Ferne ertönten Sirenen. Andere Nachbarn mussten Hinrichs Schreie auch gehört und die Feuerwehr gerufen haben. Doch Rosa wusste auf einmal, dass jede Hilfe zu spät kam. Der Silo war noch zu drei Vierteln voll, und von Christine war nichts mehr zu sehen. Vielleicht konnte sie schon seit Minuten nicht mehr atmen.

Sie sah, wie Hinrich sich noch tiefer beugte, erkannte, was er vorhatte, und schrie plötzlich selbst los: »Nein! Bleib auf den Brettern! Du darfst nicht sterben!«

Zunächst schien es, als würde er sie nicht hören, dann zog er langsam, wie in Zeitlupe, seinen Arm aus dem Weizenschrot und heulte auf wie ein waidwunder Wolf. Es war der schlimmste Laut, den Rosa je in ihrem Leben gehört hatte. Er beachtete das Seil nicht, das sie zu ihm runterließ. Erst als ein Feuerwehrmann zu ihm hinabkletterte, sein alter Freund Olaf Asmussen, da kam er halbwegs wieder zu sich und ließ sich helfen, wieder nach oben zu gelangen.

Christines Leiche wurde sehr viel später geborgen. Als Hinrich nach zwei Beruhigungsspritzen in eine Art Dämmerzustand gesunken war; als Maike, zurück aus Hamburg, einen Schock erlitten hatte und Rosa sie einfach mit zu sich nach Hause genommen hatte; als sich eine entsetzte Stille über Südwerder legte.

Wochen und Monate verstrichen in tiefer Trauer. Rosa

tat alles, um Maike zu helfen, doch lange Zeit ließ das Mädchen niemanden an sich heran. Weihnachten kam und ging, und zum ersten Mal, seit sie fortgegangen war, fuhr Rosa nicht zu ihrer Familie ins Alte Land. Hinrich und seine Tochter brauchten sie.

Als ein neues Frühjahr anbrach, schien die kleine Familie sich langsam von der Tragödie zu erholen. Maike war jung, sie hatte viele Freunde, sie lebte weiter. Sie lachte nicht mehr so laut und herzlich wie früher, und noch immer fehlte ihr die Mutter schrecklich, aber sie wusste auch, dass sie stets zu Rosa kommen konnte, wenn sie Kummer hatte.

Hinrich gewöhnte sich ebenfalls wieder an, Rosa zu besuchen. Fast kam es ihr so vor, als wischte die Zeit zwanzig Jahre ihres Lebens fort, und es wäre wieder wie früher zwischen ihnen. Dann jedoch wurde es ganz anders. Rosa durfte den Mann lieben, dem seit jeher ihr Herz gehörte, aber sie musste einen hohen Preis dafür zahlen.

16. Kapitel

Südwerder, Vierlande, Gegenwart

In der Bauernküche der Asmussens stand Maike ihren beiden Freundinnen gegenüber.

Sie spürte noch immer Niels' Kuss auf den Lippen und ärgerte sich, weil er danach so abweisend zu ihr gewesen war. Es fühlte sich an wie damals mit siebzehn, als er nie Notiz von ihr genommen hatte. Sie hätte es nicht für möglich gehalten, dass dieser Mann ihr noch einmal weh tun konnte.

Wenn sie jedoch zu sich selbst ganz ehrlich war, so litt sie eher unter verletzter Eitelkeit denn unter echtem Herzschmerz. Entschlossen drängte sie ihre verwirrenden Gefühle für Niels beiseite und konzentrierte sich auf Carina. Und auf deren seltsame Reaktion, als sie eben Roberts vollen Namen erfahren hatte.

»Du lügst«, behauptete Maike. Seit sie selbst nur noch die Wahrheit sagen konnte, schien sie besonders feine Antennen für die Flunkereien anderer zu haben. »Du weißt irgendwas über Robert. Raus mit der Sprache! Was ist es?«

»Ich? Nee, wie kommst du denn darauf?«

Carina ging zur breiten Fensterbank, auf die sie schon

vor Stunden die große Glasschüssel mit Roter Grütze zum Abkühlen gestellt hatte, und nahm sie hoch.

Gesine gesellte sich zu ihr. Sie schnupperte genießerisch. »Essen wir die jetzt?«

»Geduld, Geduld.«

»Hört auf, so zu tun, als sei ich nicht da«, protestierte Maike. »Gesine, willst du nicht auch wissen, was Carina uns verschweigt? Über Robert? Ich finde, sie ist uns eine Antwort schuldig.«

»Ehrlich gesagt, brauche ich im Moment keine weitere Aufregung. Mit dir befreundet zu sein, ist ein bisschen anstrengend geworden. Wenn's mal ein paar Stunden etwas ruhiger zugeht, bin ich echt froh.«

Maike wollte sich abwenden und beleidigt die Küche verlassen, als Carina plötzlich rief: »Oh nein!«

Sie schaute aus dem Fenster.

»Kommt der Wikinger übers Feld gelaufen, um mich zu entführen?«, erkundigte sich Gesine. Ihre Stimme klang halb besorgt, halb hoffnungsvoll.

Sie weiß auch nicht, was sie will, dachte Maike noch, bevor Carina sagte: »Es ist Rosa.«

Aus einem Impuls heraus ging Maike in die Hocke.

»Lass den Quatsch«, meinte Carina. »Sie ist erst auf halbem Weg über die Weide, und durch das Sprossenfenster sieht man von draußen sowieso nicht viel.« Sie stellte die Glasschüssel zurück.

»Was machen wir jetzt?«, fragte Gesine. »Das gibt eine Katastrophe.«

Carina nickte. »Wir müssen verhindern, dass die beiden sich begegnen.«

»Ganz deiner Meinung. Es ist zu früh.«

»Viel zu gefährlich.«

Maike richtete sich wieder auf. »Ihr tut schon wieder so, als sei ich gar nicht da.«

Keine der beiden beachtete sie.

Gesine stand dicht bei Carina am Fenster. »Glaubst du, sie hat von ihrer Ankunft gehört?«

Carina schüttelte den Kopf. »Glaub ich nicht.«

»Aber vielleicht hat der Wikinger doch geplaudert.«

»Auf keinen Fall. Niels weiß, wann er die Klappe halten muss.«

»Oder irgendein Dorfbewohner hat's ihr gesteckt. Jemand hat Maike vorhin bestimmt gesehen.«

»Ich bin über Nebenwege gelaufen.«

Keine Reaktion. Genauso gut hätte sie mit der Tischplatte reden können.

»Möglich«, sagte Carina zu Gesine, »aber wenig wahrscheinlich. Rosa und Hinrich leben seit einigen Jahren sehr zurückgezogen. Außerdem ist es in Südwerder nicht mehr so wie früher, wo eine Neuigkeit schnell die Runde machte. Es sind viele Hamburger hergezogen. Die Hälfte der Leute kenne ich nicht.«

»Aber was will sie dann?«

»Guck mal, sie trägt einen Blumenstrauß in der Hand. Sieht aus, als hätte sie mir ein paar ihrer schönsten Herbstrosen abgeschnitten. Schätze, sie will sich für Bradleys Besuch gestern entschuldigen.«

»Dann kann ich sie ja gleich fragen, ob sie mir den Schaden an meiner Handtasche bezahlt«, überlegte Gesine laut.

»Bitte tu das nicht«, bat Carina. »Ich gebe dir das Geld, wenn ... na ja, wenn es nicht zu viel ist.«

»Ich hab nur Spaß gemacht.«

Maike stellte sich hinter Carina und lugte hinaus. In ihrem Innern herrschte Aufruhr. »Sie züchten noch immer Blumen?«

Das war vielleicht nicht ihre wichtigste Frage, aber sie erschien ihr unverfänglich.

Carinas Ton war sachlich. »Nein. Hinrich hat ja schon lange Rheuma. Kein Wunder nach den vielen Jahren bei Wind und Wetter auf den Feldern. Und Rosa ist auch nicht mehr so kräftig wie früher. Die Blumenzucht hat ein Bauer aus Kirchwerder übernommen, Onno und ich haben uns ganz auf die Erdbeeren konzentriert. Wir betreiben auch die Obstplantage und haben außerdem unser eigenes Milchvieh mitgebracht.«

»Verstehe«, sagte Maike, obwohl sie sich ihren Vater weder alt noch leidend vorstellen konnte. Und Rosa war immer eine starke und laute Frau gewesen. Unmöglich, dass sich daran etwas geändert haben sollte.

»Aber sie hat noch einen hübschen Garten«, fuhr Carina fort. »Dort zieht sie Rosen nur zu ihrem Vergnügen.«

»Ist ja gut und schön«, mischte sich Gesine ein. »Doch die berühmte Rosa ist schon fast hier. Was machen wir jetzt?«

Maike wich vom Fenster zurück. »Ich will sie lieber noch nicht treffen. Keine Ahnung, was ich alles sagen würde. Am besten, ich gehe in den Keller, für den Fall, dass sie ins Haus kommt. Sagt mir Bescheid, wenn sie weg ist.«

Ihre beiden Freundinnen nickten einmütig, dann verließen Carina und Gesine das Haus durch die Küchentür. Maike beobachtete, wie sie über den mit Kies bedeckten Hinterhof auf Rosa zugingen.

Dann fiel ihr etwas auf. Mist! Gesine!

Rosa war alles andere als dumm. Wenn sie bei Carina auf eine schicke Großstädterin traf, die sie noch nie zuvor gesehen hatte, würde sie sich möglicherweise ihren Teil zusammenreimen. Vor allem, wenn die Fremde und die Nachbarin auf sie genauso nervös wirkten wie auf Maike.

Ohne länger zu zögern, folgte Maike ihren Freundinnen nach draußen und lief ihnen nach. Sie erreichte Carina und Gesine, spannte die Nackenmuskeln an und trat Rosa entgegen, die hinter ihrem riesigen Rosenstrauß wahrscheinlich nur den Boden unter ihren Füßen richtig sehen konnte.

»Hallo, Carina. Tut mir furchtbar leid, dass Bradley euch wieder Ärger gemacht hat. Ständig befreit er sich selbst aus seiner Box.«

Sie ließ den Strauß sinken, sah, wer da vor ihr stand, und begann am ganzen Körper zu zittern.

»Herr im Himmel«, flüsterte sie und ließ den Rosenstrauß fallen.

Carina sprang vor und packte sie am Arm. Gesine folgte ihrem Beispiel und nahm den anderen Arm.

Maike hätte auch jemanden gebraucht, der sie stützte, aber es war niemand übrig. Also drückte sie die Knie durch und blieb tapfer stehen.

»Bitte nicht umfallen«, sagte Carina zu Rosa.

»Ich ... gebe mir Mühe.«

»So ist es gut.«

»Warum hast du mich nicht vorgewarnt?«

Carina schien um eine Antwort verlegen zu sein und druckste herum.

Maike war erschrocken über den Anblick der Frau, die

sie so anders in Erinnerung hatte. Das einst kastanienbraune Haar war grau geworden, die leuchtenden Augen blickten matt, das volle Gesicht war schmal und von tiefen Falten durchzogen. Die ganze Gestalt wirkte gebeugt und schwach. Rosa sah viel älter aus, als sie tatsächlich war. Mehr wie eine Achtzigjährige denn wie eine Endsechzigerin. Und ganz sicher nicht wie eine glückliche Braut.

»Maike«, sagte Rosa. »Bist du es wirklich? Träume ich? Nach all den Jahren! Hast du von unserer Verlobung erfahren? Bist du deshalb hier? Wenn das dein Vater hört! Er wird mir nicht glauben.«

Maike öffnete den Mund und war unendlich erleichtert, als Carina sie nicht zu Wort kommen ließ.

»Ach, Rosa, ich wollte dir schon Bescheid geben, dass ich überraschend Besuch gekriegt habe. Damit du dich nicht umsonst auf den Weg machst. Weil ich doch gar keine Zeit für dich habe. Tut mir leid, dass das mit Maike jetzt so plötzlich kommt. Aber du freust dich doch bestimmt, oder? Und das ist übrigens Gesine Kiehl, ihre beste Freundin. Sie ist Anwältin in Hamburg. Scheidungsanwältin, um genau zu sein, aber das ist für dich eigentlich uninteressant. Du bist ja gar nicht – äh – richtig verheiratet. Jedenfalls möchte sie gern deinen Rosengarten …« Carina musste abbrechen und Luft holen. Sie war bereits knallrot im Gesicht.

Gesine sprang ein. »Das stimmt, ich liebe Blumen. Wie passend, dass eine Rosa so schöne Rosen züchtet. Leider habe ich schon lange keine mehr geschenkt bekommen. Die Männer sind eben nicht mehr das, was sie mal waren. Jedenfalls in der Stadt. Wie heißt denn diese Sorte hier? Das ist ja ein besonders dunkles Rot. Oder sind die sogar lilafarben? Gibt es lila Rosen? Na, egal. Ich freue mich jedenfalls sehr, Sie kennenzulernen, Frau – äh – Matthiesen?« Auch ihr ging die Puste aus, und sie hechelte eine Runde zusammen mit Carina.

Rosa tippte sich gegen die Schläfe.

»Seid ihr hier alle verrückt geworden?« Sie richtete sich kerzengerade auf und schüttelte die Hände der beiden Frauen ab. Ihre Augen funkelten, ihr Mund zuckte vor Belustigung. Jetzt sah sie wieder ein bisschen wie die Rosa von früher aus. »Was soll denn dieses Gesabbel?« Speziell an Gesine gerichtet, fügte sie hinzu: »Und ich heiße Witthöft. Also? Was zum Kuckuck ist hier los?«

»Sie wollen mich schützen«, sagte Maike. »Und dich. Uns beide eigentlich.«

»Wie bitte?«

»Das ist kompliziert«, erwiderte Maike und sah hilfesuchend ihre Freundinnen an. Die legten schon wieder los, erzählten abwechselnd, was passiert war, verhedderten sich, wiederholten Teile der Geschichte, anderes ließen sie aus, verstummten schließlich erschöpft.

»Ist ja ein Ding«, meinte Rosa schließlich. »Das muss ich erst mal verdauen.«

Sie bückte sich, hob die Rosen auf und gab sie Carina. Dann überlegte sie es sich noch einmal anders, nahm eine besonders dunkle und schöne langstielige Blume aus dem Strauß und reichte sie mit einem spöttischen Lächeln Gesine. »Für den Fall, dass Ihre Rosenliebe nicht nur leeres Geschwätz war.«

Gesines Gesichtsfarbe nahm prompt die Farbe der Blume an.

Schließlich drückte sich Rosa an den drei jüngeren

Frauen vorbei, überquerte mit flinken Schritten den Hinterhof und verschwand im Haus.

Als Maike, Carina und Gesine sich von ihrer Überraschung erholt hatten, ebenfalls zurückgingen und gleich darauf die Küche betraten, stand Rosa bereits mit einem Glas Apfelkorn vor sich neben dem Vitrinenschrank.

»Prost«, sagte sie. »Ihr auch?«

Alle drei schüttelten den Kopf.

»Wir hatten gestern genug«, erklärte Carina und stellte den Blumenstrauß in eine große und Gesines einzelne Rose in eine kleine Vase. »Das war ein ziemliches Gelage. Onno und Niels waren auch dabei.«

»Ich rühre nie wieder Alkohol an«, sagte Gesine im Brustton der Überzeugung.

»Ich eher auch nicht«, stimmte Maike zu.

Rosa ging nicht darauf ein, sondern stellte ihr Glas ab und verließ schon wieder die Küche.

»Wo will sie denn jetzt hin?«, fragte Gesine.

Maike hatte so eine Ahnung, Carina sprach es aus: »Zu ihrem Lieblingsplatz. Dahin kommt sie immer noch gern, obwohl sie nicht mehr hier wohnt.«

Gesine schaute verwirrt von einer zur anderen. »Und wo ist der?«

»Kommt mit«, sagte Carina.

Im Gänsemarsch durchquerten sie die Diele, liefen draußen um den Stall herum und erreichten die prachtvolle, einsam stehende Rotbuche. Im frühen Abendlicht schimmerten ihre Blättern golden, und ein leiser Wind raschelte durchs Geäst.

Maikes Knie wollten schon wieder nachgeben, aber sie riss sich zusammen. Hier sah es noch ganz genauso aus wie damals. Die Liegestühle waren im Laufe der Jahre ersetzt worden, aber es gab noch den massiven Holztisch, und direkt am Baumstamm stand die alte gusseiserne Bank mit den kunstvollen Reben und Blättern in der Rückenlehne. Rosa hatte sie mal angeschafft. Fünf starke Bauern waren damals nötig gewesen, um das Prunkstück unter den Baum zu verfrachten. Auf dieser Bank hatte Maike Stunde um Stunde gesessen und Rosa ihr Herz ausgeschüttet.

Carina, die wieder ahnte, was in ihr vorging, sagte: »Das Ding muss inzwischen festgewachsen sein. Wir haben es nicht weggekriegt. Außerdem ist es ja ganz hübsch.«

Rosa saß bereits auf der Bank und winkte Maike zu sich heran. »Komm, Kind. Setz dich her zu mir. Du siehst gut aus. Das Leben in der Stadt bekommt dir. Ich habe mir immer vorgestellt, dass du eines Tages eine wunderschöne Frau sein würdest. »

Maike jedoch blieb zögernd stehen. Wieder wollte sie etwas sagen. Diesmal presste Carina ihr eine Hand auf die Lippen, und sie stieß nur ein unverständliches Brabbeln aus.

»Lass sie in Ruhe!«, befahl Rosa. Sie klang genauso energisch, wie Maike sie in Erinnerung hatte. »Ich will endlich wissen, wie es sich anhört, wenn sie die Wahrheit sagt. Es wird mich an die liebe Wilhelmine erinnern.«

Doch als Maike endlich sprach, hätte die Überraschung nicht größer sein können. »Du hast dich kaum verändert, Rosa.«

»Nanu? Habt ihr mich alle bloß auf den Arm genommen?«

Carina und Gesine, die sich nebeneinander gegen den

Tisch gelehnt hatten, stand der Mund offen. Maike lachte los. Ihre Freundinnen sahen aber auch zu komisch aus.

Rosa hingegen schaute sie nur ruhig an. In ihren Augen schimmerte etwas, das sie nicht zu deuten wusste. Sie bemerkte nur, dass es kein Vorwurf war, keine Wut. Aber auch kein Schuldgefühl. Rosas Blick war offen und schlicht und – voller Liebe.

Das war es! Ihr Lachen verebbte.

Auf einmal wollte sie nur noch weg. Das hier war zu viel, zu schnell. Wie konnte Rosa sie einfach noch lieben?

Nach mehr als dreißig Jahren des Schweigens?

Wie konnte sie es wagen, nachdem sie damals nicht für Maike eingestanden war?

An jenem schrecklichen Abend nach der Abifeier, an dem die Familie endgültig auseinanderbrach?

»Meine Symptome lassen nach«, erklärte sie und machte zwei Schritte rückwärts. »Manchmal kann ich wieder schwindeln.«

»Verstehe«, sagte Rosa. »Komm jetzt her!«, fügte sie im Befehlston hinzu.

Maike gehorchte, als wäre sie wieder ein Kind und müsse tun, was die Erwachsenen sagten. Bucheckern knackten unter ihren Füßen, ein tiefer Sonnenstrahl blendete sie kurz. Dann saß sie auf der Bank und spürte das kalte Eisen durch die Jeans.

Rosa zupfte sie am Ärmel. »Und woran, glaubst du, liegst das?«

»Keine Ahnung. Ich weiß ja noch nicht mal so richtig, warum es überhaupt angefangen hat.«

»Durch deinen Sturz, natürlich. Da hat sich in deinem Kopf was vertüdelt.«

»Ich weiß.« Robert hatte das ebenfalls erkannt.

»Und so wie eine Beule sich nach ein paar Tagen zurückbildet«, fuhr Rosa fort, »so nehmen auch diese Auswirkungen ab.«

Die ältere Freundin hatte schon immer einfache, aber passende Erklärungen für alles Mögliche gehabt. Dessen entsann sich Maike jetzt wieder. Was für ein Problem sie auch gehabt haben mochte, bei Rosa fand sie stets eine Antwort.

Gesine hatte sich in der Zwischenzeit offenbar ihre eigenen Gedanken gemacht. »Heißt das, du wirst mich nicht mehr beleidigen?«, erkundigte sie sich.

»Wieso beleidigen? Du bist doch wirklich sexuell frustriert.«

Unter der Rotbuche wurde es sehr still. Selbst der Abendwind hörte auf, zu rascheln. Maike wäre am liebsten weggelaufen. Sie blieb jedoch sitzen.

Gesine war blass geworden, Carina schienen vor Entsetzen die Worte zu fehlen.

Und dann war es Rosa, die plötzlich kicherte.

»Wunderbar«, sagte sie. »Ganz wunderbar. Abgesehen von der Wortwahl, hätte das glatt von Wilhelmine kommen können.« Sie klatschte in die Hände. »Ach, Kinder, ich fühle mich, als wäre ich wieder vierzehn.«

Maike warf Gesine einen entschuldigenden Blick zu. »Es wird wohl noch etwas dauern, bis ich wieder nett sein werde. Bitte verzeih mir. Anscheinend kann ich manchmal schon flunkern, aber meistens noch nicht.«

Gesine hob nur kurz die Schultern.

»Hast ja recht«, murmelte sie, und eine leichte Röte schimmerte durch ihre dicke Schminkschicht.

Carina legte ihr tröstend einen Arm um die Schultern. »Mach dir nichts draus. Dafür bin ich fett.«

Maike wünschte sich schon wieder ganz weit fort.

»Es ist schön, deine Stimme zu hören«, sagte Rosa zu ihr. »Das ist so lange her.«

Maike dachte daran, wie sie zwei Jahre lang kaum ein Wort mit ihr gewechselt hatte. Eine Welle von Schuldgefühlen rollte heran, aber auf dem Wellenkamm ritten die Vorwürfe zusammen mit der Enttäuschung.

Schließlich hörte sie sich selbst sagen: »Du hattest es nicht besser verdient. Mein Leben lang hatte ich gedacht, du bist meine Freundin. Aber dann hast du plötzlich den Platz meiner Mutter eingenommen. Du hast mich verraten! Und an meinem letzten Abend auf dem Hof hast du mich nicht beschützt.«

»Jetzt passiert es!«, stieß Carina aus.

»Katastrophe«, stimmte Gesine zu.

»Bitte«, sagte Rosa sehr leise.

Aber nun konnte Maike sich einfach nicht mehr bremsen. »Mein Vater hat meine Mutter auf dem Gewissen. Und du hast gerade so das Trauerjahr verstreichen lassen, bevor du dich bei uns eingenistet hast! Und dann hast du geduldig abgewartet, bis du auch mich losgeworden bist.«

»So siehst du das«, murmelte Rosa.

»Du hast meinen Vater verhext. Und so hat er auf einmal dich geliebt. Mama war vergessen.«

In Rosas Augen schwammen Tränen. Hart musste sie um ihre Fassung kämpfen. Ihre geflüsterte Antwort konnte nur Maike hören. »Auch darin irrst du. Dein Vater hat mich nicht geliebt. Niemals.«

Jemand kam um den Stall herum, jemand, der offenbar einen Teil des Gesprächs mitgehört hatte.

»Was redest du da für einen Bockmist?«, erkundigte sich Niels bei Maike. Unter *seinen* Füßen machten die Bucheckern Geräusche wie Gewehrschüsse.

»Und was tust du schon wieder hier?«, wollte Carina wissen.

»Nur mal nachschauen, ob die hier noch mehr Stress macht«, erwiderte er und deutete auf Maike. Dann beugte er sich zu ihr hinunter und fixierte sie. »Jeder in Südwerder kennt die Wahrheit, bloß du bist zu verbohrt, um sie zu sehen.«

»Was geht dich das an? Woher willst du überhaupt wissen, was passiert ist?«

Innerlich zitterte sie, aber sie ließ sich nichts anmerken. Vorhin hatte er sie geküsst, jetzt schien er sie zu hassen.

Niels richtete sich wieder auf. »Ganz einfach. Mein Vater war damals Hauptmann der Freiwilligen Feuerwehr, schon vergessen? Olaf Asmussen. Er war als einer der Ersten vor Ort, und er hat uns Kindern alles erzählt.«

Maike hatte auf einmal das Gefühl, sie stünde vor einer Wand aus Ablehnung. Rosa, Carina, Niels – alle drei waren eindeutig gegen sie. Einzig Gesine schien sich nicht entscheiden zu können. Kein Wunder, kannte sie doch seit Jahren nur die eine Version der Geschichte.

»Du glaubst also wirklich«, begann Niels ruhig, »Hinrich hat Christine über eine senkrechte Leiter dreißig Meter hoch auf den Silo geschleppt und sie dann hineingeworfen, damit sie elendig erstickt? Und nebenbei hat er sich dann ein paar Finger gebrochen und sich die Schulter ausgerenkt, als er versucht hat, sie zu retten? Weil er es sich plötzlich anders überlegt hat?«

»Nein!«, stieß Maike aus.

Sie erschrak.

»Interessant«, meinte Niels. »Dir ist also klar, dass es ein Unfall war?«

»Ja.«

»Du weißt noch, dass deine Mutter regelmäßig irgendwo raufklettern musste?«

»Ja.«

»Dass sie depressiv war?«

»Ja! Ja! Ja!«

Ihr Herz raste wie verrückt, und auf einmal wusste sie genau, warum sie hergekommen war.

Um endlich die Wahrheit zu sehen.

Nein, dachte sie in der nächsten Sekunde. Mir war es doch immer klar. Nur zugeben wollte ich es nicht, weil ich dann unrecht gehabt hätte. Zumindest in diesem Punkt.

Was die andere Sache betraf, die Hinrich ihr angetan hatte, da wusste sie mit absoluter Sicherheit, dass er falsch gehandelt hatte. Nicht wie ein liebender Vater. Aber das war erst drei Jahre nach Mutters Tod passiert, am Abend nach ihrer Abiturfeier, und darum ging es im Augenblick auch nicht.

Nur ahnte Maike, dass sie keinen Frieden mehr finden würde, wenn sie nicht auch dieses Thema irgendwann zur Sprache brachte. Doch dazu müsste sie ihrem Vater begegnen, und davor hatte sie auf einmal schreckliche Angst. Erschöpft schlug sie die Hände vors Gesicht und stöhnte auf.

»Lass sie in Ruhe«, sagte Rosa, diesmal zu Niels. »Die Deern hat einiges mitgemacht.«

»Ha, ha«, höhnte er. »Und du wohl nicht, was?«

»Das tut jetzt nichts zur Sache.«

»Wie wär's, wenn wir uns alle wieder einkriegen?«, schlug Carina vor.

»Genau«, pflichtete Gesine ihr bei. »Können wir reingehen und die Rote Grütze essen?«

»Eigentlich ist fast Abendbrotzeit«, erwiderte Carina.

»Na und? So ein kleines Schälchen verdirbt mir schon nicht den Appetit.«

»In Ordnung, Betty kommt sowieso erst spät vom Volleyballtraining wieder, und Onno ist auch noch nicht da.«

Das Geplauder sorgte dafür, dass sich die Atmosphäre entspannte. Carina und Gesine lösten sich vom Holztisch und schlenderten nebeneinander zurück. Niels bot Rosa seinen Arm, Maike ging allein.

In der Küche wurde Rote Grütze verteilt, ein Kännchen flüssige Sahne dazugestellt.

»Für mich nicht«, sagte Rosa, die an der Tür stehen geblieben war. »Ich muss wieder rüber. Hinrich wird sich Sorgen machen.«

»Erzähl ihm noch nichts von mir«, bat Maike. »Ich – brauche etwas Zeit.«

Rosa schien zu zögern, doch dann nickte sie. »In Ordnung. Du allein musst entscheiden, ob und wann du deinen Vater sehen willst.«

»Falls *er* mich sehen will.«

»Das will er, Kind. Er bereut zutiefst, was er getan hat.«

Rosa schenkte ihr ein kleines Lächeln und schloss dann kurz die Augen. Sie wirkte erschöpft.

»Soll ich dich begleiten?«, fragte Niels. »Es ist schon fast dunkel, und du bist 'n büschen durch'n Wind.«

»Nicht nötig. Den Weg finde ich im Schlaf.«

Maike sah ihr durch das Fenster nach, bis sie über das Feld verschwunden war.

»Dann werde ich auch mal gehen«, meinte Niels.

Gesine schluckte einen Mund voll Roter Grütze hinunter. »Ich bring dich raus.«

Niels hob die Augenbrauen, nickte aber. Die beiden verließen die Küche.

»Will er nun mich, oder will er Gesine?«, fragte sich Maike laut. »Und will Gesine ihn eigentlich? Bisher behauptet sie das Gegenteil.«

»Ist das jetzt wichtig?«, wollte Carina wissen.

»Na ja, irgendwie schon. Ich fühle mich für Gesine verantwortlich, weil sie mir nachgefahren ist. Und mein Freund, oder mein Exfreund, hat sie praktisch hergeschickt.«

Da fiel ihr etwas ein. »Wieso hast du so komisch reagiert, als ich Roberts vollen Namen gesagt habe? Das wollte ich vorhin schon wissen, aber dann sind wir von Rosa unterbrochen worden.«

»Ich habe überhaupt nicht komisch reagiert«, behauptete Carina, sah ihr dabei aber nicht in die Augen.

»Doch, und ob!«

»Das ist bestimmt nur ein Zufall.«

Maike fixierte ihre Freundin. »Was weißt du?«

»Na ja, der Name Wedemann hat mich stutzig gemacht. Ich kenne jemanden, der auch so heißt. Aber es gibt bestimmt ganz viele Wedemanns und ...«

»Carina!«

»Schon gut. Ich sag's dir ja. Also, du kennst doch noch die Fahrradwerkstatt Bader, ja? Wo man auch Räder ausleihen kann?«

»Sicher.«

»Also Jakob Bader, der übrigens mal mit Rosa zusammen war. Ist schon ewig her, und er hat eine Frau und fünf Kinder ...«

»Ich weiß«, unterbrach Maike sie. »Einer seiner Söhne, der Jack, war in unserer Clique.«

»Ach so. Na ja, dann kennst du vielleicht ...«

»Komm zum Punkt!«

»Jakob hat eine ältere Schwester, die Annemarie. Und die hat einen geheiratet, der Wedemann hieß. Ist ein paar Jahre nach der Hochzeit mit ihm nach Bardowick gezogen. Aber so vor zehn Jahren ist sie wiedergekommen. Geschieden. Na ja, und sie hat drei Söhne. Als sie noch Kinder waren, kam Annemarie oft mit ihnen zu Besuch nach Südwerder. Der älteste heißt Robert. Ist aber bestimmt ein anderer.«

Maike war flau geworden, doch sie unterbrach ihre Freundin nicht.

»Hin und wieder besucht er seine Mutter«, fuhr Carina fort. »Wenn ich das richtig verstanden habe, lebt er in Hamburg. Aber wie gesagt: Ist alles sicher nur ein Zufall. Also der Robert, den ich kenne, der ist groß und schlank, hat dunkelbraune Augen und so schöne schwarze Locken, ein bisschen grau schon. Sein Onkel Jakob hatte die auch.«

17. Kapitel

Maike erhob sich. Ihre Bewegungen waren langsam und müde, genauso wie ihre Gedanken und Gefühle. Mit allem Möglichen hatte sie gerechnet, als sie sich in die Vierlande aufmachte. Nur nicht damit, dass Robert sich als ein anderer entpuppen könnte als der, der er war.

Das war zu viel. Ihr Kopf dröhnte, ihr Herz stolperte hilflos, ihre Haut fühlte sich klamm an. Wahrscheinlich eine Schockreaktion, erklärte sie sich selbst.

Kein Wunder. Seit zwei Jahren war sie mit Robert zusammen, und nie hatte er es für nötig gehalten, ihr etwas über seine Herkunft zu verraten, insbesondere über seine familiäre Verbindung nach Südwerder.

Ihr fiel wieder ein, wie elegant er stets allen Fragen ausgewichen war und wie allgemein er aus seinen Kindertagen erzählt hatte. Durchaus war mal vom platten Land die Rede gewesen, von grünen Wiesen und reich bestellten Feldern, von Milchkühen und freilaufenden Hühnern, und vielleicht hatte er auch mal Bardowick erwähnt. Sie hatte bloß nicht richtig hingehört, weil es sie nicht weiter interessierte. Meistens jedoch hatte er sich ausgeschwiegen.

Früher war ihr das nie aufgefallen, wahrscheinlich,

weil sie selbst nicht über ihre Vergangenheit sprach. Also hatte sie ihn in Ruhe gelassen, weil er sie auch in Ruhe ließ. Einzig seine Wandlung vom Banker zum Obst- und Gemüsehändler war ihr stets seltsam vorgekommen. Und wann immer sie sich erkundigt hatte, woher er seine Ware bezog, da hatte er sich ausgeschwiegen. Kam noch hinzu, dass er sie gedrängt hatte, in die alte Heimat zu fahren.

»Ich Idiotin hätte selbst draufkommen müssen«, sagte sie laut.

Carina, die damit beschäftigt war, den Tisch für das Abendbrot zu decken, hielt kurz inne.

»Wieso? Bist du neuerdings auch noch Hellseherin?«

»Das ist nicht witzig. Ich hätte zumindest eine Ahnung haben müssen.«

»Bloß weil er ein Grünhöker ist? Komm schon, meine liebe, kluge Freundin aus der Großstadt. Davon gibt es so viele, wie es wieder Stinte in der Elbe gibt, seit die nicht mehr so dreckig ist.« Sie holte einen Stapel flacher Teller vom Wandbord und verteilte sie auf dem Tisch. »Falls es überhaupt derselbe Robert Wedemann ist. Das haben wir noch gar nicht geklärt«, fügte sie hinzu und nahm Besteck aus einer Schublade.

»Du glaubst wohl selbst nicht, dass es zwei Männer mit demselben Namen und demselben Beruf gibt.«

»Ehrlich gesagt, nein«, entgegnete Carina langsam. »Solche Zufälle sind zu unwahrscheinlich. Was denkst du jetzt?«

»Keine Ahnung, ich fühle mich total ausgelaugt.«

Carina schaute sie prüfend an. »Du siehst auch blass aus. Kein Wunder. Ziemlich viel Action für anderthalb Tage.«

»Aber …«, begann Maike und merkte plötzlich, wie sie von neuer Kraft erfüllt wurde. Es war eine wütende Energie, und die kam ihr gerade recht. »Aber der Mistkerl wird mir einiges zu erklären haben«, vollendete sie den Satz. »Ich wette, der hatte den Auftrag, mich auszuspionieren und zurück in die Vierlande zu verschleppen.«

»Du lieber Himmel!«, stieß Carina aus. »Jetzt wird's abenteuerlich. Der Spion, der aus der Elbe kam. Und wer soll ihn geschickt haben? Rosa oder Hinrich?«

»Vielleicht beide.«

»Na, ich weiß nicht. Dein Vater hat sich mal – hm – sehr deutlich ausgedrückt und …« Carina verstummte schlagartig, als Maike die Hand hob.

»Bitte nicht. Das wird mir jetzt zu viel.«

»Okay.«

Maike wischte sich über das Gesicht und spürte ein paar Schweißtropfen auf der Haut. Sie hatte nicht mehr daran gedacht, dass ihre beste Freundin an jenem Abend nach der Abiturfeier mitbekommen hatte, was passiert war.

Jedenfalls das meiste. Das, was Maike zu erzählen bereit gewesen war, als sie heulend in Carinas Elternhaus aufgekreuzt war.

»Ich gehe nicht mehr nach Hause!«, hatte sie geschworen. »Nie mehr!«

Ihre Freundin holte sie ins Hier und Heute zurück. »Was wirst du tun?«

»Robert zur Rede stellen, was sonst?«

»Aber nicht am Telefon, oder?«

Maike, die ihr Smartphone schon in der Hand hielt, steckte es wieder weg. Carina hatte recht. So etwas musste persönlich besprochen werden. Dem anderen den Hals umdrehen klappte telefonisch auch nicht so gut. Sie versuchte zu kichern, wollte dem Ganzen etwas Lustiges abgewinnen, doch es gelang ihr nicht.

»Mein Optimismus hat mich verlassen«, sagte sie traurig.

»Der kommt schon wieder«, erwiderte Carina. »Dein schönes Lachen gehört einfach zu dir. Du hast es bloß ... hm ... ein paar Jahrzehnte lang vergessen.« Sie trug frisches Bauernbrot, Wurst und Käse auf und warf einen schnellen Blick zur Küchenuhr. Wie auf Kommando stürmte ein schlaksiges junges Mädchen in Sportklamotten herein.

»Hi, Mama, ist deine tolle Freundin noch da? Kann ich sie endlich ... oh ...«

Das Mädchen hatte Maike erblickt und wurde prompt rot.

»Hallo, du musst Betty sein.«

Sie sah so hübsch aus wie ihre Mutter in dem Alter. Nur die Größe hatte sie von ihrem Vater.

»Guten Tag«, kam es artig zurück.

»Brauchst nicht zur Salzsäule zu erstarren«, brummte Carina, der die Verehrung ihrer Tochter für die Besucherin offenbar gegen den Strich ging. »Das ist bloß Maike.«

Die im Gegensatz zu mir Karriere gemacht hat, schien sie noch sagen zu wollen. Ich habe mich dagegen nach meiner Banklehre um Kinder, Haus und Hof gekümmert. Ist das etwa nichts? Maike war sich ziemlich sicher, dass Carina etwas in der Richtung dachte. Sie lächelte ihr entschuldigend zu.

Mutiger geworden, plapperte Betty drauflos: »Hamburg finde ich mega, aber ehrlich gesagt will ich nach der Schule nach London. Für ein Jahr als Au-pair.«

»Klingt gut.«

»Es ist bloß voll blöd, dass meine Eltern aufs Abi bestehen. Sonst wäre ich nämlich schon weg.«

»Das Abitur ist wichtig«, entgegnete Maike. »Zum Beispiel, wenn du später studieren möchtest.«

Betty zog eine Grimasse. »Erwachsene sind alle gleich.«

Carina bedachte ihre Tochter mit einem strengen Blick. »Sofort entschuldigst du dich!«

»Lass nur«, sagte Maike schnell. »Ich bin kein Stück beleidigt.«

Trotzdem wollte sie nur noch hier raus und allein sein. Sie wusste, sie war ihrer Freundin einiges schuldig, doch das temperamentvolle Mädchen ging jetzt über ihre Kräfte.

»Ich mache einen Spaziergang«, sagte sie zu Carina.

»Prima, aber pass gut auf dich auf.« Sie spielte auf Niels an, ganz klar. »Nicht dass du wieder von der Vergangenheit geknutscht wirst.«

Maike warf ihr einen bösen Blick zu und sagte dann zu Betty: »Morgen nehme ich mir Zeit für dich, versprochen.«

Das Mädchen verzog enttäuscht das Gesicht, nickte aber schließlich. »Okay. Ich will alles über Ihren Job wissen. Hotelmanagerin finde ich supercool. Da kann man auch in New York oder Tokio oder Sydney arbeiten.«

»Nicht ohne Studium«, warf Carina ein.

»Bäh!«, rief Betty, lachte aber dabei.

»Ich werde dir gern alle Fragen beantworten«, sagte Maike.

»Okay.«

»Willst du nicht mit uns essen?«, fragte Carina.

»Nein danke. Wir sehen uns später.«

»Bleib nicht wieder stundenlang weg. Vorhin haben wir uns echt Sorgen gemacht.«

»Ich bin bald zurück.«

Draußen stellte Maike fest, dass Niels' SUV verschwunden war. Gesine war auch nirgends zu sehen.

Ob Niels wohl Gesine genau in diesem Augenblick küsste?

So, wie er am Nachmittag Maike geküsst hatte?

Sie horchte in sich hinein, bekam jedoch keine klare Antwort zu ihrer Gefühlslage.

Auch gut.

Auf der Hauptstraße wandte sie sich nach Süden, weg vom Matthiesen-Hof, hin zur Dorfmitte. Diesmal lief sie nicht über Nebenwege, es kam ihr gar nicht in den Sinn. Doch sie begegnete auch niemandem. Wenige Minuten später erreichte sie das Geschäftszentrum von Südwerder, das aus einem kleinen Supermarkt, zwei Souvenirgeschäften, dem Fahrradverleih Bader, einem Zeitungskiosk und dem Gasthaus »Elbblick« bestand. Dort blieb sie stehen und überlegte.

Es war kühl geworden, und sie fröstelte. Kurzerhand beschloss sie, einzukehren. Kaum hatte Maike die Gaststube betreten, fiel zum zweiten Mal an diesem Tag die Zeit von ihr ab. An Fietes Inneneinrichtung waren die Jahre spurlos vorübergegangen. Die Tische und Stühle aus dunkel gebeiztem Eichenholz waren genauso zerkratzt und wackelig wie eh und je. Auf braunen Plastiktischdecken standen kleine Vasen mit verstaubten Trockenblumen, daneben steckten Messer, Gabeln und Papierservietten in angeschlagenen und ausrangierten Biergläsern. Die Gardinen hatten ihren Gelbstich in die Ära des Rauchverbots hinübergerettet, an den holzvertäfelten Wänden hingen Schiffsmodelle und ein paar Fischreusen, die aussahen, als hätten sich Haie darüber hergemacht.

Über der Biertheke baumelte die Reklame des Hauptlieferanten, und die tief hängenden Lampen boten so wenig Licht, dass die meisten Gäste nicht weiter auf die schäbigen Möbel achteten.

Schon in Maikes Jugendzeit hatten die Leute darüber gespottet, dass der Name »Elbblick« das einzig Vornehme an der Kneipe sei. Daran hatte sich nichts geändert.

Fiete selbst sah auch noch aus wie früher, dachte sie, als sie den Wirt hinter der Theke entdeckte. Klein, rund, gemütlich und mit einer grünen Schürze vor dem Kugelbauch. Einzig sein damals schon angegrauter Haarkranz hatte einer wie poliert wirkenden Glatze Platz gemacht.

An diesem frühen Montagabend war nicht viel los. Nur am Stammtisch in der hinteren Ecke am Fenster saßen ein paar ältere Männer, die förmlich mit der Einrichtung verschmolzen. Kurz erschrak Maike, doch dann erinnerte sie sich daran, dass ihr Vater nie ein großer Kneipengänger gewesen war. Und als sich ihre Augen an das Dämmerlicht gewöhnt hatten, stellte sie fest, dass sie keinen der Männer kannte. Dafür schienen die ganz genau zu wissen, wer sie war, denn sie vernahm leises Zungenschnalzen und eifriges Getuschel.

Maike ignorierte die Leute, so gut sie konnte, und ging auf Fiete zu, der ihr stoisch entgegenlächelte. Zu spät entdeckte sie den einzelnen Mann, der an der Theke saß und bei ihrem Eintreten noch von einem riesigen braunblättrigen Gummibaum verdeckt gewesen war.

Er sah auf, erkannte sie und knallte sein Bierglas so heftig hin, dass der Schaum aufspritzte. »Maike.«

»Robert.«

Am Stammtisch wurde es mucksmäuschenstill.

»Du verdammter Mistkerl!«, rief sie. »Man sollte dir eins mit 'nem Holzknüppel geben.«

»Hört, hört«, murmelte jemand.

»Wie ich sehe, sagst du nach wie vor, was du denkst«, entgegnete Robert ruhig. »Da bin ich aber froh, dass ich hier kurz eine Pause eingelegt habe, bevor ich dich besuche. Bloß weiß ich gerade nicht, was ich so Schreckliches angestellt haben soll.«

»Wenn du ein bisschen nachdenkst, kommst du schon darauf.«

Er hob die Hände, wie um sich zu ergeben. In seinen Mundwinkeln blitzte ein Lächeln auf.

Maikes Herz flog ihm zu, und in diesem ungünstigsten aller Momente wurde ihr endgültig klar, dass sie ihn liebte, nur ihn allein. Niels Asmussen war bloß eine Verwirrung im Durcheinander von Vergangenheit und Gegenwart gewesen. Und sie bemerkte, dass Roberts Bart ab war, woraufhin sie ihn noch ein bisschen mehr liebte.

»Deibel ok!«, rief sie.

»Wie bitte? Sag mal, was ist los mit dir? Ich bin hergefahren, weil Gesine am Telefon so panisch klang. Sie schien zu befürchten, dass du dich selbst und ein paar andere Leute unglücklich machst. Und sie hat gesagt, das sei alles meine Schuld.«

»Bloß weil du mich hergeschickt hast? Kleinigkeit.«

»Ich verstehe gar nichts mehr.«

»Frag einfach deine Mutter. Annemarie Wedemann, geborene Bader.«

Sie sah, wie er blass wurde. Dann wandte er sich an Fiete. »Wir gehen mal kurz nach hinten, okay? Meine Freundin und ich haben etwas zu besprechen, was nicht unbedingt im ›Vierländer Boten‹ abgedruckt werden sollte.«

Fiete kicherte, die Männer am Stammtisch stießen Laute der Enttäuschung aus.

»Deine Freundin?«, giftete sie. »Da träumst du aber von!«

Robert rutschte vom Barhocker, packte Maike energisch am Oberarm und zog sie dann durch die hintere Tür der Gaststube.

Vorbei am altersschwachen Zigarettenautomaten und den grün gekachelten Toilettenräumen ging es hinein in den sogenannten Clubsaal. In einem Anfall von Größenwahn hatte Fiete vor vielen Jahren hier ein paar Ledersessel, Bücherregale und schicke kleine Tischchen aus Glas aufgestellt. Damals schwebte ihm ein feiner Herrenclub vor, der dem Namen seines Gasthauses endlich zur Ehre gereichen sollte. Nur die Honoratioren der Vierlande sollten dort Zutritt finden.

Es kam bloß keiner. Letztlich eroberte die Landjugend den Raum, feierte hier Feten, schaute sich verbotene Filme an und sorgte für einen vorzeitigen Verschleiß der Einrichtung.

Maikes Magen revoltierte, als sie von Robert hineingeschubst wurde. Es roch nach abgestandenem Rauch, kalten Fritten und ein paar anderen unappetitlichen Dingen.

»Wie gemütlich«, sagte er, ging zum einzigen Fenster

und öffnete es. Dann drehte er sich wieder zu ihr um. »Du weißt es also.«

»Seit zehn Minuten, du Mistkerl.«

»Wollen wir darüber reden?«

»Kann ich dich vorher killen?«

»Okay. Aber ich kann nicht versprechen, dass ich dir danach noch viel erklären werde.«

»Witzbold.« Ein ganz und gar unangebrachtes Lachen lag in ihrem Kopf auf der Lauer.

»Möchtest du dich setzen?«

Sie besah sich die fleckigen und eingerissenen Ohrensessel. »Lieber nicht.«

»In Ordnung. Wer hat es dir erzählt?«

»Dass du mich seit zwei Jahren hinters Licht geführt hast?«

»Hm – ja.«

»Carina.«

»Asmussen? Die Freundin aus deiner Schulzeit, bei der du untergekommen bist? Gesine hat so etwas erwähnt.«

Sie ging nicht näher darauf ein. Eben war sie noch wütend, aber auch ein wenig belustigt gewesen, jetzt schlug ihre Stimmung schlagartig um, und sie wurde ernst: »Warum hast du mir verheimlicht, dass Südwerder für dich ein zweites Zuhause ist, weil deine Mutter von hier stammt? Dass du oft hier gewesen bist, meine Familie kennst und meine dumme, tragische Geschichte schon tausendmal gehört hast?«

»Ich wusste nicht, wie ich es dir sagen sollte.« Er hockte sich auf eine Sessellehne.

Sie blieb stehen, weil sie sich so stärker fühlte, und verschränkte die Arme vor der Brust. »Kapier ich nicht. Was ist schwer daran, jemandem zu erzählen: ›Hey, das ist ja ein Zufall. In Südwerder leben meine Mutter, mein Onkel und ein paar Cousins. Und ich selbst bin auch ein Landmensch‹?«

»Wenn dich dein Gegenüber plötzlich mit leuchtenden Augen anschaut, weil du zum ersten Date einen Maßanzug statt Latzhosen trägst, dann ist es verdammt schwer.«

Maike dachte gar nicht daran, sich ein schlechtes Gewissen einreden zu lassen. »Du hättest es trotzdem tun müssen. Das wäre fair gewesen.«

»Ich weiß. Aber ich fürchtete, du würdest nichts mit mir anfangen. Ich war nämlich von dir fasziniert und wollte dich nicht gleich wieder verlieren.«

Sie schmunzelte fast gegen ihren Willen, weil sie sich daran erinnerte, was er ihr bei sich zu Hause erzählt hatte. »Und jetzt erklärt sich auch deine Fähigkeit als Hellseher. Von wegen, du hast in meinen Augen gesehen, wie ich wirklich sein kann. Wahrscheinlich haben dir einfach ein paar Leute erzählt, dass ich früher lustig und offen war.«

»Stimmt«, gab er zu. »Und damals habe ich auch noch gar nicht …« Er brach ab.

»Was?«, fragte sie alarmiert. »Was hast du damals noch nicht getan?«

Roberts Kiefernmuskeln mahlten vor sich hin, aber er schwieg.

Sie musste es andersherum versuchen. »Also, noch einmal von vorn. »Wo bist du geboren?«

»In Südwerder.«

»Wirklich? Dann hätten wir uns also kennen können.«

Zum ersten Mal, seit sie ihn vorhin an der Theke entdeckt hatte, zeigte er ein breites, entspanntes Lächeln.

»Nur wenn du dich als kleines Baby schon mit einem Dreijährigen unterhalten hättest. Kurz danach ist meine Familie nämlich nach Bardowick gezogen.«

Weil sie nichts sagte, fuhr Robert fort: »Als meine Mutter Annemarie nach Südwerder zurückgekehrt ist, habe ich längst in Hamburg gewohnt. Ich habe sie natürlich oft besucht, und irgendwann habe ich auch Rosa und Hinrich getroffen.«

»Und bei der Gelegenheit habt ihr ein Komplott geschmiedet.«

»Unsinn. Damals kannte ich dich noch gar nicht. Ich habe in der City Karriere gemacht, und meine Mutter hat im Dorf furchtbar mit mir angegeben. Der einzige Sohn, aus dem was geworden war. Meine Brüder sind beide Landwirte. Auf die war sie nicht so besonders stolz.«

Wieder lächelte er, doch jetzt war es ein bitteres Lächeln. »Mein Onkel Jakob bekam von meiner Mutter ständig zu hören, wie stolz sie auf mich sei. Und Rosa hat bestimmt auch ihren Teil abgekriegt. Annemarie und Rosa konnten sich noch nie ausstehen. Keine Ahnung, warum.«

Maike öffnete den Mund, um ihn zu unterbrechen.

Ich schon, wollte sie sagen. Zumindest ahnte sie etwas. Wahrscheinlich war Annemarie damals nicht mit der Verbindung zwischen ihrem Bruder Jakob und Rosa einverstanden gewesen. Aber das war jetzt nicht wichtig.

Roberts persönliche Vorgeschichte hingegen fesselte sie. Also schwieg sie lieber, weil sie sah, wie viel Überwindung es ihn kostete, so offen zu sein.

»Nun, du kannst dir denken, was los war, als ich meinen Posten in der Bank aufgegeben habe. Meine Mutter ist fast durchgedreht.«

Mit einer kurzen ruckartigen Geste fuhr er sich durchs Haar. »Sie hat mir verboten, bei ihr aufzutauchen, bis ich wieder zur Vernunft gekommen bin.«

Unwillkürlich schrak sie zusammen. Sie hatte einmal Ähnliches zu hören bekommen. Die Erinnerung an den Abend nach der Abifeier drängte sich mit einem grellen, wütenden Bild auf.

»Sprich weiter«, bat sie im Flüsterton. »Lass mich nicht an damals denken.«

Er schien sie nicht zu hören, so versunken war er in sein eigenes Leben.

»Mit der Zeit hat sich Mutter dann beruhigt, aber stolz ist sie nie wieder auf mich gewesen. Nun, ich konnte ganz gut ohne ihre peinliche Anbetung zurechtkommen. Aber es war Rosa, die mir damals geholfen hat, Lieferanten für meinen Obst- und Gemüsehandel zu finden. Ich glaube, sie kennt jeden einzelnen Bauern in den Vierlanden. Und natürlich habe ich mit der Zeit einiges über dich erfahren. Von meiner Mutter, von meinem Onkel und von Rosa.«

Nicht alles, hoffte Maike. »Auch, warum ich damals weg bin?«

Er schüttelte den Kopf. »Es hat mich auch nie besonders interessiert. Bis zu dem Tag, an dem ich zum ersten Mal in den ›Brauerhof‹ gekommen bin. Als mir der Küchenchef deinen Namen nannte, wusste ich natürlich sofort, wer du bist.«

Nun konnte sie sich nicht länger zurückhalten. »Und dann bist du zu Rosa gelaufen, um ihr von mir zu erzählen.«

»Nein«, erwiderte Robert fest. »Ich habe sogar lange gezögert, dich zu erwähnen. Aber irgendwann konnte ich es nicht mehr mit ansehen.«

»Was mit ansehen?«

»Den Kummer in ihren Augen.«

»Hör auf. Ich will davon nichts hören.«

»Okay. Aber du musst wissen, dass ich dir niemals schaden wollte. Weder damals noch heute. Ich habe nur den richtigen Zeitpunkt verpasst, um dir von meiner Herkunft und meiner Bekanntschaft mit deiner – Stiefmutter zu erzählen.«

»Sie ist nicht meine Stiefmutter!«, begehrte Maike auf. »Mein Vater hat sie nie geheiratet!«

Überrascht stellte sie fest, dass sie nicht halb so wütend klang wie gewöhnlich, und sie wusste warum. Die Begegnung mit Rosa hatte ihr Herz berührt. Nur wenn sie an ihren Vater dachte, gelang es ihr noch, den alten Zorn aufrechtzuerhalten. Ein Gedanke kam ihr, der ihr äußerst unangenehm war: Indem sie sich dreißig Jahre lang nicht gemeldet hatte, hatte sie auch Rosa bestraft – für etwas, das diese gar nicht getan hatte. Gut, sie war damals bei ihnen eingezogen, hatte Mutters Stelle angenommen, und sie hatte Maike nicht beigestanden, als ...

Stopp!

Nicht weiterdenken!

»Was ist los?«, fragte Robert. »Du siehst aus, als würdest du mich wirklich gleich umbringen wollen.«

»Nicht dich. Oder wenigstens nur zum Teil.«

Ein echtes Lächeln flammte wieder in seinem Gesicht auf. »Äußerst beruhigend, dass ich nur zum Teil sterben muss.«

»Machst du dich lustig über mich?«

»Nein, entschuldige. Ich kann nur wiederholen: Dir weh zu tun, lag niemals in meiner Absicht. Mein einziger

Fehler war, dass ich dir nicht die ganze Wahrheit gesagt habe.«

»Keineswegs.«

»Komm schon, Maike. Ich habe Rosa einzig und allein deshalb von dir berichtet, um sie froh zu machen. Mehr lag nie in meiner Absicht.«

Sie glaubte ihm sogar. Robert war kein hinterhältiger Mensch. Dennoch hatte er sie ausspioniert.

»Du hast ihr also regelmäßig Bericht erstattet.«

Er nickte nur.

»Und was hast du dafür bekommen?«

Das traf ihn tief, sie konnte es ihm ansehen.

»Ich habe keinerlei Informationen verkauft«, entgegnete er brüsk.

»Aber du hast auf mich eingewirkt, damit ich herfahre. Irgendeine Belohnung wird es dafür gegeben haben.«

»Du wirst es nicht glauben, aber das tat ich, um dir zu helfen.«

Es war die Wahrheit, sie wusste es.

»Ich möchte, dass du gehst«, sagte sie. Und in der nächsten Sekunde: »Bitte halt mich fest.«

Robert stand auf. »Du solltest schon wissen, was du willst. Was davon war jetzt ehrlich?«

»Das ... weiß ich selbst nicht.«

»Maike«, sagte er langsam. »Hast du inzwischen deinen Vater getroffen?«

Sie schluckte. »Warum fragst du?«

»Ich habe oft gedacht, da muss etwas passiert sein zwischen euch. Und ich meine nicht nur, dass Rosa zu euch gezogen ist. Möchtest du es mir nicht endlich erzählen?«

»Nein.«

»Warum?«

»Es geht dich nichts an.«

Er stellte sich dicht vor sie hin und betrachtete sie lange und prüfend. Dann sagte er: »Wie schon erklärt, ich habe dich nicht ausspioniert, sondern nur Rosa geholfen, sich etwas besser zu fühlen. Und da du mir noch nie richtig vertraut hast, wirst du es in Zukunft erst recht nicht tun, richtig?«

Sie hielt seinem Blick stand, nickte leicht und schwieg.

»Das dachte ich mir. Es tut mir leid, Maike, aber so kann ich nicht weitermachen. Du hättest dich für mich entscheiden müssen. Ganz und gar.«

»Das ... konnte ... kann ich nicht.«

»Ich weiß«, sagte er. »Wenn meine Liebe für uns beide gereicht hätte, dann hätten wir vielleicht eine Chance gehabt. Aber sie hat nicht gereicht.«

Er verließ den Clubsaal.

Maike schaute auf die geschlossene Tür, und Tränen schwammen in ihren Augen.

»Aber ich liebe dich doch.«

Nicht genug, dachte sie sofort. Nicht genug, um ihn zu halten, um ihm alles über sich zu erzählen, um ihm die Narben zu zeigen, die niemand sehen durfte.

18. Kapitel

Maike wartete zehn Minuten, bis sie ebenfalls hinausging. Sie hoffte, sie würde Robert nicht mehr begegnen, gleichzeitig sehnte sie sich danach, in seinen Armen zu liegen. Dann überlegte sie, Niels anzurufen. Seine starke Schulter war genau das, was sie jetzt brauchte. Aber der Mann wusste ja auch nicht, was er wollte. Küsste erst sie, fuhr dann mit Gesine weg.

Tief in Gedanken versunken verließ sie das Gasthaus durch den Hinterausgang und ging dann um das Gebäude herum. Vor ihr lag die Hauptstraße wie ausgestorben da. Der schwache Schein von Straßenlampen in der Form von Kutscherlaternen warf Lichtflecken wie Hoffnungsschimmer auf den Asphalt, auf sorgsam gepflegte Vorgärten, auf Entwässerungsgräben. Irgendwo bellte ein Hund, ein anderer antwortete.

Hinter den erleuchteten Fenstern der Bauernhäuser sah sie Familien beim Abendbrot sitzen. Sie entdeckte Menschen, die miteinander redeten und lachten, die sich lieb hatten und dem Tischnachbarn das beste Stück Schinken vom Teller stibitzten.

Sie sah Eltern mit kleinen Kindern und ein Stück weiter ein altes Paar, das vielleicht kein Problem damit hatte, zu schweigen. Ein paar junge Leute aßen Pizza direkt aus dem Karton und schauten dabei fern. In einem weiteren Haus wurden die Vorhänge zugezogen, so als hätten die Bewohner gespürt, dass sie beobachtet wurden.

Langsam ging Maike weiter und wunderte sich, was sie so seltsam an diesen Leuten fand, auf deren Leben sie einen kurzen Blick geworfen hatte. Erst als der Erdbeerhof schon in Sicht war, da wusste sie es: Keiner der Menschen, die sie auf ihrem Rückweg gesehen hatte, war allein gewesen.

Tiefer Schmerz durchfuhr sie. Es war, als wollte Südwerder ihr zeigen, wie dumm sie gewesen war, als sie fortzog.

Das war natürlich Unsinn, und sie wusste es. Einsamkeit machte vor einem Dorf nicht halt, und umgekehrt war liebevolle Gesellschaft auch in einer Großstadt ganz normal. Und noch etwas lernte sie an diesem Abend: Zu viele Jahre lang hatte sie ihre eigene Einsamkeit wie einen Schutzmantel getragen und sich darin geborgen gefühlt. Es war einfacher gewesen, das Bild der Einzelgängerin zu pflegen, als aktiv und mutig auf andere Menschen zuzugehen.

Ja, Gesine war ihre beste Freundin, aber sie war auch die einzige.

Ja, sie führte eine Beziehung mit Robert, aber sie ließ es nie zu, dass etwas Ernstes daraus wurde. Und genau deshalb hatte sie ihn verloren. Nicht wegen der Vorwürfe, die sie ihm heute Abend gemacht hatte, nicht wegen der Erschütterungen ihrer Seele, die ihr Sturz verursacht hatte. Wahrscheinlich war Robert schon seit einiger Zeit dabei gewesen, sich Stück für Stück zurückzuziehen, nur sie hatte es gar nicht bemerkt.

Und andere Menschen? Es gab eine Handvoll Bekannte, doch Maike ließ nie jemanden nah an sich herankommen.

Sie erreichte den Hof und blieb stehen. Kurz schaute sie nach oben. Ein heller, klarer Sternenhimmel wölbte sich glitzernd über dem Land. So hell und klar, wie sie ihn in Hamburg nie gesehen hatte. Seufzend wandte sie den Blick ab und trat dann durch die nicht abgeschlossene Haustür ein. Aus der Küche erklang das Gelächter der Familie. Sie stand allein in der großen, kalten Diele, und ihr wurde bewusst, dass sie ein ziemlich armseliges Leben geführt hatte. Sie ging nicht in die Küche, sondern verzog sich auf ihr Zimmer.

Die folgenden Tage verbrachte Maike in einer Art Dämmerzustand. Sie stand morgens auf, ging eine Weile Carina zur Hand, wenn diese es zuließ, und fuhr dann mit ihrem Mietwagen ein paar Kilometer aus dem Ort hinaus, um irgendwo spazieren zu gehen, wo sie niemand kannte. Ihr Haar trug sie nun schon gewohnheitsmäßig zu einem praktischen Pferdeschwanz gebunden, auf Schminke verzichtete sie vollständig. Für wen sollte sie sich auch schönmachen?

Sie vermied es, ihrem Elternhaus nahe zu kommen, und war froh, dass Rosa keinen Versuch unternahm, sie noch einmal zu sehen. Maike fühlte sich nicht stark genug für eine weitere Begegnung, und sie fürchtete sich regelrecht vor einem Treffen mit ihrem Vater.

Dennoch blieb sie in Südwerder.

Auf eine Weise, die sie nicht erklären konnte, tat ihr der Aufenthalt gut. Zwar fühlte sich ihr Kopf an, als hätte ihn jemand in Watte gepackt, aber vielleicht brauchte sie genau diesen Zustand.

Carina akzeptierte sie so, wie sie war, und sagte nicht viel. Mal bat sie bloß um Hilfe beim Entkernen von Äpfeln, mal gab sie ihr einen Pott Kartoffeln zu schälen. Die Bäuerin schien zu spüren, dass ihre alte Schulfreundin, die nach so langer Zeit in ihr Haus geschneit war, eine Weile ihre Ruhe brauchte.

Maike war ihr unendlich dankbar. Gern unterhielt sie sich mit Betty und beantwortete tausendundeins Fragen des Mädchens über Hotelmanagement nach bestem Wissen.

Sie half sogar im Kuhstall. Die Asmussens gehörten zu den letzten Bauern in der Gegend, die noch Milchvieh hielten. Darauf habe Onno bestanden, als sie den Erdbeerhof gepachtet hatten, erklärte Carina. In seiner Familie gehörten die Schwarzbunten zum bäuerlichen Selbstverständnis. Maike mochte den starken Geruch, die warmen großen Kuhleiber, den Duft der frischen Milch.

Gesine war nach Hamburg zurückgekehrt. Sie hatten nicht mehr miteinander gesprochen, und so wusste Maike nichts über ihren Abend mit Niels. Carina behauptete jedoch, die Stadttussi habe nicht mehr diesen herben Zug um den Mund. »Schätze, das mit der sexuellen Frustration hat sich erledigt.«

Das war Mitte der Woche, und Maike lächelte nur schmal. Es interessierte sie nicht, was Gesine trieb. Es interessiert sie überhaupt nichts mehr. Außer vielleicht, diesen Blumenkohl hier zu putzen und in seine Röschen zu zerteilen. Sie bemerkte, dass Carina sie prüfend musterte. Dann arbeiteten die beiden Frauen schweigend Seite an Seite weiter.

Ein paarmal rief Gesine sie an, aber Maike war stets so kurz angebunden, dass die Freundin jeden Versuch eines Gesprächs bald aufgab. Nur am Freitagabend ließ sie sich nicht abwimmeln. Inzwischen war die dicke Watteschicht in Maikes Kopf dünner geworden, und sie fühlte sich, als käme sie langsam wieder zu sich. Sie saß im Mädchenzimmer auf dem schmalen Bett und schaute aus dem Fenster, obwohl die Felder draußen schon fast im Dunkeln lagen.

»Komm runter«, sagte Gesine. »Sofort, wenn es geht. Ich habe nicht viel Zeit.«

Erst jetzt hörte Maike richtig zu. »Du bist hier?«

»Ja, nur für ein Stündchen. Ich muss nachher zurück, weil ich morgen ganz früh einen Termin habe.«

Im Hintergrund war Carinas Lachen zu hören. »Ich hätte nicht gedacht, dass Stadttussis auch am Wochenende arbeiten.«

»Wieder was dazugelernt«, gab Gesine gutmütig zurück. »Also, Maike, kommst du jetzt? Die Bauersfrau behauptet, du brauchst Erholung, und lässt mich nicht hoch zu dir.«

Maike lachte auch. Sie wusste, dass Carina und Gesine sich inzwischen gernhatten und einander nur ein wenig neckten.

Als sie fünf Minuten später die Küche betrat, sah Carina aufmerksam von einer zur anderen. Ihr Gesicht war ernst. Auch Gesine machte keinen glücklichen Eindruck. Offenbar hatte sie einen guten Grund gehabt, um extra herzukommen, und Carina wusste es bereits. Maike wäre es lieber gewesen, nichts zu erfahren. Sie seufzte unhörbar.

Carina nickte beiden zu. »Ihr zwei geht am besten in die groot Döns. Da seid ihr ungestört.«

»Wohin?«, fragte Gesine.

»In die große Wohnstube«, erklärte Maike. Sie verließ die Küche, durchquerte die Diele und öffnete eine der Türen. Im nächsten Moment prallte sie zurück und stieß gegen Gesine, die dicht hinter ihr war.

»Hey! Was ist los? Hast du einen Geist gesehen?«

»Könnte man so sagen«, erwiderte Maike und betrat zögernd den Raum. Es war wie ein Sprung zurück in der Zeit. Hier sah es noch genauso aus wie in den Jahren, als Rosa in diesem Haus gelebt hatte. Mal abgesehen von einem langen Tisch aus dunkel gebeizter Eiche, der einen Großteil der Stube einnahm. Aber die niedrige bemalte Holzdecke sah genauso aus wie früher, und dort, neben dem Kamin, stand die hohe Sitzbank, unter der einst die Stubenküken gezogen worden waren. So hoch war sie, dass die Füße nicht den Boden erreichten, wenn man darauf saß. So konnte kein Küken zertreten werden. An einer Seite des Raumes waren zwei Alkoven eingelassen, in denen die Bauersleute einst geschlafen hatten. Schon Rosa hatte darin gemütliche Sitzecken mit weichen Kissen geschaffen.

Und an den Wänden …

»In welchem Jahrhundert bin ich gelandet?«, erkundigte sich Gesine staunend. »Und wieso sieht es an der Wand da aus wie in einem Badezimmer?«

Maike erholte sich langsam von ihrem Schrecken und musste grinsen.

»Das ist eine alte Tradition«, erklärte sie dann. »Die Stubenwände wurden mit weiß-blauen Delfter Kacheln belegt, um den Raum trocken zu halten. Und schau mal, auf diesen hier wird die Schöpfungsgeschichte dargestellt. So waren nämlich die Bauern, die häufig nicht lesen konnten, sprichwörtlich im Bilde.«

Während sie redete, erinnerte sie sich daran, wie Rosa ihr einst genau dies erzählt hatte, und sie verstand auch, warum Carina hier kaum etwas verändert hatte. Die groot Döns war es wert, erhalten zu bleiben.

»Prima«, erwiderte Gesine, kuschelte sich in eine Sitzecke und machte eine einladende Geste. »Olle Kacheln statt Kabelfernsehen. Hat was.«

Maike setzte sich zu ihr. »Ich kann dir auch von den Stubenküken erzählen. Das weiß ich nämlich von meiner Großmutter und ...«

Gesine hob die Hand. »Jetzt nicht. Die Geschichte der Vierlande muss warten.«

»Entschuldige.«

»Was macht Niels?«

Das kam ziemlich plötzlich, und Maike war um eine Antwort verlegen. »Ich habe ihn die Tage nicht gesehen.«

»Wirklich? Ihr zwei habt kein spätes Happy End gefeiert?«

»Nein. Ich dachte ja, ihr beide ...«

»Ach was«, unterbrach Gesine sie. »Das mit Niels und mir war bloß ein Ausrutscher. Glaube ich.«

Etwas an Gesines Stimme war dumpf. Sie lachte, aber es klang heiser, wie ein Wispern auf einem trockenen Heuboden.

Maike sagte: »Das denke ich kaum.«

»Wieso?«

»Niels ist ein guter Kerl.«

»Ich weiß. Es hat nur ein bisschen gedauert, bis ich es kapiert habe.«

»Aber hast du nicht gesagt, er sei dir viel zu schlicht? Von wegen rustikaler Bauersmann und so weiter? Noch dazu mit ekligen schwarzen Rändern unter seinen Fingernägeln?«

Gesine wich ihrem forschenden Blick aus. »Na und? Eine Frau kann ihre Meinung ja wohl mal ändern.«

Ja, dachte Maike amüsiert. Besonders wenn der Mann auf einem gewissen nicht unwichtigen Gebiet offenbar Großes geleistet hatte. Aber vielleicht tat sie ihrer Freundin unrecht. Vielleicht empfand Gesine wirklich etwas für Niels. Etwas, das über das Abenteuer einer Nacht hinausging.

»Es muss daran liegen, dass er Vierländer ist«, setzte Gesine hinzu. »Diese Männer haben was Besonderes an sich.«

Maike fiel ein, dass auch Robert ein Vierländer war, und ihr Inneres zog sich schmerzhaft zusammen.

Lieber sprach sie über Niels. »Und er ist auch gar nicht der Frauenheld, für den ihn alle halten.«

Unwillkürlich starrte sie auf die Kacheln an der Wand gegenüber, als gäbe es dort eine Erklärung für diesen ungeheuerlichen Satz. Was sie eben gesagt hatte, war eine glasklare Lüge gewesen.

Wie konnte das sein?

»Wow!«, stieß Gesine aus. »Ich hatte eigentlich einen anderen Eindruck. Stimmt das auch?«

»Klar! Da kannst du jeden hier fragen. Soll ich mal eben Carina herrufen?«

»Nee, lass mal. Ich glaube dir schon. Du sagst ja die Wahrheit.«

Von wegen!, dachte Maike. Von wegen!

Carina hätte Gesine erzählte, dass es in den Vierlanden mehr gebrochene Frauenherzen wegen Niels Asmussen als Störche auf den Dächern gab. Und das war vermutlich noch schmeichelhaft gerechnet. Ihr, Maike, hatte Carina das jedenfalls so gesagt, und sie somit ganz unverblümt vor dem Mann gewarnt.

Nun konnte sie selbst plötzlich das Gegenteil behaupten, um Gesine eine Freude zu machen?

Wahnsinn!

Und sie begriff: Es war vorbei. Die letzten Tage hatten ihre Symptome endgültig vertrieben. Sie war wieder die Maike, die sie immer gewesen war. Die Maike, die einer Freundin zuliebe auch mal schwindeln konnte.

Darüber war sie unendlich glücklich. Jedoch hoffte sie, dass nicht auch ihre neue Fröhlichkeit gänzlich verschwunden war. Aber das würde sie wohl noch herausfinden müssen.

Wenigstens sah Gesine schon viel glücklicher aus. »Wir schreiben uns manchmal über WhatsApp.«

»Das ist doch schön.«

»Ja, aber der Honk ist immer so kurz angebunden. Oft bekomme ich nur ein Emoji zurück, wenn ich ihm schildere, wie mein Tag war.«

Maike grinste breit. »Keine Sorge, das ist typisch. Die Brüder Asmussen haben noch nie viel gesabbelt. Es sei denn, sie hatten was getrunken.«

»Okay. Damit kann ich leben. Und morgen komme ich übrigens wieder. Da feiert ihr doch hier euer berühmtes Mühlenfest. Am dritten Samstag im Oktober, richtig? Das will ich unbedingt miterleben. Aber Niels habe ich nichts davon verraten. Soll eine Überraschung werden.«

Hui, hui, dachte Maike. Solche Überraschungen waren selten eine gute Idee.

»Am liebsten würde ich ja gleich mal bei ihm vorbeischauen, aber ich heb's mir doch lieber für morgen auf.« Sie klang unsicher, und Maike konnte nur ahnen, wie viel Überwindung es ihre Freundin kosten musste, noch einen Tag zu warten. Wahrscheinlich hoffte sie, bessere Chancen zu haben, wenn alle in Feierlaune waren.

»Aber sag mal«, fragte Gesine, offenbar plötzlich doch misstrauisch geworden. »Du musst doch immer noch ehrlich sein, oder?«

»Selbstverständlich. Ich habe ja mal gedacht, das lässt nach, ist aber nicht so.«

»Und was ist mit dir und Niels?«

»Gar nichts.« Jetzt war sie wirklich ehrlich. »Dieser eine Kuss am Deich – das war bloß ein Abstecher in die Vergangenheit.«

»Okay, also kein spätes Happy End.«

»Definitiv nicht. Weißt du, mir ist klar geworden, dass ich Robert liebe.«

»Oh«, machte Gesine. Mehr nicht. Nun war sie es, die ihren Blick auf die Kacheln richtete.

»Was soll das heißen?«

»Ähm – nichts.«

Da stimmte etwas nicht. Ein kalter Schauer rieselte

Maike über den Rücken, und ihr Herz setzte einen Schlag aus.

»Raus mit der Sprache! Was ist mit Robert?«

»Ähm …«

So wortkarg kannte sie Gesine gar nicht. Ihre Freundin war eine redegewandte Rechtsanwältin. Deshalb also war sie extra hergefahren. Es musste etwas sein, das sie nicht am Telefon sagen konnte.

»Du erzählst mir jetzt sofort, was passiert ist, oder ich fahre nachher zu Niels und verführe ihn.«

»So viel zum Thema ›da läuft nichts zwischen euch‹.«

Maike schwieg, wartete.

Gesine schaute sie an. »Na gut, ich sag's dir ja schon. Aber dreh nicht durch. Und du lässt meinen Niels zufrieden, capito?«

»Sprich!«

»Robert ignoriert seit Tagen meine Anrufe.«

»Deswegen machst du so einen Aufstand?«, wunderte sich Maike. »So gut kennt ihr euch nun auch wieder nicht, und wenn ihr voneinander gehört habt, dann ging es normalerweise um mich, oder?«

»Klar, aber warte mal ab. Seit deinem Unfall waren wir ständig in Kontakt. Als besorgte Freunde, wenn du so willst. Ich finde es seltsam, dass er plötzlich komplett abblockt. Ich glaube, er ist sauer auf mich, weil ich ihn zu dir rausgeschickt habe. Wahrscheinlich gibt er mir die Schuld daran, dass es zwischen euch endgültig aus ist.«

»Ach was«, sagte Maike nur. »So dumm ist Robert nicht.«

»Höre ich da noch Gefühle in deiner Stimme?«

»Ach was«, wiederholte Maike lahm. »Ich bin bloß seit

Tagen ein wenig ... von der Rolle.« Das war eine passende Beschreibung für einen seltsamen Geisteszustand, fand sie.

»Da ist noch etwas anderes«, setzte Gesine zögernd an.

»Was?«, fragte Maike mit bangem Herzen.

»Ich habe Robert gestern zufällig gesehen. Er kam aus dem ›Brauerhof‹, und er war nicht allein.«

»Was machst du denn am Hopfenmarkt?«

Gesine stieß einen kleinen ungeduldigen Laut aus, bevor sie weitersprach. »Du wirst es nicht glauben, aber du fehlst mir. Ich habe auch nicht so wahnsinnig viele Freunde. Und da bin ich in der Mittagspause in dieses französische Bistro gegangen, wo wir schon ein paarmal zusammen waren.«

»Wie lieb von dir.«

»Hast du mir zugehört?«

»Und habt ihr euch unterhalten? Wie geht es ihm? Hat er über mich gesprochen?«

»Maike! Ich habe gesagt, er war nicht allein.«

Verdammt! Sie hatte gehofft, sie hätte Gesine bloß falsch verstanden.

»Und – wer war bei ihm?«

»Laura König.«

Die Elbe schickte eine plötzliche Sturmflut über die Vierlande. Der Erdbeerhof wurde überspült, Maike war unter Wasser, konnte nicht mehr atmen.

»So etwas würde Laura nie tun«, presste sie endlich hervor. »Sie ist eine anständige junge Frau. Absolut zuverlässig. Sie schnappt sich nicht einfach meinen Exfreund, kaum, dass Schluss ist.« Bei sich dachte sie, wie wütend sie noch vor kurzem auf ihre Mitarbeiterin gewesen war, weil diese sie beim Hotelbesitzer verpfiffen hatte. So ganz traute sie daher ihrer eigenen Einschätzung nicht.

»Wenn du meinst …«

»Und außerdem ist sie viel zu jung. Erst Mitte dreißig. Und Robert ist einundfünfzig. Die passen doch gar nicht zusammen.«

»Na ja«, meinte Gesine gedehnt. »Ich bin noch keine vierzig, und Niels ist schon fünfzig. Ich finde nicht, dass ein Altersunterschied wichtig ist. Hätte nicht gedacht, dass du so spießig drauf bist.«

Maike steckte den Vorwurf unkommentiert weg und wartete einen Augenblick, bevor sie nachfragte: »Was genau haben die beiden gemacht? Händchen gehalten? Sich umarmt? Sich geküsst?«

Sie fürchtete sich vor der Antwort, aber sie musste es einfach wissen. Sofort.

»Nein, nein. Nichts davon. Das schwöre ich. Aber sie gingen dicht nebeneinanderher, und ich fand, sie wirkten sehr vertraut miteinander.«

Erleichterung durchflutete sie. Nach allem, was in letzter Zeit auf sie eingestürzt war, wäre das sichere Wissen um eine neue Frau an Roberts Seite zu viel für sie gewesen. Maike wusste nicht, wie viel sie ertragen konnte, aber *das* vermutlich nicht. So konnte sie sich wenigstens einbilden, die zwei hätten eine rein geschäftliche Besprechung gehabt. Nur eben nicht im Büro, sondern auf einem Spaziergang. Etwas an diesem Gedankengang hakte gewaltig, aber sie ignorierte es.

»Ich habe keine Ahnung, was ich davon halten soll«, sagte sie zu Gesine. »Die beiden kennen sich natürlich, aber sie hatten nie viel miteinander zu tun.«

»Frag ihn«, schlug die Freundin vor.

»Tolle Idee. Ich rufe ihn einfach an und sage: ›Hey, ich weiß zwar, dass es mit uns vorbei ist. Aber hast du jetzt was mit meiner Stellvertreterin und eventuellen Nachfolgerin als Managerin?‹ Robert wird denken, dass ich endgültig den Verstand verloren habe.«

»Vielleicht solltest du besser persönlich mit ihm sprechen.«

Ja, dachte Maike. Das sollte ich tun. Das muss ich tun. Einmal noch mit Robert reden und den Mut finden, um seine Liebe zu kämpfen. Oder den Mut, ihn gehen zu lassen. Für eine Frau wie sie, die sich nie hatte binden wollen, konnte dies doch nicht so schwer sein, oder?

Dann jedoch erkannte sie, dass etwas anderes derzeit wichtiger war. »Ich kann jetzt unmöglich nach Hamburg kommen. Nicht, bevor ich hier fertig bin.«

»Was?«, fragte Gesine ungläubig und richtete sich in ihren Sitzkissen auf. »Du hast dich immer noch nicht mit deinem Vater ausgesprochen?«

»Nein. Ich war noch nicht bereit.«

»Okay. Ich tue mal so, als könnte ich dir folgen. Obwohl es nicht zu dir passt. Du bist doch wie ich. Packst die Dinge an und zauderst nicht lange.«

»Mag sein. Das hier ist etwas anderes.«

»Schon klar. Also, wann willst du es machen?«

»Das weiß ich noch nicht«, gab Maike zurück, dachte jedoch plötzlich: Heute, noch heute Abend.

Die Zeit war gekommen.

Sie konnte nicht frei sein, bevor sie nicht diese Begegnung hinter sich gebracht hatte. Für ihre Beziehung mit Robert mochte es ihr nichts mehr nützen, aber für sie selbst war es lebenswichtig. So seltsam es sich anfühlte, aber Maike verstand auf einmal: Erst wenn sie in ihr Elternhaus zurückgekehrt war, würde sie fähig sein, wieder fortzugehen.

Gesine tippte ihr gegen die Schulter. »Ich hätte da eine Bitte.«

»Ja?«

»Könntest du bis übermorgen mit der großen Familienaussprache warten?«

»Warum?«

»Damit ich die Chance habe, mir auf dem Mühlenfest den schönen Wikinger zu schnappen, bevor in deinem Dorf ein Bürgerkrieg ausbricht.«

»Du spinnst ja!« Fast gegen ihren Willen musste Maike lachen.

»Kann sein«, erwiderte Gesine ruhig. »Oder ich liege genau richtig. Ich weiß nämlich immer noch nicht, was eigentlich genau zwischen deinem Vater und dir passiert ist. Also, mal davon abgesehen, dass er versucht hat, deine Mutter zu retten, und sich später mit der netten Rosa zusammengetan hat. Du hast dich da grundsätzlich sehr vage ausgedrückt. Aber egal. Bitte verhalte dich ruhig, bis das Fest vorbei ist.«

»Hm.«

»Versprochen?«

»Versprochen.« Was eine erneute Lüge war, aber das konnte Gesine ja nicht wissen.

»Super. Dann bis morgen. Sag bitte Carina tschüs von mir.« Gesine stand auf, kroch aus dem Alkoven heraus und verließ die Wohnstube. Kurz darauf hörte Maike den Motor ihres Wagens aufheulen.

Maike blieb noch eine Weile nachdenklich sitzen.

Robert und Laura König?

Sie versuchte, sich ein Bild von den beiden als Paar zu machen, aber es wollte ihr nicht gelingen. Was nichts zu bedeuten hatte, gestand sie sich ein. Die Vorstellung war zu schmerzhaft, um sie zuzulassen.

Sie würde später darüber nachdenken.

Oder morgen.

Einen Schritt nach dem anderen, sagte sie sich und wunderte sich doch, dass sie so ruhig war.

Schließlich verließ sie die Wohnstube und durchquerte die Diele in Richtung Küche. Dort fand sie auf dem Tisch eine Nachricht von Carina vor. »Bin mit Onno nach Bergedorf ins Kino gefahren«, stand darauf. »Falls du was brauchst, kannst du Betty fragen.«

Ein paar Sekunden später hörte Maike auf dem Hof lautes Schimpfen und lief schnell nach draußen.

»Bradley, du dummes, dummes Vieh! Lass sofort den Björn los!« Das war Betty.

Maike fühlte sich an den vergangenen Sonntag erinnert, an dem Gesine auf der Suche nach ihr nach Südwerder gekommen war. Die Szene, die sie jetzt sah, war ganz ähnlich. Nur dass Gesines roter Sportflitzer erst vor ein paar Minuten davongefahren war und nun ein schwarzes Mofa an derselben Stelle stand. Und statt ihrer Louis-Vuitton-Handtasche der Kinnriemen eines Helmes angeknabbert wurde. Der Junge, der den Helm lässig unter dem Arm trug, hatte außerdem keine Angst wie Gesine, sondern feixte nur.

Woraufhin Betty förmlich dahinschmolz.

»Sorry, Björn. Ist nicht unser Pony.«

»No problem.«

»Ich werde ihn zurückbringen.«

»Lass mal«, sagte Maike, einer Eingebung folgend. »Das übernehme ich.«

Betty strahlte sie an. »Echt?«

Sie hatte Maike in den vergangenen Tagen ungefähr eine Million Mal von dem megacoolen Björn vorgeschwärmt. Wie sie ihre erste große Liebe mit ihren Londonplänen in Einklang bringen würde, wusste sie noch nicht, aber bis dahin war ja noch irre viel Zeit.

»Klar. Ein kleiner Ausflug wird mir guttun«, fügte Maike hinzu.

Oh Gott, dachte sie. Ich klinge wie eine alte Schachtel. Zum Glück hatte sie nicht noch hinzugefügt: »Ich war auch mal sechzehn.«

»Aber geh über die Hauptstraße«, sagte Betty noch, bevor sie mit ihrem Schwarm im Haus verschwand. »Übers Feld oder im Obstgarten bricht man sich in der Dunkelheit den Hals, sagt Papa immer.«

»Alles klar.«

Maike zog am Halfter, und Bradley trottete mit. Sie dachte nicht darüber nach, was sie sagen würde, wenn sie vor ihrem Vater stand. Sie setzte einen Fuß vor den anderen, betrat die Hauptstraße, sah schräg gegenüber die Lichter der Kneipe »Bei Theo«.

Ein paar Männer standen vor dem Eingang und hielten Bierflaschen in den Händen. Da war das Pony nicht mehr zu halten. Es zerrte Maike quer über die Straße mit sich und stupste einen der Biertrinker so lange in den ansehnlichen Bauch, bis dieser unter allgemeinem Gelächter seine Flasche hochhielt und es trinken ließ. Bradley wirkte glücklich, und Maike ließ es geschehen. Sie kannte keinen der Männer, zumindest erinnerte sie sich an keinen von früher. Niels war jedenfalls nicht darunter.

»Immer der Nase nach«, rief einer und gab Bradley einen kleinen Schlag auf die Kruppe.

Daraufhin zog das Pony Maike wieder mit sich, überquerte erneut die Straße und trippelte auf den Matthiesen-Hof zu. Sie hätte schwören können, dass Bradley torkelte, und fragte sich, was eigentlich geschehen würde, wenn sie in eine Polizeikontrolle gerieten. Gab es einen Paragraphen für besoffene Ponys? Maike kicherte vor sich hin.

Dann erreichten sie ihr Ziel. Bradley machte sich los und trottete über den Hof. Die Haustür wurde geöffnet, und ein alter Mann trat heraus.

»Du Frechdachs! Was hast du diesmal wieder angerichtet?«

Dann hob er den Blick. Hinrich Matthiesen sah zum ersten Mal seit dreißig Jahren sein einziges Kind wieder.

19. Kapitel

Südwerder, Vierlande, 1987

Natürlich war es idiotisch, was sie taten, aber sie waren jung und leichtsinnig. Selbstverständlich sollte niemand dabei zu Schaden kommen. Und ja, es war Alkohol im Spiel, ziemlich viel Alkohol sogar.

Angefangen hatte alles ganz harmlos. Die Abiturfeier am Hansa-Gymnasium in Bergedorf war eine ziemlich steife Veranstaltung gewesen.

Maike, Carina und Berit, die Lütte, hatten alle drei ihr Abi bestanden und langweilten sich am Nachmittag ein paar Stunden lang zusammen mit den anderen Schülern in der neuen Turnhalle, während Lehrer ihre Reden hielten und an ein paar zusammengeschobenen Tischen Softdrinks ausgeschenkt wurden.

Hie und da beobachtete Maike, wie jemand aus einer Wodkaflasche einen Schuss in seinen Becher gab, aber sie selbst bekam von niemandem etwas angeboten.

Okay, dachte sie resigniert. Ich bin nun mal die langweilige Streberin.

Da sie sich nicht viel aus Alkohol machte, war es ihr egal. Berit erging es genauso wie ihr. Die Lütte sah immer noch aus wie höchstens zwölf. Zumal sie ihre paar wenigen weiblichen Formen unter einem viel zu großen schlabberigen Pulli verbarg. Keiner wäre auf die Idee gekommen, ihr einen Schuss Hochprozentiges in die Limo zu gießen. Es wollte auch keiner der Jungs mit ihr rummachen.

Mit Maike auch nicht. Das fand sie schon schlimmer. Und sie verstand es nicht. Sie sah richtig gut aus, trug knallenge Jeans und eine weit offene schwarze Bluse.

»Du schüchterst die Typen ein«, sagte Carina, die ihren finsteren Blick richtig deutete. »Weil du nämlich klug und schön bist.«

»Nee, die halten mich für fett.« Ihre Jeans kniff heftig in der Bauchgegend.

»Das bildest du dir bloß ein. Du bist einfach perfekt. Da traut sich keiner ran.«

Carinas Stimme klang leicht verwaschen. Sie bekam Alkohol *und* Küsse, und ihre feuerroten Haare standen wie elektrisiert in alle Richtungen ab. Aber sie schob die Jungs schnell weg, denn inzwischen liebte sie schon Onno Asmussen. Deswegen drängte sie auch zum Aufbruch. Ihr Freund wartete in Südwerder auf sie, und dann wollten sie alle noch feiern, wie es sich gehörte. Maike und Berit verließen bereitwillig die langweilige Fete.

Im Bus nach Hause wurde Carina wieder etwas nüchterner, Maike hingegen nahm sich vor, später richtig zuzuschlagen. So wie sie Onno kannte, kam der nicht mit leeren Händen zur Feier. Zur Not hatte sie ihr eigenes Geheimversteck. Heute würde sie eine Ausnahme machen und sich einen Schwips antrinken. Dieser Tag war schließlich der Beginn ihres neuen Lebens in Freiheit. Das musste begossen werden.

Am Bootsanleger wartete bereits die Clique auf sie. Maike, Carina und Berit konnten die anderen schon hören, bevor sie über den Deich krabbelten. Der war eigentlich nicht so steil, als dass sie nicht auf zwei Beinen hätten hochgehen können. Aber auf allen vieren war es sicherer, fanden sie laut kichernd. Auf der anderen Seite rutschten sie auf dem Hosenboden hinunter und scherten sich nicht um ihre schicken Klamotten.

Alle Freunde saßen oder lagen auf dem Deich. Ihre Füße waren zum Teil nur einen halben Meter vom leise schwappenden Wasser entfernt.

Die drei Mädchen wurden mit Hallo begrüßt, und sofort machte eine Flasche Jägermeister die Runde. Maike mochte den bitteren Geschmack nicht besonders, aber sie nahm einen großen Schluck. Dann noch einen, und noch einen. Vielleicht wurde sie ja jetzt lustiger, und vielleicht wurde ihr auch warm. Für einen Juniabend war es verdammt kalt hier an der Elbe.

»Hoho!«, rief Niels. »Da will aber jemand die Schulzeit wegspülen.«

Sie grinste ihm zu. Ganz kurz flammte ihre Verliebtheit wieder auf, dann erinnerte sie sich daran, dass sie seit einem Jahr daran arbeitete, ihn sich aus dem Kopf zu schlagen. Also trank sie gleich noch mal.

Anfangs drehte sich die Unterhaltung in der Clique noch einigermaßen nüchtern um Zukunftspläne. Berit wollte in Göttingen Germanistik und Geographie auf Lehramt studieren. Sie wurde von den anderen kräftig auf den Arm genommen, denn keiner konnte sich vorstellen, wie sich die Lütte gegen eine Klasse voller Halbstarker durchsetzen sollte.

Carina würde im September eine Banklehre in Bergedorf beginnen. Von der großen, weiten Welt war bei ihr schon lange keine Rede mehr, und ihre leuchtenden Augen verrieten, was sie sich am meisten wünschte: mit ihrem Onno für immer zusammen zu sein.

Maike behauptete, sie wisse noch nicht genau, was sie tun wollte. In Wahrheit wartete sie täglich auf die Zulassung für den Studiengang Hotelmanagement in Hamburg. Sie träumte davon, später einmal in berühmten Häusern auf der ganzen Welt zu arbeiten. Noch hatte sie niemandem von ihren konkreten Plänen erzählt. Nicht einmal Carina. Seit ihre beste Freundin mit Onno zusammen war, hatte Maike sie im Verdacht, dass sie ihm alles erzählte. Und vorerst war es sicherer, wenn ihre Pläne im Dorf nicht die Runde machten.

Sie fürchtete sich ein wenig vor dem, was ihr Vater sagen würde. In letzter Zeit redete Hinrich Matthiesen oft davon, sich in nicht allzu ferner Zukunft zur Ruhe zu setzen. Was er von seiner einzigen Tochter erwartete, war klar: ein Studium der Agrarwissenschaft und später die Übernahme des inzwischen so groß gewordenen Hofes. Seit Rosa und er die Ländereien zusammengelegt hatten, gab es mehr Arbeit als je zuvor.

Oder auch kein Studium. Er würde Maike schon alles Nötige beibringen.

Noch fehlte ihr der Mut, ihm zu sagen, dass sie nicht bleiben würde. Und oft wunderte sie sich über seine Dickfelligkeit. Entging ihm denn völlig, wie sehr sie ihn verachtete?

Merkte er nicht, wie groß ihr Hass auf Rosa war, die sich seit zwei Jahren als Hausherrin aufspielte?

Na gut, korrigierte sie sich im Stillen. *Aufspielen* war nicht das richtige Wort. Es war nicht Rosas Art, sich selbst in den Vordergrund zu stellen. Aber dass sie die Hausherrin auf dem Hof war, blieb niemandem verborgen.

Mochte ja sein, dass sich eine Art Alltag bei ihnen eingespielt hatte, doch wie konnte er nur eine Sekunde lang glauben, sie hätte ihre geliebte Mutter vergessen und könnte einfach akzeptieren, dass er sich so schnell nach Christines Tod eine andere Frau genommen hatte?

Hinrich Matthiesen ging davon aus, dass seine Tochter demnächst zur Vernunft kommen würde.

So hatte er sich Rosa gegenüber ausgedrückt. Maike hatte das Gespräch zufällig belauscht, vor ein paar Wochen war das gewesen. Sie war eine Stunde früher aus der Schule heimgekehrt und hatte gehört, wie ihr Vater in der Küche etwas in der Richtung sagte.

»Wenn du dich da nur nicht täuschst«, hatte Rosa leise geantwortet.

»Was soll das heißen? Weißt du etwas, was ich nicht weiß?«

»Nein, Hinrich. Sie zieht mich nicht ins Vertrauen. Das sollte dir bekannt sein.«

»Sie ist ein unreifes Ding«, hatte er lapidar erwidert, um dann zu wiederholen: »Aber sie wird zur Vernunft kommen.«

Maike hatte sich schnell davongeschlichen.

Jetzt schaute sie in die Augen ihrer Freunde und sah, dass keiner ihr glaubte.

»Von wegen, du weißt noch nicht, was du machen willst!«, tönte Niels. »Wahrscheinlich hast du schon einen generalstabsmäßigen Plan in der Schublade.«

Er verhedderte sich ein paarmal bei dem komplizierten Wort, aber so ganz klar konnte niemand mehr sprechen, deshalb fiel es nicht weiter auf. Alle nickten einmütig.

Beim Anblick der vielen wackelnden Köpfe wurde Maike ein wenig schwummerig. Sie schaute fest auf den Holzsteg. Der gab ihren Augen stabilen Halt, obwohl er aussah, als wollte er demnächst zusammenbrechen.

Sie wunderte sich auch darüber, dass Niels sie überhaupt wahrnahm und sich für ihre Zukunftspläne interessierte. Hatte vielleicht die Beziehung seines Bruders mit Carina etwas damit zu tun?

Hatte er sie einfach so oft von Maike reden hören, dass er sie nun mit neuen Augen sah?

Es war nicht mehr hell genug, um zu erkennen, was er dachte oder fühlte, aber sie fürchtete sich davor, er könne ausgerechnet heute beschließen, mit ihr etwas anzufangen. Das würde alles zunichtemachen, wovon sie träumte. Denn sie ahnte, sie würde ihm nicht widerstehen können.

»Ist noch was in der Flasche?«, fragte sie laut. Sehr laut sogar.

Alle zuckten zusammen, und auf der Elbe tutete ein Lastkahn, als hätte der Kapitän sie auch gehört.

Peinlich, peinlich.

»Der Jägermeister ist alle«, sagte Onno mit größtem Bedauern in der Stimme. »Sorry, Leute, aber ich dachte, die Mädels trinken nur ein Schlückchen wie sonst auch.«

Niels sprang auf, wankte ein wenig, fand jedoch festen Halt am Holzsteg, der bedenklich knarrte. »Man gut, dass ich vorgesorgt habe.« Dann setzte er sich lieber wieder hin, rollte sich auf den Bauch und griff ins Wasser.

Das sah ein bisschen lächerlich aus, aber Maike fand

es gut, dass er so vorsichtig war. Natürlich waren sie alle gute Schwimmer, aber wer in betrunkenem Zustand ins Wasser fiel, hatte schlechte Karten. Zumal die Elbe über eine starke Strömung verfügte.

Niels zog an einem Seil, das offenbar an einem der Pfähle festgemacht war, und zauberte fünf Flaschen Sekt, eine nach der anderen, zutage. Alle klatschten, obwohl jeder sehen konnte, dass es sich um die billigste Marke aus dem Supermarkt handelte. Egal. Die Korken knallten, die jungen Leute ließen die Flaschen kreisen.

Längst interessierte sich niemand mehr für Zukunftspläne. Die seltsame alkoholische Mischung ließ sie alle ein bisschen durchdrehen. Die einen mehr, die anderen weniger.

Berit saß ganz ruhig neben der Holztreppe und nippte nur vorsichtig am Sekt. Carina hingegen lachte ständig schrill auf und ließ sich von Onno aufs Ohr küssen.

Niels steckte seine großen Hände unter das T-Shirt eines Mädchens, zwei andere Pärchen fanden sich ein Stück von der Gruppe entfernt.

Nein!, dachte Maike. Nicht heute! An diesem Abend wollte sie nicht mit Berit übrig bleiben, während alle anderen sich vergnügten. Das war einfach nicht fair.

Sie brauchte eine Idee, aber schnell!

Nur die Brüder Asmussen interessierten sich noch für das, was um sie herum vor sich ging.

Das merkte Maike daran, wie beide immer mal wieder einander zuzwinkerten. Für Onno war fummeln und knutschen mit seiner Freundin nichts Neues, während Niels von seinem Mädchen nicht so recht überzeugt zu sein schien.

Also hoben auch beide sofort die Köpfe, als Maike sagte: »Der Holzsteg kracht bestimmt zusammen, wenn einer darübergeht.«

»Nie im Leben«, sagte Niels prompt. »Das Ding haben unsere Urgroßeltern gezimmert. Das hält ewig.«

»Wetten nicht?«

»Wetten doch?«

Niels' Augen funkelten in der zunehmenden Dämmerung. »Was kriege ich dafür, wenn ich drüberlaufe?«

Maike schauderte innerlich. Sollte sie ihm einen Kuss anbieten? Aber was, wenn er den Preis ablehnte? Sie würde sich zu Tode schämen!

»Ich weiß, wo wir noch was zu trinken finden«, sagte sie. Auch der Sekt war inzwischen alle.

»So, wo denn?«

»Das verrate ich dir, wenn du es geschafft hast.«

Tatsächlich hatte sie vor ein paar Tagen zu Hause zwei Flaschen Apfelkorn mitgehen lassen, sie dann am Fuß des Deiches eingebuddelt und die Stelle mit einigen Steinen beschwert. Keine zehn Meter vom Bootsanleger entfernt. Maike glaubte, Rosa wisse von dem Diebstahl, aber gesagt hatte sie nichts. Ob sie hoffte, sich damit bei ihr einzuschmeicheln, wusste sie nicht. Die ältere Frau hätte inzwischen wissen müssen, dass sie die Freundschaft ihres einstigen Schützlings nie zurückgewinnen konnte.

»Du redest Stuss«, behauptete Niels.

Maike lachte ihn aus. »Denkst du, du bist der Einzige, der vorsorgen kann?«

Als Niels nicht sofort antwortete, kam ihr der Gedanke, er könnte Angst haben. Er war der Größte und Schwerste von allen. Er wog sogar locker zehn Kilo mehr als sein Bruder. Wenn einer da einkrachte, dann er.

Bevor ihr klar werden konnte, was sie da angerichtet hatte, rief er schon: »Wollen wir doch mal sehen!«

Eine Sekunde lang hatte sie ein Schreckensbild vor Augen. Sie sah Niels einbrechen, und Holzsplitter bohrten sich in seinen Körper.

Tu es nicht!, wollte sie rufen. Aber da war er schon unterwegs und lief auf dem Rasen nach oben. Auf einmal legte sich höchste Anspannung über die Gruppe. Niemand sagte ein Wort, alle blickten auf Niels, der in einem Moment oben auf der Deichkrone stand, im nächsten schon auf der anderen Seite hinunterstampfte.

Dann war ein Knacken und Knirschen zu hören, das Maike heftig zusammenfahren ließ.

Oh Gott!, dachte sie nur hilflos.

Jakob Bader junior, den alle einfach Jack nannten, um ihn von seinem Vater zu unterscheiden, krabbelte ebenfalls den Deich hinauf und blickte auf die andere Seite. Er war erst fünfzehn und gehörte eigentlich nicht zur Clique. Doch er schlich sich immer wieder ein, und die anderen hatten ihn mittlerweile stillschweigend akzeptiert. Jetzt erstattete er lautstark Bericht.

»Niels ist auf der Treppe, drei Stufen hat er schon. Die vierte ist nicht mehr da, und die fünfte sieht durchgefault aus. Er macht einen irre langen Schritt, um auf die sechste zu kommen. Oh Mann!«

Erneut hörte Maike es knirschen und knacken.

Aber Jack schrie nicht auf, Jack rief jetzt: »Er hat es auf den Steg geschafft. Seht ihr?«

Ja, auch Maike erblickte ihn. Groß, beinahe riesig gegen den Abendhimmel, und als würde er über der Deichkrone schweben. Wenn die lauten Anfeuerungsrufe nicht gewesen wären, hätte er geradezu überirdisch gewirkt.

Mit langen Schritten bewältigte er unsolide Bretter, erreichte die zweite Treppe, machte zwei, drei Sätze abwärts und sprang von der letzten Stufe zurück auf den Deich. Dazu musste er einen mächtigen Satz von fast zwei Metern machen. Sonst wäre er ins Wasser gefallen, genau dort, wo früher die Boote vertäut waren, um Ladung aufzunehmen.

Die Gruppe brach in Jubel aus, ein paar applaudierten sogar. Niels verbeugte sich übermütig. Dabei wäre er fast umgekippt und doch noch im Fluss gelandet. Nur indem er heftig mit den Armen ruderte, fand er sein Gleichgewicht wieder.

Als etwas Ruhe eingekehrt war, baute er sich vor Maike auf. »Na, wo ist der Sprit? Und wehe, du hast mich angelogen.«

Sie konnte nichts erwidern. Die Erleichterung darüber, dass ihm nichts passiert war, hatte ihr die Sprache verschlagen. Mit dem Arm deutete sie nur auf eine Stelle, drei Meter rechts von ihnen. »Da, unter dem Steinhaufen.«

Aber bevor Niels sich noch seine Belohnung abholen konnte, hörten sie, wie Jack erschrocken rief: »Hey, Onno, spinnst du?«

Maike sah, wie Niels blass wurde, sah, wie auch Onno hinter der Deichkrone verschwand, und musste plötzlich nach Luft japsen, weil Carina ihr einen Schlag in die Seite verpasst hatte.

»Aua«, ächzte sie, als sie wieder atmen konnte.

Ihre beste Freundin war noch nie handgreiflich geworden, aber jetzt machte sie ein Gesicht, als würde sie Maike am liebsten unter Wasser tauchen.

»Wenn meinem Onno was passiert, ist das deine Schuld«, zischte sie. »Du bist auf diese bescheuerte Idee gekommen.«

»Aber ich habe doch nur mit Niels gewettet«, gab Maike zurück.

»Blöde Kuh! Onno ist zwei Jahre älter. Glaubst du, er lässt es zu, dass sein kleiner Bruder irgendwas schafft, was er nicht kann?«

»Dann ist er blöd, nicht ich.«

Sie wich zur Seite, als sie wieder eine erhobene Faust vor sich sah.

Aber da wurde Carina von den ächzenden Geräuschen des morschen Holzes abgelenkt, und in ihr Gesicht trat ein Ausdruck von Panik.

»Bittebittebitte«, flehte sie. »Bitte mach, dass ihm nichts passiert.«

Maike fragte sich, ob ihre Freundin etwa betete. Keine von ihnen war sonderlich religiös. In dieser Sekunde erkannte sie, dass Carina ihren Onno aus tiefstem Herzen liebte. Fast beneidete sie die Freundin um ein so intensives Gefühl. Dann erinnerte sie sich schnell daran, dass sie Carina in Wahrheit bemitleidete. Die große, weite Welt würde ihr versperrt bleiben, während sie, Maike, gehen konnte, wohin sie wollte.

Auch Onno erreichte unbeschadet den Fuß der zweiten Treppe und sprang mit Leichtigkeit an Land. Allerdings ließ er sich nicht feiern wie sein Bruder, sondern tat, als sei der Parcours eine Kleinigkeit gewesen.

Inzwischen hatte Niels die beiden Flaschen Apfelkorn gefunden und ließ sie kreisen.

Niemand sonst kam auf den Gedanken, selbst den gefährlichen Weg zu gehen. Was die Brüder Asmussen geschafft hatten, musste man wirklich nicht nachmachen.

Niemand bemerkte, dass die Lütte fehlte. Sie wurde ja sowieso meistens übersehen.

Weder Maike noch Carina, noch sonst jemand in der Clique ahnte, dass Berit es satthatte, unsichtbar zu sein. Sie hatte ihr Abitur bestanden und wurde immer noch für ein Kind gehalten.

Dass sie auf die Idee gekommen war, sich ausgerechnet dieser Mutprobe zu stellen, konnte sich später keiner der Freunde erklären. Sie war doch ein kluges Köpfchen. Wieso ging sie ein solches Risiko ein, nur um mal wahrgenommen zu werden?

Maike dachte bei sich, Berit habe sich gute Chancen ausgerechnet. Eben weil sie so klein und leicht war.

Doch sie hatte nicht bis zu Ende gedacht. Sie hatte sich nicht gemerkt, dass die Asmussen-Brüder einen gewaltigen Satz hatten schaffen müssen, um von der letzten Treppenstufe wieder an Land zu gelangen.

Für sie war die Entfernung viel zu groß.

»Oh Scheiße!«, rief jemand.

Da hatte Berit bereits die erste Treppe, den Holzsteg und die zweite Treppe überwunden, ohne dass jemand es bemerkt hätte. So leicht war sie, dass nicht einmal das alte Holz geknackt hatte.

Aber nun stand sie auf der untersten Stufe und konnte nicht weiter.

Onno und Niels waren als Erste auf den Beinen und stürzten zu ihr.

Maike ahnte, sie würden sich nasse Hosen holen, um Berit da runterzubekommen. Die Elbe war hier am Ufer nicht tief, aber für eine so kleine Person konnte ein Sturz ins Wasser trotzdem gefährlich sein.

Zum Entsetzen aller wartete Berit ihre Rettung nicht ab. Dies war ihr großer Augenblick. Sie besaß die ungeteilte Aufmerksamkeit der Clique.

Sie sprang, landete mit den Beinen im Wasser, verlor das Gleichgewicht und wurde so schnell von der Strömung fortgerissen, dass Maike eine Sekunde lang glaubte, sie habe das alles nur geträumt.

Aber die Schreie und die Flüche der anderen sagten ihr, dass es wirklich passiert war.

Und es war ihre Schuld.

20. Kapitel

Südwerder, Vierlande, 1987

Dass die Lütte überlebte, hatte sie dem mehr als achtzig Jahre zurückliegenden Unglück eines Ewerführers zu verdanken.

Ewer hießen früher die kleinen Frachtsegler mit einem oder auch zwei Masten. Auf ihnen wurden die Waren aus den Vierlanden auf die Hamburger Großmärkte geschafft. Der unglückliche Ewerführer damals hatte zu viel Fracht geladen, und als ein Sturm aufkam, gerieten erst die unzähligen Körbe mit Obst und Gemüse ins Rutschen, dann kippte der ganze Kahn und versank, kaum, dass er die Anlegestelle verlassen hatte.

Die flachbodigen Boote galten als unsinkbar, doch die Wellen auf der Elbe waren an jenem Tag hoch gewesen, sämtliche Naturgesetze hatten sich gegen den Ewer und seinen Führer verbündet. Der Mann, der wie die meisten Menschen seiner Zeit nicht schwimmen konnte, war jämmerlich ertrunken.

In Südwerder wusste man, dass keine zehn Meter vom Ufer entfernt der alte Kahn auf Grund lag, aber niemand war je auf die Idee gekommen, ihn zu bergen.

Bei Niedrigwasser ragte manchmal der höhere Mast aus der Elbe, und die Kinder bekamen einige Schauergeschichten zu hören über den unruhigen Geist des Ewerführers.

Dieser alte Mast war nun Berits Rettung.

Ihr großer Schlabberpulli verfing sich darin und hielt sie genau so lange an Ort und Stelle, bis Onno und Niels sie erreicht hatten.

Beide Brüder waren ohne zu zögern hinterhergesprungen, doch ohne die paar Sekunden, bevor der alte Mast unter der ungewöhnlichen Zugkraft brach, hätten sie es nicht geschafft.

Alle drei wurden stromabwärts getrieben.

Während Maike und die anderen Freunde auf dem Deich mitliefen, waren Onno und Niels klug genug, nicht direkt gegen die Strömung anzukämpfen, sondern mit der Lütten in ihrer Mitte diagonal zum Ufer zu schwimmen.

Als sie endlich das rettende Land erreichten, war bereits die Feuerwehr zur Stelle. Jemand aus der Clique war in ein nahes Bauernhaus gelaufen und hatte Alarm geschlagen.

Auch der alte Doktor Kruse, der längst in Rente war, kam hinzugeeilt. Er wohnte ganz in der Nähe und hatte die Sirene gehört.

Berit war unterkühlt und zitterte am ganzen Leib, aber ihr war nichts passiert. Doktor Kruse ließ sie dennoch ins Krankenhaus nach Bergedorf fahren. Onno und Niels waren zwar bis auf die Knochen durchnässt, aber als kräftige Vierländer Jungs würde ihnen eine heiße Dusche reichen, um wieder in Ordnung zu kommen.

Zunächst jedoch fingen sie sich von ihrem Vater, dem Feuerwehrhauptmann, je eine schallende Ohrfeige ein. Erst dann fragte Olaf Asmussen, was passiert sei.

Maike hielt den Atem an.

Niels sprach von einem dummen Unglück, und sie dachte schon, sie käme glimpflich davon. Aber Onno saß der Schock noch im Nacken, und er reagierte mit einem Wutausbruch. Das sei alles die Schuld von Maike und Niels, behauptete er. Die hätten eine blöde Wette am Laufen gehabt.

Als er seinem Vater schildern musste, worum es gegangen sei und was genau Berit getan habe, drehte sich Olaf Asmussen langsam zu Maike um und blickte sie lange und nachdenklich an.

Sie wand sich unter diesem Blick, wünschte, er würde sie auch ausschimpfen. Sogar eine Ohrfeige würde sie klaglos einstecken. Aber dies hier war viel schlimmer. Olaf Asmussen hatte sie immer gemocht, das wusste sie. Das war so weit gegangen, dass sie früher davon geträumt hatte, ihn als Schwiegervater zu bekommen. Doch nun las sie unendliche Enttäuschung in seinen Augen. Er hatte große Stücke auf sie gehalten, weil sie so klug war und so ehrgeizig, aber das war nun vorbei. Eine einzige unüberlegte Tat, und sie hatte den Respekt eines Mannes verloren, den sie bewunderte.

Hilfesuchend sah sich Maike nach ihren Freunden um. Bis auf Carina, die sich dicht bei Onno hielt, waren alle schlagartig verschwunden.

Olaf Asmussen befahl ihr, auf direktem Weg nach Hause zu gehen. Sie wandte sich wortlos um und lief los. Nur kurz schaute sie noch einmal zurück, und sie bemerkte, wie der Feuerwehrhauptmann seinen Söhnen auf die Schultern klopfte.

Klar, dachte sie bitter. Am Ende waren Onno und Niels die Helden. Sie hatten Berit gerettet. Nur sie selbst blieb die dumme Maike, die für das Unglück verantwortlich war.

Je näher sie dem Hof kam, desto mehr fürchtete sie sich. Bestimmt wusste ihr Vater schon Bescheid. In Südwerder passierte nur selten etwas Aufregendes, und dann liefen sofort die Telefondrähte heiß.

Zwei-, dreihundert Meter weiter redete sie sich ein, so schlimm könne es schon nicht werden, und ihre Gedanken wanderten zu Berit. Hoffentlich war der Lütten wirklich nichts passiert. Auf einmal stellte sie sich vor, dass im Krankenhaus doch noch irgendetwas Schlimmes festgestellt würde. Ein Schädelbruch, oder eine Lungenentzündung.

Sie schauderte, und ihr war schlecht. Der ungewohnte Alkohol und der Riesenschreck machten sich bemerkbar. Unwillkürlich überlegte sie, ob sie sich nicht einfach im Kuhstall verkriechen konnte.

Ihr Vater und Rosa hatten die Milchviehwirtschaft inzwischen aufgegeben. Der Rundsilo war abgerissen worden. Niemand hatte mehr seinen Anblick ertragen. Aber der Stall war noch da, und in einer der Ecken fand sich bestimmt noch etwas altes Stroh.

Dann jedoch beschloss sie, sich doch lieber gleich dem Vater zu stellen. Bestimmt würde sie kein Auge zutun, wenn ihr das Donnerwetter erst noch bevorstand.

Wieder dachte sie an Berit, und auf einmal wurde sie selbst wütend. Warum musste die Lütte auch auf eine so bescheuerte Idee kommen? Es den großen Jungs nachmachen! Pah!

Wieso sollte das eigentlich ihre Schuld sein?

Maike näherte sich dem Hoftor und war inzwischen von selbstgerechtem Zorn erfüllt.

Rosas Hund John kam über den Kies angerannt und kläffte los. Sie mochte das hässliche Tier nicht. Vielleicht, weil es Rosa gehörte, vielleicht, weil es immer so viel bellen musste. John sprang auf und ab, kläffte noch lauter und drehte beinahe durch.

»Aus!«, schrie Maike.

Der Hund wurde nur noch wilder. Er schnappte nach ihrer Ferse, und sie war drauf und dran, ihm einen Fußtritt zu verpassen. In letzter Sekunde hielt sie sich zurück. Nicht dem Hund oder Rosa zuliebe, sondern weil sie nicht noch mehr väterlichen Zorn auf sich ziehen wollte.

Als die Haustür geöffnet wurde und Hinrich Matthiesens massige Gestalt erschien, wurde ihr mulmig zumute.

Zum ersten Mal seit zwei Jahren dachte sie, es sei ein Fehler gewesen, sich so radikal von Rosa abzuwenden. In diesem Moment hätte sie eine Freundin gebraucht, die beruhigend auf den großen, wütenden Mann einwirkte.

Doch Rosa war nirgends zu sehen.

Je näher Maike kam, desto langsamer wurden ihre Schritte. Schließlich blieb sie stehen. Ihr Vater ragte vor ihr im Gegenlicht auf, und sie konnte seinen Gesichtsausdruck nicht erkennen. Aber sie bemerkte seine hochgezogenen Schultern, sah, wie er die Fäuste ballte.

Abgesehen von Johns Kläffen herrschte Stille.

Endlich erschien Rosa. Sie kam ums Haus herum und hielt etwas in der Hand, das nach Petersilie aussah. Demnach war sie auf ihrem früheren Hof gewesen. Sie betrieb dort noch ihren kleinen Kräuter- und Gemüsegarten.

Maike stieß einen erleichterten Seufzer aus. Rosa würde schon Frieden stiften.

»Was ist denn hier los?«, fragte sie denn auch prompt. »Warum steht ihr hier draußen rum? John, aus!«

Sofort gehorchte der hässliche Hund und gesellte sich zu seinem Frauchen.

Hinrich schwieg, und Maike traute sich nicht, eine Antwort zu geben. So standen sie noch ein, zwei Minuten da, Rosa mit ihrem Strauß Petersilie in der Hand, Maike mit herabhängenden Armen, Hinrich mit geballten Fäusten.

Dann öffnete Hinrich den Mund und sagte zu seiner Tochter: »Verschwinde.«

Sie prallte zurück, als hätte er sie geschlagen.

Wie aus weiter Ferne hörte sie Rosas Stimme: »Hinrich, um Gottes willen, was hat das zu bedeuten?«

Ihr Vater deutete auf Maike, und ihr fiel auf, dass er sie nicht mit Namen ansprach: »Du hast das Leben eines Mädchens in Gefahr gebracht, weil du die beiden Asmussen-Jungs zu einer Mutprobe angestachelt hast.«

»So war das nicht!« Sie hörte selbst den hysterischen Unterton in ihrer Stimme, aber sie konnte nichts dagegen tun. »Niels und ich haben nur ein bisschen Spaß gemacht. Ich habe doch keinen gezwungen, über den blöden Steg zu laufen.«

Rosa stieß einen kleinen Schrei aus und schlug die Hände vor den Mund. Die frische Petersilie rieselte zu Boden und wurde von John beschnüffelt.

»Was ist passiert?«

Hinrich wandte sich ihr zu. »Die Tochter der Behrendts

wäre fast gestorben. Weil die da«, er deutete in Richtung Maike, »ihre Freunde zu einem Wettrennen über den baufälligen Bootsanleger angestachelt hat.«

»Das stimmt nicht!«, schrie Maike, ihr Vater jedoch schien sie gar nicht zu hören.

»Aber«, wandte Rosa vorsichtig ein, »das sind doch keine kleinen Kinder. Sie hätten nein sagen können.«

Genau, dachte Maike. Genau! Was kann ich denn dafür, wenn die einfach losgegangen sind?

Doch Hinrich war auch taub für Rosas Argumente.

»Meine Tochter trägt die Verantwortung. Wäre sie nicht gewesen, wäre das arme Mädchen nicht um ein Haar ertrunken.«

»Sei nicht so hart«, bat Rosa. »Maike hat bestimmt nicht gewollt, dass so etwas geschieht. Ist es nicht so?«

»Niemals!«, rief sie schluchzend, während sie heftig nickte. »Das wollte ich ganz bestimmt nicht!«

»Und wahrscheinlich«, fügte Rosa hinzu, »war auch Alkohol im Spiel. Schließlich habt ihr heute euer Abitur gefeiert.«

Wieder nickte Maike, dankbar, weil Rosa ihre Partei ergriff, beschämt, weil sie die ältere Frau zwei Jahre lang so schlecht behandelt hatte. Zum ersten Mal kam ihr der Gedanke, dass sie Rosa womöglich unrecht getan hatte. Vielleicht stand sie unter Schock, vielleicht sah sie deshalb die Dinge plötzlich so klar, wie eine unbeteiligte Beobachterin. Wie dem auch war: Maike schämte sich, weil sie sich trotzig in ihr Schweigen gehüllt und jeden Versuch Rosas, sich ihr wieder anzunähern, eiskalt abgeblockt hatte.

Ängstlich beobachtete sie, wie ihr Vater sich jetzt dicht

vor Rosa stellte. »Verstehst du denn nicht, was das für mich bedeutet?«

Rosa blickte ihn stumm an, offenbar ratlos.

Langsam wagte sich Maike zwei Schritte näher heran. Wenn die beiden miteinander sprachen, dann war das Schlimmste vorbei, glaubte sie.

Noch nie in ihrem Leben hatte sie sich so gewaltig getäuscht.

»Die Leute fangen gerade an zu vergessen«, begann Hinrich.

Maike erstarrte. Er sprach von ihrer Mutter. Was, um Himmels willen, hatte das eine mit dem anderen zu tun?

»Endlich ist Gras über die Sache gewachsen«, fuhr er fort. »Und ich werde nicht mehr auf Schritt und Tritt schräg oder mitleidig angesehen.«

Rosa schwieg.

Maike wartete darauf, dass sie Hinrich widersprach, ihm erklärte, dass das Beinahe-Unglück dieses Abends und der Tod von Christine Matthiesen zwei vollkommen verschiedene Dinge waren. Sie würde Partei für seine Tochter ergreifen, und Maike würde in Zukunft freundlicher zu ihr sein. Viel, viel freundlicher.

Rosa schwieg. Maikes Herz gefror.

»Und jetzt«, sagte Hinrich mit gefährlich leiser Stimme, »ausgerechnet jetzt sorgt die da für einen neuen Skandal.« Sein Arm zeigte anklagend in ihre Richtung. »Die Leute werden sagen, sie ist genauso plemplem wie ihre Mutter.«

Zusätzlich zu diesem furchtbar kalten Gefühl hatte sie den Eindruck, als schrumpfe sie zusammen, werde klein und kleiner, bis sie gar nicht mehr zu sehen war.

Bitte, Rosa, flehte sie im Stillen. Sag ihm, er irrt sich. Sag ihm, ich bin unschuldig.

Rosa schwieg.

Maike räusperte sich. Auf einmal brach der hilflose Hass aus ihr heraus. »Du bist so gemein!«, schrie sie ihren Vater an. »Du würdest mich wohl am liebsten in der Elbe ertränken! So wie du die Mama im Weizenschrot erstickt hast!«

Stille, abgrundtiefe, endgültige Stille.

Bis Hinrich Matthiesen jene Worte aussprach, die seine Familie zerstören sollten.

»Du bist nicht mehr meine Tochter.«

Ein heftiges Zittern packte sie, schüttelte sie durch.

Sie hatte sich verhört, oder?

So etwas würde ihr Vater doch nicht sagen!

Oder?

Oder?

»Rosa«, wisperte Maike.

Aber die ältere Frau hatte sie nicht gehört, oder sie tat, als hätte sie nichts gehört.

Mit einem Ruck drehte sich Hinrich um, ging ins Haus. Rosa folgte ihm. John trippelte hinterher.

Das Zittern hörte schlagartig auf.

Die Haustür wurde geschlossen.

Später wusste sie nicht mehr, wie sie zu Carina gelangt war. Sie kam völlig verdreckt dort an. Anscheinend war sie über die Felder gelaufen und ein paarmal hingefallen. Sie brachte auch kein Wort heraus, konnte nur haltlos weinen.

Carina, die eigentlich noch stinksauer auf sie war, ließ sie herein. Carinas Eltern hatten trotz dem, was sie angerichtet hatte, Mitleid mit Maike und nahmen sie auf.

Am nächsten Tag telefonierte Christa Wolters mit Rosa, aber da war nichts zu machen. Hinrich hatte Maike verstoßen.

Rosa brachte später zwei Koffer mit Maikes Sachen vorbei.

Maike weigerte sich, Rosa zu sehen.

Eine Woche später fuhr sie nach Westberlin und blieb den Sommer über bei Verwandten ihrer Mutter. Ihre Tante Carla, Christines jüngere Schwester, hatte sie schon oft eingeladen, mal zu Besuch zu kommen. Nun stand Maike ziemlich unvermittelt vor ihrer Tür und wurde herzlich aufgenommen.

Erst als sie zum Herbst ihr Studium in Hamburg antreten sollte, fuhr Maike wieder Richtung Westen. Sie fand ein Zimmer in einer WG und begann ihr neues Leben.

Ihren Vater, Rosa, die Vierlande, verbannte sie aus ihren Gedanken.

21. Kapitel

Südwerder, Vierlande, Gegenwart

Bradley zog kräftig am Halfter. Er wollte in den heimatlichen Stall. Doch Maike hielt ihn fest. Sie konnte sich nicht vom Fleck rühren. Zu sehr ähnelte die Situation dem schlimmen Moment vor dreißig Jahren. Auch damals hatte sich die Gestalt ihres Vaters im Türrahmen abgezeichnet, auch damals war es schon fast dunkel gewesen, nur früher am Abend, denn es war Juni und nicht Oktober. Und die Silhouette hatte sich größer abgezeichnet, und breiter. Aber die Temperaturen waren ähnlich gewesen – ein kühler Juniabend stand gegen einen ungewöhnlich warmen Oktoberabend. Und deshalb war die Erinnerung wohl besonders scharf.

»Blöde Idee«, murmelte sie vor sich hin.

Sie hätte nicht herkommen dürfen. Es gab keinen Weg zurück.

Schon überlegte sie, ob sie das Pony einfach loslassen und verschwinden sollte. Es würde schon allein seinen Weg in den Stall finden.

Hinrich Matthiesen würde vielleicht auch einfach wieder ins Haus gehen. Man hätte so tun können, als wäre nichts passiert. Als hätte Maike nie versucht, die Schatten der Vergangenheit zu vertreiben.

Aber da entstand plötzlich Bewegung an der Stalltür, und in der nächsten Sekunde kamen zwei Ferkel auf Maike und Bradley zugaloppiert. Das Pony wieherte. Maike fand, es klang entzückt. Die beiden Ferkel quiekten im Duett, liefen unter Bradleys Bauch hindurch, schnappten nach seinem Schweif, rannten wild im Kreis herum.

Fasziniert blieb Maike, wo sie war. Sie wurde kurz beschnuppert und offenbar für unwichtig befunden, denn die kleinen Borstenviecher widmeten sich wieder ganz dem Pony. Bradley senkte den Kopf und schnaubte. Maikes Meinung nach hätten die Ferkel angesichts der Bierfahne auf der Stelle umfallen müssen, aber sie quiekten nur noch lauter.

Ein weiterer Vierbeiner gesellte sich dazu, allerdings stolzierte dieser gesetzten Schrittes daher. Sie bewunderte den weißen Ziegenbock, der so klug aussah wie ein alter, weiser Mann. Auch er begrüßte Bradley, meckerte kurz und setzte sich dann hin wie ein Hund.

Maike kam aus dem Staunen nicht mehr heraus. Ihr war bewusst, dass die Tiere ihr einen willkommenen Aufschub boten, und sie musste sogar grinsen. Das angetrunkene Pony, die rasenden Ferkel und der sitzende Ziegenbock boten einen göttlichen Anblick.

Rosa kam laut schimpfend, aber auch lachend aus dem Stall gelaufen. »Laurel! Hardy! Wollt ihr wohl zurückkommen!«

Dick und Doof, dachte Maike. Die Namen passten zu den Ferkeln.

»Und du, Stephen? Bist du nicht ein bisschen zu klug, um wegzulaufen?«

Stephen? Etwa ...?

Nun lachte auch Maike, sie konnte nicht anders. Laut und ausgelassen, wie seit Tagen nicht. In diesem einen kostbaren Augenblick waren alle Probleme vergessen.

Jetzt erst sah Rosa, wer da neben dem Pony stand.

»Oh«, machte sie und blieb auf halber Strecke stehen. Dann schaute sie zum Haus.

Maike auch. Hinrich Matthiesen war verschwunden.

Alles Lachen erstarb.

»Hallo«, sagte Rosa und setzte ihren Weg fort. Sie ging zögerlich, doch sie wagte einen munteren Tonfall, als sie bei ihr angelangt war. »Danke, dass du ihn zurückbringst.«

»Gerne. Aber wir sind nicht heil an der Kneipe vorbeigekommen.«

»Das kennen wir schon. Bradley, alter Junge, du stinkst aus dem Maul.«

Maike entspannte sich ein wenig. Es tat gut, über etwas Einfaches zu sprechen. Über die Tiere. Nicht über den Mann, der wortlos ins Haus gegangen war und fest die Tür hinter sich geschlossen hatte.

»Deine Ferkel sind lustig.«

»Laurel und Hardy sind keine Ferkel.«

»Sondern? Verkleidete Hühner?«

Das Lachen kehrte zurück, schmiedete einen Bund zwischen den beiden Frauen, über die Jahre und die Abgründe hinweg.

»Das sind Minischweine. Eine Hamburger Familie, die nach Südwerder gezogen ist, hatte sie für ihre Kinder angeschafft, aber dann wollten die doch lieber einen Golden

Retriever. Ich habe die Schweinchen genommen, bevor sie zum Schlachter kamen.«

»Aber der Ziegenbock ist wirklich ein Ziegenbock.«

Rosa nickte und kraulte Stephen hinter den Hörnern. »Den habe ich von einem Züchter in Altengamme, der zu viele Böcke hatte. Ich hab's nie bereut. Er ist so unglaublich klug.«

»Stephen Hawking.«

»Genau.«

Maike erinnerte sich an ein paar von Rosas Tieren von früher. Besonders an eines. »Wie ist es deinem John Lennon ergangen?«

»Oh.« Rosa schmunzelte. »Er ist sehr alt geworden. Fast sechzehn. Ein lieber Hund.«

»Na ja. Mich hat er immer nur angekläfft.«

»Er war sehr feinfühlig. Er hat es gemerkt, wenn man ihn nicht mochte.«

»So schlimm fand ich ihn gar nicht. Bloß furchtbar hässlich.«

Beide lächelten und fühlten sich einander so nah wie vor langer Zeit.

»Komm, ich helfe dir, die Tiere in den Stall zu bringen«, sagte Maike.

»Das ist lieb von dir. Meine Rabauken werden mir langsam zu anstrengend. Ich bin nicht mehr die Jüngste.«

Der einstige Kuhstall sah noch fast so aus wie früher. Nur im hinteren Drittel waren halbhohe Boxen abgeteilt worden, je eine für den Ziegenbock, das Pony und die beiden Minipigs.

»Wir werden die Trennwände wieder entfernen«, erklärte Rosa. »Die vier verstehen sich bestens. Auf der Weide sind sie auch zusammen. Und wenn Bradley hier mehr Gesellschaft hat, haut er vielleicht nicht mehr so oft ab.«

»Dann müsstest du aber an seiner Tränke auch einen Zapfhahn für Bier anbringen«, entgegnete Maike.

Rosa nickte lächelnd. Sie brachte die Schweinchen in ihre Box und hielt für Stephen die Tür auf, der würdevoll hineinschritt. Zuletzt war Bradley dran. Dann wandte sie sich wieder um. »Das Dumme ist, er kommt mit seinem Kopf über die Boxentür. Und dann ist es für ihn eine Kleinigkeit, den Riegel aufzuschieben. Ein Schloss mag ich nicht anbringen. Der arme Kerl ist doch kein Schwerverbrecher.«

Noch immer lächelte Rosa, doch gleich darauf verengten sich ihre Augen, und ihr Gesicht wurde ernst. »Ich würde dich gern ins Haus bitten, aber …«

»Du weißt nicht, ob ich willkommen bin.«

»So ist es.«

»Du hast ihm nicht gesagt, dass ich da bin.«

Rosa ließ sich langsam auf einen Strohballen sinken. »Das habe ich dir versprochen. Und da er im Augenblick kaum das Haus verlässt, seid ihr euch auch nicht zufällig begegnet. Sein Rheuma macht ihm im Herbst immer zu schaffen, selbst wenn es noch warm ist.«

Auch Maike setzte sich, jedoch nicht neben die ältere Frau, sondern auf einen zweiten Strohballen ihr gegenüber. Sie brauchte diesen Abstand.

»Was macht der Kopf?«, fragte Rosa.

»Dem geht's wieder gut. Ich bin nicht mehr gezwungen, die Wahrheit zu sagen.«

»Dann haben dir die Tage hier in Südwerder also gutgetan.«

Maike hob die Achseln. »Vielleicht war es auch nur eine Frage der Zeit. Was ich bloß schade finde, ist, dass ich auch nicht mehr so fröhlich bin.«

Rosa antwortete nicht sofort. Sie zog einen Strohhalm aus dem Ballen und kaute darauf herum. Endlich meinte sie: »Ich glaube, das ist besser so. Was hast du denn von einer falschen Fröhlichkeit? Die muss doch aus dem Herzen kommen.«

»Tja, dann sieht's wohl ziemlich schlecht aus für meine Zukunft.«

»Unsinn. Du weißt es vielleicht nicht, aber du ähnelst deiner Großmutter Wilhelmine in mehr als einer Hinsicht.«

»Tatsächlich?«

»Ja, und das hat nichts mit deinem Sturz zu tun. Früher, als Kind und junges Mädchen, warst du immer grundehrlich, und nichts konnte so schlimm sein, dass du nicht auch darüber lachen konntest. Insofern hat dein Unfall nur Anlagen stärker hervorgebracht, die ohnehin in dir geschlummert haben.« Sie musterte Maike aufmerksam, bevor sie fortfuhr: »Ich bin sicher, du wirst wieder heiter sein können, wenn diese Krise überwunden ist. Und im Übrigen besitzt du dieselbe Stärke wie Wilhelmine. Äußerlich bist du so schön wie die arme Christine, aber tief drinnen steckt eine besondere Kraft.«

Maike war sich nicht sicher, ob sie wirklich so sehr der Mutter ihres Vaters ähneln wollte, doch es gefiel ihr, von anderen als starke Frau gesehen zu werden. Und es stimmte ja. Immerhin hatte sie ihr Leben allein gemeistert, seit sie achtzehn war. Ihre Mama Christine hatte sie einst davor gewarnt, so zu werden wie die verrückte Großmutter, die allen Leuten ihre Meinung auf den Kopf zusagte. Die Frage war nur, wer von beiden verrückter gewesen war. Wilhelmine mit ihrer geradlinigen Art oder Christine mit ihrem verhängnisvollen Hang zur Höhe. Und nun wusste Maike auch endlich, dass ihre eigene Vermutung stimmte und dass Carina es ebenfalls richtig erkannt hatte: Auch das große Lachen hatte sie von Wilhelmine. Schon als junges Mädchen war sie dazu fähig gewesen, dann hatte sie alle Fröhlichkeit tief in sich vergraben.

»Deine Großmutter hat schon früh ihren Mann verloren«, fuhr Rosa fort. »Er starb kurz nach Hinrichs Geburt an Herzversagen. Im Krieg und in der schweren Zeit danach führte sie den Hof und zog ihren Sohn groß. Sie hatte Hinrich erst bekommen, als sie schon Mitte dreißig war. Für die damalige Zeit war das eine späte Mutterschaft. Und dann war sie auf sich allein gestellt. Sie hat aus ihrem Schicksal das Beste gemacht. Genau wie du.«

Einen Moment schwieg Maike. Ihr wurde bewusst, wie geschickt Rosa sie eingesponnen hatte in einen Kokon aus schönen Erinnerungen und familiärer Zugehörigkeit.

Sie fand, es war genug. Etwas in ihr sträubte sich dagegen, ihrer einstigen Freundin und Beschützerin weh zu tun, aber ein anderer Teil wollte endlich Klarheit.

»Warum hast du mir nicht geholfen? Als er mich fortgejagt hat?«

Es dauerte so lange, bis Rosa antwortete, dass Maike schon glaubte, sie würde keine Erklärung zu hören bekommen. In den Boxen raschelte Stroh, Hufe scharrten, die Minischweine flitzten umher, der Ziegenbock meckerte, als wollte er um Ruhe bitten, damit er über ein wichtiges kosmologisches Problem nachdenken konnte.

Die Stille zwischen den beiden Frauen wurde undurchdringlich und schwer. Maike schrak zusammen, als Rosa doch noch sprach, obwohl ihre Stimme kaum mehr als ein Flüstern war.

»Ich hatte keine Kraft mehr.« Ihr Blick war zu Boden gerichtet.

»Das verstehe ich nicht.«

Rosa sah auf. »Wirklich? Weißt du nicht mehr, wie es zugegangen ist, seit ich bei euch eingezogen war? Zwei Jahre lang hast du mich gehasst. Immer habe ich gehofft, es würde besser werden. Aber das wurde es nicht. Nie. Ich war zermürbt. Hinrich und ich haben uns ständig wegen dir gestritten. Ich war kurz davor, euch zu verlassen.«

»Vielleicht wäre das ja die klügere Lösung gewesen«, gab Maike zurück. Sie fühlte sich in die Ecke gedrängt und schlug mit Worten um sich. »Ohne dich wären Papa und ich besser dran gewesen.«

Ein Teil von ihr schämte sich. Sie wusste nur zu genau, wie schlecht sie damals Rosa behandelt hatte, doch sie war noch ein halbes Kind gewesen und hatte nichts gesehen außer ihrem eigenen Kummer.

Rosa schwieg. In ihrem Gesicht zeichnete sich tiefer Schmerz ab.

Aufhören konnte Maike dennoch nicht. »Da kam es dir ja gerade recht, dass er mich rausgeschmissen hat. Endlich hattest du dein Ziel erreicht.«

»Das habe ich wirklich geglaubt«, erwiderte Rosa leise. »Zumindest für kurze Zeit. Aber so war es nicht.«

»Sondern? Wie war es dann?«

»Obwohl du so eklig zu mir gewesen bist, hast du mir gefehlt. Du warst für mich wie ein eigenes Kind, wenngleich ich mir nie angemaßt hätte, deine Mutter zu ersetzen. Ich habe mich gefühlt, als wäre der beste Teil von mir zerstört.«

Maike wusste nichts zu erwidern. Ihr Leben hätte so anders verlaufen können. Mit der Unterstützung ihrer Familie, mit Rosa als Freundin, Ratgeberin und ja, als Stiefmutter. Es war anders gekommen. Dennoch war ihr nun leichter ums Herz. Rosa hatte an jenem Abend versagt, aber sie war ein Mensch, und Menschen machten Fehler. Das erkannte Maike jetzt. Still hörte sie weiter zu.

»Und dein Vater war ein gebrochener Mann. Ich glaube, er hat schon am Tag darauf bedauert, was er getan hatte. Vor allem, weil er plötzlich keinen Deut besser war als sein Schwiegervater.«

»Wer?«, fragte Maike verwirrt.

»Dein Großvater in Berlin. Hast du nie von der Sache erfahren?«

Sie schüttelte den Kopf. »Ich habe damals den Sommer bei einer Tante verbracht. Mamas jüngerer Schwester Carla. Bei meinen Großeltern war ich ein paarmal zu Besuch, aber weder sie noch Carla, noch meine anderen Tanten haben mir irgendwas erzählt.«

Rosa fuhr sich durch das grau gewordene Haar. »In zu vielen Familien wird zu viel verschwiegen und verdrängt.«

Dann berichtete sie von der jungen Christine, die ungewollt schwanger geworden war und von ihrem Vater vor die Tür gesetzt wurde.

Maike unterbrach sie nicht, und im Stillen weinte sie um das Kind, das nie geboren worden war. Das Kind, das ihre Mutter verloren hatte.

»Auch deshalb hat dein Vater sich so schlecht gefühlt«,

führte Rosa weiter aus. »Aber er war zu stolz, um es zuzugeben und dich zurückzuholen. Es hat Jahre gedauert, bis er sich davon erholt hat. Doch er war nie mehr derselbe.«

Erneut schwieg Maike, weil sie nichts zu sagen wusste.

Rosa ist genug bestraft, dachte sie bei sich. Sie hat sich damals nicht für mich eingesetzt, aber sie hat einen hohen Preis dafür gezahlt.

Wieder verspürte sie Gewissensbisse.

Ob Rosa wohl je mit Hinrich Matthiesen ein paar Augenblicke des Glücks gefunden hatte?

Oder waren die Schatten, die über ihnen schwebten, zu groß gewesen?

Maike dachte an das, was Carina gesagt hatte: Rosa liebte Hinrich, seit sie vierzehn war. Ein ganzes Leben lang.

Eine Frage kam ihr in den Sinn, die sie beschäftigte, seit sie zum ersten Mal davon gehört hatte.

»Warum jetzt?«

»Was meinst du?«

»Warum habt ihr euch erst jetzt verlobt, nach all den Jahren? Ist das nicht ein bisschen spät? Wozu wollt ihr in eurem Alter noch heiraten?«

Rosa ließ sich Zeit mit der Antwort, und Maike bedauerte es schon, gefragt zu haben. Es geht mich nichts an, sagte sie sich im Stillen. Ich habe kein Recht auf eine Erklärung.

Als Rosa doch noch sprach, gefror ihr das Blut in den Adern: »Es ist nur vernünftig. Nach dem Herzinfarkt letztes Jahr haben wir beschlossen, klare Verhältnisse zu schaffen. Wir wollen unsere Dinge regeln, auch das Erbe. Du wirst übrigens unsere Haupterbin und …«

»Stopp!«, rief Maike und sprang auf. Dann lief sie unruhig in der Stallgasse auf und ab. »Warum erfahre ich das erst heute? Ich bin seit einer Woche hier. Warum hat mir niemand gesagt, dass mein Vater einen Infarkt hatte?«

Der Gedanke, er könnte sterben, bevor sie sich mit ihm ausgesöhnt hatte, war auf einmal unerträglich.

»Setz dich wieder hin!«, befahl Rosa.

Plötzlich kraftlos geworden, ließ Maike sich zurück auf den Strohballen sinken.

»Nicht Hinrich«, sagte Rosa.

»Was?«

»Nicht Hinrich hatte den Herzinfarkt, sondern ich.«

»Himmelherrgott!«

»Bitte reg dich nicht auf, Maike. Es war keine große Sache. Nur ein, sagen wir mal, ziemlich deutlicher Warnschuss.«

»Rosa ...«

Die ältere Frau lächelte begütigend. »Glaub mir, ich bin vollkommen wiederhergestellt und achte sehr genau auf meine Gesundheit. Ich habe fünfzehn Kilo abgenommen, seit ich hauptsächlich Grünzeug esse.« Sie zwinkerte ihr zu. »Ehrlich, ich fühle mich heute viel besser als mit fünfzig.«

Maike nickte, beschloss jedoch, bald genaue Erkundigungen einzuziehen. Wenn etwas Ruhe eingekehrt war, wollte sie mit Rosas Ärzten sprechen und sich bestätigen lassen, dass keine Gefahr mehr bestand. Jetzt verstand sie auch, warum ihr erster Eindruck von Rosa der einer kränklichen, schwachen Frau gewesen war.

»Genug von mir«, erklärte Rosa fest. »Eines muss ich dir noch sagen. Hinrich wusste in diesen Jahren immer, wo du warst und was du gemacht hast. Das hat ihm über manche dunkle Stunde hinweggeholfen.«

»Ach ja?«, fragte Maike überrascht. »Wie denn? Meines Wissens hat Robert erst seit zwei Jahren für dich spioniert.«

»Wer?«

»Du weißt genau, von wem ich rede. Robert Wedemann, Annemaries Sohn.«

»Oh, ja.« Rosa steckte den Vorwurf weg, als hätte sie ihn nicht gehört. »Zuerst haben deine Verwandten in Berlin Hinrich auf dem Laufenden gehalten«, fuhr sie dann fort. »Später hat er sich zweimal im Jahr von einem Hamburger Detektiv berichten lassen.«

Maike riss die Augen auf. »Ich fasse es nicht! Er hat mich beschatten lassen?«

»Du musst es verstehen. Es wäre grausam für ihn gewesen, nicht zu wissen, wie es seinem einzigen Kind ging. Ich glaube, das muss für Eltern das Schwerste sein, selbst wenn sie einen schrecklichen Fehler gemacht haben.«

Maike war immer noch entgeistert. Und wütend, schrecklich wütend. Sie wünschte, sie wäre noch einmal achtzehn und könnte losschreien, ihre Wut hinausschreien.

Aber dann gelangte ein anderes Gefühl an die Oberfläche, wurde groß und stark: Sehnsucht. Nach dem Vater. Nach der Heimat. Sie war zwar hier in Südwerder, doch sie war noch nicht zu Hause.

»Er hat also nie aufgehört, an mich zu denken«, tastete sie sich vor.

»Ach, Kind«, sagte Rosa sanft, »er hat nie aufgehört, dich zu lieben.«

»Warum ist er dann nicht zu mir gefahren? Schon damals? Oder er hätte mich bitten können, zu euch zu kommen.«

»Wärst du seinem Ruf denn gefolgt?«

»Ganz ehrlich? Keine Ahnung. Aber er hätte es versuchen müssen. Er hätte nicht all diese Jahre vergehen lassen dürfen.«

»Ich weiß«, erwiderte Rosa. »Ich habe ihn immer mal wieder darauf angesprochen, aber du kennst ihn ja, er kann furchtbar stur sein. Vielleicht hat er es sogar ein paarmal versucht, hatte das Telefon in der Hand, saß schon hinter dem Steuer. Aber im letzten Moment hat er es sich immer anders überlegt. Und dann ging die Zeit ins Land, schneller und schneller. Die Jahreszeiten drehten sich wie die Flügel des alten Holländers bei Starkwind aus Nordwest. Und irgendwann dachte Hinrich wohl, es sei zu spät.«

Müde strich Maike mit zwei Fingern über ihre Stirn. Ein leiser Schmerz kündigte sich zwischen den Schläfen an, so als kostete es ihren Kopf zu viel Energie, all die alten Verwicklungen aufzulösen.

»Ich bin ja wie er«, gestand sie. »Genauso stur. Ich habe es auch nicht versucht.«

»Das stimmt«, erwiderte Rosa schlicht.

Wieder entstand Schweigen, aber diesmal war es ein angenehmes Schweigen. In Maikes Herz kehrte Ruhe ein. Erst jetzt merkte sie, was ihr dreißig Jahre lang gefehlt hatte. Das sichere Wissen um die nie endende Zuneigung ihres Vaters.

Die beiden Frauen lächelten einander wieder an. Im Stall waren die Tiere zur Ruhe gekommen, weit und breit war nichts zu hören.

Bis auf die Schritte, die über den Hof klangen und langsam näher kamen.

Maike hielt die Luft an.

Ihr Vater trat ein, kam durch die Stallgasse auf sie zu und blieb vor ihr stehen.

Sie erhob sich, atmete flach. Rosa stellte sich neben sie, nahm ihre Hand. Das Signal war deutlich: Diesmal bin ich an deiner Seite.

Doch Hinrich Matthiesen war nicht mehr der Mann, den Maike in Erinnerung hatte. Er wirkte nicht mehr stark, flößte ihr keine Furcht ein wie an jenem Abend vor vielen Jahren.

Sein Rücken war gebeugt, das einst dichte helle Haar ausgedünnt. In seinem Gesicht hatten Wind und Wetter ihre Spuren eingezeichnet, auf den Unterarmen traten die Venen hervor wie die freigespülten Wurzeln eines Baumes in der Marsch. Und der Blick, der einst je nach Stimmung mal freundlich, mal stählern gewesen war, wirkte müde.

Ihr Hals war trocken. »Papa.«

Er schwieg, sah sie nur an.

Ihre Unsicherheit nahm zu. Mochte sie selbst eine innere Wandlung durchgemacht haben, mochte sie bereit sein, ihm zu verzeihen – woher wollte sie wissen, dass es ihm ähnlich ging? Vielleicht hatte Rosa sie nur trösten wollen mit ihren Worten über Liebe und verpasste Chancen.

Sie sehnte sich so sehr nach ihm. Und sie war fest entschlossen, nicht zu streiten. Alles, was sie noch hätte sagen wollen, war dank Rosas offener Worte überflüssig geworden.

Hinrich Matthiesen war ein alter Mann, und auch er war genug bestraft.

Noch etwas anderes ging Maike durch den Kopf, während sie alle drei dastanden, ohne Bewegung – weder aufeinander zu, noch voneinander weg.

Sie dachte, wie froh sie sein musste, dass ihr Vater Rosa an seiner Seite hatte. Nicht nur heute, da er schwächer wurde, sondern schon all die Jahre lang. Hinrich Matthiesen war kein Mensch, der allein zurechtkam.

Sie erinnerte sich daran, wie er einmal eine Pfanne mit Spiegeleiern auf dem Herd vergessen hatte. Stundenlang hatten sie lüften müssen, aber auch danach hatte es noch angebrannt gerochen.

Ihre Mundwinkel zuckten bei der Erinnerung.

Vielleicht war dies das winzige Zeichen, auf das Hinrich gewartet hatte.

Er trat vor. Rosa gab Maike einen kleinen Schubs.

Dann lagen sich Vater und Tochter in den Armen.

»Vergib mir«, sagte Hinrich mit heiserer Stimme. Er meinte alles damit, oder auch nur: »Ich war vorhin so überrascht. Ich dachte, ich bilde mir ein, dass du da bist. Deshalb bin ich ins Haus zurück.«

Maike wollte etwas erwidern, aber sie brachte kein Wort heraus. Sie drückte ihn nur noch ein bisschen fester und hoffte, das wäre ihm Antwort genug.

Rosa brachte sich mit einem lauten Räuspern in Erinnerung. »Ich weiß ja nicht, wie ihr das seht, aber mir wird hier im Stall langsam kalt. Wärmster Oktober seit Jahren hin oder her. Hast du schon zu Abend gegessen, Maike? Wir haben heute nur Kartoffelsuppe, aber die ist schnell warm gemacht.«

Mit schlichten Worten hatte sie genau das Richtige gesagt.

Maike war ihr unendlich dankbar. Dieses Wiedersehen war nicht nur für sie selbst emotional unglaublich anstrengend, sondern auch für ihren Vater. Sie konnte spüren, wie er zitterte. Rosa brachte Normalität in die Situation.

»Ja«, sagte Hinrich, löste sich ziemlich plötzlich aus der Umarmung und hakte sich bei Rosa unter. »Komm mit hinein, Kind.«

Sekundenlang brach in ihr die alte Eifersucht auf das Paar durch, aber da nahm Rosa wieder ihre Hand, und sie gingen zu dritt über den Hof.

Als sie das Haus betrat, konnte Maike es kaum glauben. Alles war noch wie damals, nichts hatte sich verändert. In der holzvertäfelten Diele stand die alte Bank neben der Treppe nach oben, in einer Ecke dienten große Zimmermannsnägel als Garderobe, in der anderen hielt eine verbeulte Milchkanne als Schirmständer her. Ein paar Landschaftsbilder verstaubten vor sich hin.

»Ich wollte ja renovieren«, sagte Rosa, die ihren Blick bemerkte. »Aber Hinrich hat es nicht zugelassen. Alles sollte so bleiben wie immer.«

Maike verstand.

In der Küche wurde die Kartoffelsuppe aufgewärmt, ein Krug mit selbstgepresstem Apfelsaft kam auf den Tisch, Teller und Besteck wurden hervorgeholt. Hinrich, Rosa und Maike teilten sich die kleinen Arbeiten auf, wie es sie früher getan hatten, als lägen keine dreißig Jahre zwischen ihrem letzten gemeinsamen Abendessen und heute.

Rosa schnitt noch Brot auf, Maike füllte die Gläser, Hinrich verteilte die Suppe. Sie sprachen nicht viel, das waren sie nicht gewohnt. Aber sie nahmen gemeinsam eine Mahlzeit ein.

22. Kapitel

Auch am Tag des Mühlenfestes schien eine warme, beinahe sommerliche Sonne vom Himmel und ließ die Menschen in Norddeutschland vergessen, dass der November mit seinen Stürmen und den kurzen, grauen Tagen vor der Tür stand.

Als Maike erwachte, lag ein Lächeln auf ihren Lippen und in ihrem Innern herrschte Frieden.

Schon bald nach der Suppe war sie am gestrigen Abend zurück zu Carinas Hof gegangen. Weder ihr Vater noch Rosa hatten versucht, sie aufzuhalten. Stillschweigend waren alle drei sich einig gewesen, dass sie es langsam angehen lassen wollten. Nach so vielen Jahren fern voneinander konnten sie nicht einfach so tun, als wäre alles wie früher.

Obwohl es sich einen wundervollen Augenblick lang so angefühlt hatte. Nein, korrigierte sie sich sofort. Es hatte sich tausendmal besser angefühlt als früher. Da war keine unangenehme Spannung gewesen, kein unterdrückter Zorn, keine unausgesprochene Schuldzuweisung. Maike streckte sich wohlig unter der Decke. Eines war sicher: Wenn sie wieder zueinanderfinden wollten, mussten sie sich Zeit lassen. Sie konnten über alles reden, was geschehen war, oder sie konnten die Vergangenheit ruhen lassen und noch einmal neu anfangen. Sie würden schon noch herausfinden, welches der bessere Weg für sie drei war.

Auch die bevorstehende Hochzeit hatte gestern Abend keiner von ihnen erwähnt. Noch war sich Maike nicht darüber im Klaren, was sie davon halten sollte, doch sie glaubte, es sei in Ordnung. Nach allem, was sie im Laufe der vergangenen Woche von Carina über Rosa erfahren hatte, gönnte sie es ihr von Herzen, auch vor dem Gesetz die Frau von Hinrich Matthiesen zu werden.

»He, du olle Langschläferin!«, drang von unten Carinas Stimme zu ihr herauf. »Hast du vor, heute noch mal aufzustehen?«

Maike warf einen Blick auf das Display ihres Smartphones und erschrak. Schon nach zwölf Uhr mittags?

Unmöglich. Oder? Sie hatte mehr als fünfzehn Stunden durchgeschlafen.

Sie beeilte sich, aus den Federn zu kommen, ging unter die Dusche, schlüpfte in Jeans und Bluse und lief dann nach unten. Aus der Küche waberte ihr ein herrlich würziger Duft entgegen. Prompt knurrte ihr Magen laut und vernehmlich.

Carina stand am Herd, drehte sich aber kurz zu ihr um und lachte sie an. »Es gibt Rindsrouladen mit Salzkartoffeln und Rotkohl.«

Maike entdeckte zwei riesige Schmortöpfe und fragte sich, wer das alles essen sollte.

»Eigentlich wollte ich ja einen deftigen Grünkohleintopf machen, damit wir alle eine gute Grundlage für das Fest heute Nachmittag haben, aber den können wir noch nicht ernten.«

»Weil er noch keinen Frost abbekommen hat«, erwiderte Maike, die das vielleicht als kleines Mädchen von Omi Wilhelmine gelernt hatte. Oder in späteren Jahren von Rosa. Auf jeden Fall war dieses Wissen da. Grünkohl musste einmal am Stock ordentlich Kälte abbekommen haben, bevor er zubereitet werden konnte. Sonst schmeckte er nicht.

»Ganz genau«, sagte Carina. Dann fragte sie: »Was war denn los? So viel hast du in der ganzen Woche hier noch nicht gepennt. Lange Nacht gehabt?«

Maike setzte sich auf die Eckbank, wo sie sich schon heimisch fühlte, und schüttelte langsam den Kopf. »Nein, im Gegenteil.«

Ausführlich erzählte sie ihrer Freundin vom vergangenen Abend.

»Da bin ich aber froh«, meinte Carina, als sie geendet hatte. »Und dein Murmeltierschlaf ist damit auch erklärt. Innerlich hast du dich wahrscheinlich zum ersten Mal seit dreißig Jahren richtig entspannt.«

»Möglich. Sag mal, ist vielleicht noch Kaffee vom Frühstück übrig? Ich habe das Gefühl, ich bin immer noch nicht richtig wach.«

»Nein, aber ich brühe schnell neuen auf.«

Carina nahm auch für sich selbst einen Becher und gesellte sich zu Maike. »Ein bisschen Zeit habe ich noch, bis meine Leute zum Essen kommen. Sie helfen beim Aufbau der Buden.«

»Ist heute deine ganze Familie da?«

Carina Augen glühten vor Stolz, als sie nickte. »Gestern waren wir noch bei Tim in Lauenburg und mussten ihn ein bisschen überreden. Er mag so einen Trubel nicht besonders, da ist er etwas aus der Art geschlagen.« Sie grinste. »Aber heute früh ist er mit seiner Frau und seiner kleinen Tochter hergekommen. Und auch Bernd, mein Zweitältester aus Geesthacht, ist mit Frau und Sohn schon da. Janne, meine Große, ist vor einer Stunde aus Göttingen angekommen, und sie sind alle zusammen rüber zur Festwiese. Während die Erwachsenen gemeinsam mit Onno fleißig Bretter schleppen und Theken bauen, kümmert sich Betty um die beiden Kleinen. Also, alles perfekt organisiert.«

»Oh«, machte Maike. »Vielleicht sollte ich lieber verschwinden.«

»Wieso?«

»Na ja. So oft kommt es wahrscheinlich nicht vor, dass du all deine Lieben mal hier zu Hause hast. Da störe ich doch nur.«

»Unsinn. Du bist unser Gast, und ich werde dich bestimmt nicht vor die Tür setzen, bloß weil sich ein paar Asmussens versammeln.«

»Aber ...«

»Schluss damit«, sagte Carina energisch. »Mach dich lieber nützlich. Du kannst in der groot Döns decken, aber warte. Vorher müssen wir noch den Tisch ausziehen.«

Gemeinsam gingen sie die Wohnstube und kämpften eine Weile mit dem großen Esstisch aus dunkel gebeizter Eiche.

»Muss Onno unbedingt sagen, dass er mal die Scharniere ölt«, sagte Carina ächzend. »Die Familie wird ja nicht kleiner.«

Sie schafften Stühle heran, und Maike zählte sie einmal durch. »Entweder hast du mir ein paar Leute verheimlicht«, meinte sie, »oder das hier stimmt nicht. Es sind mindestens zwei Stühle zu viel.«

»Sind es nicht. Niels hat sich selbst eingeladen, und außerdem müsste Gesine jeden Moment eintreffen.«

Maike war froh über die Neuigkeit. Sie hatte gedacht, ihre Hamburger Freundin käme erst am Nachmittag zum Mühlenfest. Nun würde außer ihr noch jemand am Tisch sitzen, der nicht zur Familie gehörte. Sie hoffte bloß, Gesine und Niels würden sich friedlich verhalten und ihren Beziehungsstatus nicht unbedingt beim Mittagessen klären wollen. Mit leisem Unbehagen dachte sie an das, was sie am Vorabend zu ihrer Hamburger Freundin gesagt hatte.

»Weiß er, dass sie kommt?«, fragte sie Carina.

»Nö. Sie hat mich gebeten, nichts zu verraten.«

»Oha.«

»Keine Panik. Mein Schwager wird sich schon zu benehmen wissen. Wenn nicht, kriegt er von mir eins über die Rübe.«

Wie die kleine, rundliche Carina das bei dem Berg-Vulkan-Wikinger schaffen wollte, war Maike ein Rätsel, und sie kicherte.

Zurück in der Küche, nahmen sie sich noch einmal Kaffee und warteten. Das Essen war fertig, nur die hungrigen Leute fehlten.

»Was wirst du jetzt machen?«, fragte Carina.

»Oh, ich gehe nachher bestimmt mit zum Fest. Das habe ich ewig nicht mehr miterlebt. Ich weiß noch, wie ich mir damals gewünscht habe, Niels würde sich in mich verlieben. Hat leider nicht geklappt. Glaubst du daran? Hast du mal ...«

Sie merkte, dass sie redete und redete, nur um nicht auf die eigentliche Frage eingehen zu müssen, und brach ab.

»Du weißt, dass ich etwas anderes meine«, sagte Carina sanft.

»Ja.« Sie leerte ihren Becher, während sie nach Worten suchte.

»Wenn du nicht darüber sprechen möchtest, ist es auch in Ordnung.«

»Nein, das ist es nicht.« Maike drückte den Rücken durch und sah ihre Freundin unsicher an. »Das Problem ist, ich habe keine Ahnung.«

»Verstehe.«

»Ich weiß nur, was ich nicht will.«

»Und das wäre?«

»Wieder hier leben, zum Beispiel. Ich meine, ich werde in Zukunft bestimmt oft zu Besuch kommen und auch mal etwas länger bleiben, weil ich so viel Zeit wie möglich mit meinem Vater und Rosa nachholen möchte. Aber ganz hierher umziehen? Unmöglich.«

»Das ist doch klar«, erwiderte Carina. »So etwas wird Hinrich auch kaum von dir erwarten. Dein Leben ist ein ganz anderes. Du gehörst in die große, weite Welt. Hier wäre es viel zu eng für dich.«

Klang da ein Hauch von Neid mit?, fragte sich Maike. Gut möglich, dass Carina seit ihrem Auftauchen an die alten gemeinsamen Träume denken musste.

»Und du bist eine erfolgreiche Hotelmanagerin.«

»Eine erfolgreiche beurlaubte Hotelmanagerin«, korrigierte sie.

»Ach, das wird schon wieder.«

»Möglich. Aber das ist mir gerade nicht so wichtig.« Sie dachte an ihr Leben, wie es bis vor kurzem gewesen war. Ja, sie hatte Karriere gemacht, und ja, sie war damit zufrieden gewesen. Es gab ein paar Bekannte, eine beste Freundin und einen Mann, den sie manchmal traf.

»Es war kein gutes Leben«, sagte sie zu ihrer eigenen Überraschung.

»Wie bitte?« Carina hatte die Augen aufgerissen. »Was ist denn mit dir los? Hast du wieder oder immer noch irgendwelche komischen Symptome?«

»Nein. Ich sehe nur endlich klar.«

»Sorry, aber da komme ich nicht mehr mit.«

Maike ließ sich Zeit mit ihrer Erklärung. »Du hier, dein Mann, deine Leute, ihr macht es richtig.«

»Äh … was?«

»Na, alles. Die Familie kommt bei euch an erster Stelle.«

»Ist doch normal.«

»Die Familie und die Liebe, die euch alle verbindet.«

»Ist auch normal.«

»Nicht für alle, nicht überall.«

Carina trank ihren Kaffee ebenfalls aus und stemmte sich hoch. »Ich sehe schon, du bist noch ziemlich durch den Wind. Warum nimmst du dir nicht einen längeren Urlaub, um herauszufinden, was du wirklich willst?«

»Das«, erwiderte Maike nachdenklich, »ist vielleicht die beste Idee. Ich könnte ein Sabbatical einlegen. Mein Chef hat mir ja nicht gekündigt, sondern mich nur suspendiert. Irgendwie werde ich mir mit ihm schon einig. Und wenn nicht – ich habe in all den Jahren gut verdient und einiges angespart.«

»Ein Sabbatjahr? Davon habe ich schon mal gehört. Zwölf Monate Pause vom Job. Klasse.«

»Genau. Ich nehme mir Zeit für mich. Das habe ich noch nie getan.«

Carina lächelte zustimmend, während sie die leeren Becher zur Spüle trug. »Für unsereins wäre das allerdings nichts. Unsere Milchkühe hätten was dagegen. Die Erdbeeren auf den Feldern auch, und Betty sowieso.«

»Tut mir leid«, sagte Maike schnell.

»Braucht es nicht.« Carina stand wieder am Herd und wendete die Rouladen. »Ich bin mit meinem Leben zufrieden, wie es ist. Aber für dich könnte es eine wirklich gute Lösung sein. Für dich und für Robert.«

Maike schwieg für ein paar Sekunden. Dann erzählte sie Carina von Gesines Beobachtung.

»Du meinst, er hat was mit deiner Stellvertreterin angefangen?«, kam es ungläubig zurück.

»Möglich.«

»Ausgeschlossen! Robert Wedemann ist ein anständiger Kerl.« Wie um ihre Worte zu unterstreichen, fuchtelte Carina mit der Fleischgabel durch die Luft. »Am besten fragst du ihn einfach.«

»Das schlägt Gesine auch vor.«

»Also? Worauf wartest du?«

»Es ist kompliziert. Nicht nur wegen Laura König. Robert und ich ... wir ... haben uns gestritten. Es ist aus.«

»Schon wieder? Passiert das oft bei euch?«

»Das ist nicht lustig, Carina.«

»Sorry. Mir war natürlich klar, dass was vorgefallen sein muss. Du bist die letzten Tage hier wie ein Schlafwandler durchs Haus geschlurft.« In Carinas Augen trat ein mitleidiger Ausdruck. »Weißt du, was dein wirkliches Problem ist, Maike? Du hast kein Vertrauen. Weder in dich selbst noch in andere, noch in die Liebe.«

»Woher soll es auch kommen?«, flüsterte sie.

»Das, meine liebe, kluge Freundin aus der Großstadt, ist etwas, das wir in uns selbst finden müssen.«

»Ich glaube, meine liebe Freundin aus dem Dorf, die Kluge von uns beiden bist du.«

Carina verneigte sich ob des Kompliments. Einzig die Fleischgabel in ihrer Hand störte den hoheitsvollen Eindruck.

Dann war es mit der Ruhe im Haus schlagartig vorbei. Von draußen stürmte die Familie herein und machte sich, kaum dass Carina mit Maikes Hilfe aufgetragen hatte, wie ein Rudel hungriger Wölfe über das Essen her. Auch Maike aß mit gutem Appetit, obwohl sie keine schwere körperliche Arbeit geleistet hatte. Aber vielleicht war seelische Arbeit auch ein Grund zum Futtern, dachte sie bei sich.

Früher oder später würde sie wieder auf ihre Linie achten müssen. Ach, dachte sie. Lieber später. Außerdem könnte sie in nächster Zeit mehr Sport treiben. Dann dürfte sie sich trotzdem weiterhin leckere Hausmannskost gönnen.

Sie bemerkte, dass Tim und Bernd, die Söhne von Onno und Carina, typische Asmussen-Männer waren. Groß, breitschultrig und nicht sonderlich gesprächig. Ihre Frauen waren hingegen vom Typ her eher wie Carina. Fröhlich, offenherzig und temperamentvoll. Anscheinend wussten die Asmussens, welche Art von Frau ihnen guttat.

Nur Niels nicht. Er war der einzige geschiedene Mann

am Tisch, und auch der einzige ohne Partnerin an seiner Seite. Denn Gesine war nicht gekommen.

Carina hatte unauffällig den überzähligen Stuhl wieder weggestellt und dann Maike leise aufgefordert, sich neben Niels zu setzen.

Ich bin doch nicht verrückt, hatte sie überlegt und sich zu Betty und ihrer Schwester Janne gesellt. Wer wusste schon, wie Gesine sich rächen würde, wenn sie Niels noch einmal zu nahe kam.

Eine Rechtsanwältin als Racheengel. Maike musste grinsen. Sie sah von ihrem Teller auf, begegnete Niels' Blick und grinste noch breiter.

»Was ist los?«, fragte er über den Tisch hinweg. »Hab ich was im Gesicht?«

»Rotkohl!«, rief Betty.

Prompt bekam sie einen Klaps von Janne. »Sei nicht so albern.«

Betty steckte ihrer Schwester die Zunge raus, Niels wischte sich mit der Serviette über das Gesicht, fand aber keinerlei Spuren von Rotkohl. Die anderen Erwachsenen lachten über den gelungenen kleinen Streich, die beiden Kleinkinder krähten, obwohl sie nicht verstanden, worum es ging. Niels stimmte in das allgemeine Gelächter ein. Seiner ebenso süßen wie frechen Nichte konnte er offensichtlich nicht böse sein. Dann bemerkte Maike, wie er schlagartig verstummte und mit zusammengezogenen Brauen zur Tür blickte.

»Hey Leute!«, rief Gesine in die Runde. »Warum hat mir keiner gesagt, dass sich ganz Hamburg auf den Weg zu eurem mickrigen Mühlenfest machen wird? Ich habe eine Stunde im Stau gestanden.« Womit ihr Einstand bei dem Teil der Familie, der sie zum ersten Mal erlebte, nicht sonderlich positiv gelang. Sie trug ein knallrotes Designerkleid und volle Kriegsbemalung. Ihr hellbraunes Haar umrahmte ihr Gesicht wie ein Schutzhelm. Allein Maike ahnte, wie unsicher sie war.

»Wer ist das?«, wollte Tim mit strenger Miene von seinem Vater wissen.

Der feixte. »Ein Freundin von Maike.«

»Und von mir«, sagte Carina, stand auf, holte den einsamen Stuhl aus der Ecke und winkte Gesine herein. »Wo willst du sitzen?«

»Hier«, sagte Gesine und nahm auf Niels' Schoß Platz. »Hallo, Wikinger, schön, dich zu sehen.«

Dann küsste sie ihn lange und ausgiebig, was bei den anderen lautstarkes Grölen auslöste.

»Eins muss man dir lassen«, sagte Onno zu Maike. »Seit du da bist, ist echt was los bei uns.«

Sie fragte sich noch, ob das als Kompliment oder als Kritik gemeint war, als Niels aufstand und Gesine einfach mit hochhob. »Entschuldigt uns. Wir haben was zu besprechen.«

»Besprechen!«, rief Bernd, der definitiv lustiger drauf war als sein älterer Bruder. »So nennt ihr das in eurer Generation!«

Erneutes allgemeines Grölen.

Gesine kuschelte sich eng in Niels' Arme, zwinkerte Maike aber noch über seine rechte Schulter hinweg zu, während sie von ihm mit einer Leichtigkeit hinausgetragen wurde, als wäre sie bloß ein Püppchen.

Maike zwinkerte zurück, sah den beiden aber mit gemischten Gefühlen nach.

»Wenn das bloß gut geht«, sagte sie leise. »Wenn das um Himmels willen bloß gut geht.«

»Das wird es«, erwiderte Carina, die sie als Einzige gehört hatte. Sie beugte sich zu Maike herunter. »Ich kenne Gesine nicht besonders gut, aber umso besser meinen lieben Schwager.«

»Und?«

»Niels ist ab sofort ein gezähmter Casanova. So etwas hat er noch nie getan. Sich vor aller Augen küssen zu lassen und dann mit der Frau auf dem Arm zu verschwinden.«

Ihr Sohn Bernd hatte sie gehört. »Ich finde, das hat etwas von einem Neandertaler. Er hätte sie auch an den Haaren wegschleifen können.«

»Halt die Klappe, du ungezogener Bengel!«

»Du hast mich erzogen.«

Carina gab ihm einen Klaps, und Bernd protestierte lautstark. Dann sagte er, und inzwischen hörten alle am Tisch zu: »Ich glaube nicht, dass Onkel Niels von jetzt auf gleich den liebevollen und treuen Partner gibt. Das ist einfach nicht sein Ding.«

Die Männer am Tisch waren seiner Meinung, die Frauen, allen voran Carina, erklärten ihm, er habe keine Ahnung von der menschlichen Natur. Niels habe bloß auf die Richtige gewartet.

»Auf eine Tussi aus der Stadt in Designerklamotten? Never!«

Wieder erklang Gelächter, und es wurden Wetten für und gegen das neue Paar abgeschlossen.

Dabei wurde offenbar vergessen, dass auch Gesine Kiehl bei alldem ein Wörtchen mitzureden hatte. Alle sprachen nur von Niels und wie er mit der Frau, die kaum jemand kannte, umgehen würde. Maike jedoch dachte an ihre Freundin und staunte über deren Mut. Einfach so in eine fremde Gesellschaft zu platzen und im wahrsten Sinne des Wortes die eigene Position zu einem Mann zu bestimmen – das war wirklich bewundernswert. Sie wünschte Gesine das ganz große Glück und wusste, die Freundin konnte es gebrauchen. Es würde nicht einfach werden mit ihr und Niels, schließlich kamen sie aus zwei verschiedenen Welten.

Aber wenn beide so stark und entschlossen blieben, wie sie sich eben gezeigt hatten, dann gab es bestimmt eine Chance für sie.

23. Kapitel

Maike sah sich in der Runde um, und plötzlich konnte sie es nicht mehr ertragen – all dieses Glück der anderen.

Unauffällig schlich sie sich davon, verließ das Haus, den Hof.

Sie wollte für sich sein, wie schon oft in der vergangenen Woche. Sie wollte wieder auf dem Elbdeich entlanglaufen. Erst, wenn sie mit sich selbst ins Reine gekommen war und ohne Neidgefühle wieder Carina und ihrer Familie, Gesine und Niels begegnen konnte, würde sie zum Mühlenfest gehen, mit einem großen Lächeln im Gesicht und der gut versteckten Einsamkeit im Herzen. Vielleicht würde sie ja auch Hinrich und Rosa treffen. Dann konnten sie ein wenig fröhliche Zeit miteinander verbringen.

Genauso würde sie es machen. Und morgen zurück nach Hamburg fahren.

Und dann?

Die Idee mit dem Sabbatical gefiel ihr immer besser. Vielleicht würde sie reisen, endlich wirklich was von der Welt sehen. Natürlich wollte sie auch eines Tages wieder arbeiten. Aber ob es wieder der »Brauerhof« sein würde, das mochte sie jetzt noch nicht entscheiden.

Und in Wahrheit, ja, in Wahrheit gab es nur eines, das sie wirklich wollte, wonach sie sich mit aller Kraft sehnte. Doch dafür brauchte es ein kleines Wunder.

Oder einen Wunsch, der beim Windmühlenfest in Erfüllung ging. Maike schmunzelte, während ihr gleichzeitig die Tränen über die Wangen liefern.

Sie hatte den Deich erreicht, schritt auf seiner Krone entlang, wich den Blicken anderer Spaziergänger aus und schaute lieber hinaus auf die Elbe. Breit und mächtig floss der große Strom dahin. Und obwohl sein Anblick immer wieder die dunklen Erinnerungen in ihr weckte, wirkte er doch auch beruhigend auf sie.

Könnte schwierig werden mit den Wünschen, sagte Maike sich nach einer Weile. Es war ein vollkommen windstiller Nachmittag, genau wie damals, als sie beim Mühlenfest darum gebeten hatte, Niels würde seine Liebe zu ihr entdecken. Nicht eine einzige Umdrehung hatte der Flügel mit der weiß angemalten Spitze geschafft. Genauso würde es heute auch enden, wenn sie es wagte, sich Roberts Liebe zu wünschen.

Im nächsten Augenblick schüttelte sie den Kopf über sich selbst. Mehr als dreißig Jahre waren seit damals vergangen. Sie glaubte doch nicht ernsthaft an die alte Legende? Wurde es nicht mal Zeit, dass sie endlich erwachsen wurde? Mit fast fünfzig?

Eindeutig ja, gab sie sich selbst zur Antwort. Und zum Erwachsensein gehörte auch die Einsicht, dass man einen Mann nicht zurückgewinnen konnte, wenn er einmal entschieden hatte, zu gehen.

Je weiter sie lief, desto leichter und freier fühlte sie sich.

Es war in Ordnung. Morgen würde sie ein neues Leben beginnen.

Ohne Robert.

Und der Mann, der dort hinten auf sie zukam, der jetzt am alten Bootsanleger stehen blieb und anscheinend auf sie wartete, ähnelte Robert nur ein bisschen.

Oder ein bisschen mehr?

Sie vermochte es nicht zu sagen, und da drehte er auch schon ab, verließ den Deich, verschwand im Dorf.

Wahrscheinlich einer seiner Brüder, dachte sie bei sich. Hatte Carina ihr nicht erzählt, Annemarie Wedemann habe drei Söhne?

Genau! Und die Brüder sahen einander möglicherweise genauso ähnlich wie die Asmussen-Jungs.

Aber lebten die Brüder nicht woanders? In Bardowick?

Na und?, sagte sie sich sofort. Zum Mühlenfest kamen die alteingesessenen Familien zusammen, und wenn sie auf dem Mond lebten!

Maike war zufrieden mit ihrer Erklärung. Sie wunderte sich bloß, warum ihr Herz so aufgeregt flatterte.

Das Fest war bereits in vollem Gange, als Maike nach ihrem langen Ausflug dort anlangte. Majestätisch ragte der große, alte Holländer über dem feierlustigen Volk auf, unbeeindruckt von Blasmusik und lautem Gelächter, von rennenden Kindern und palavernden Männern, von schönen Mädchen mit leuchtenden Augen und alten Frauen, die sich daran erinnerten, wie es gewesen war, als sie selbst noch jung und voller Wünsche waren.

Der Holländer hatte hier schon gestanden und das Korn gemahlen, als die Ahnen dieser Leute ihren Weizen anbauten, und er würde noch da sein, wenn auch die Nachfahren das traditionelle Fest feierten.

Maike sah, dass einer der mächtigen Flügel an seiner Spitze frisch geweißelt war. Er zeigte nach unten und war noch fest verankert.

Auch das Stehpult war schon aufgebaut, aber von dem Stadtschreiber fehlte jede Spur.

»Das dauert noch ein Weilchen«, sagte Carina, die unbemerkt neben ihr aufgetaucht war. Sie verpasste Maike einen freundschaftlichen kleinen Puff. »Sag bloß, du willst dir was wünschen.«

»Ach was.«

»Wirklich nicht?«

»Ich bin keine siebzehn mehr, Carina. Und ich will nicht mehr die Liebe von Niels erringen.«

»Nee, die nicht«, erwiderte ihre Freundin. »Aber vielleicht die von einem anderen?«

»Wo ist denn der Rest der Truppe?«, fragte Maike, um von sich selbst abzulenken.

»Drüben beim Kinderkarussell. Die Kleinen können gar nicht genug davon bekommen.«

»So etwas hat es damals noch nicht gegeben.«

»Tja«, meinte Carina lächelnd. »Ein paar Dinge haben sich auch beim Mühlenfest verändert.«

Maike hakte sich bei ihr ein und schlenderte mit ihr über den Platz. Es duftete wie früher nach Zuckerwatte und gebrannten Mandeln, und ein Stück weiter zog ihr der Geruch von Bratwurst und Schaschlik in die Nase.

Als sie beim Karussell ankamen, erfuhren sie, dass die Männer sich zu einem der Bierstände verdrückt hatten. Carinas Schwiegertöchter wirkten wenig begeistert, nahmen es aber mit Humor. Eine halbe Stunde gaben sie ihnen, verkündeten sie, dann wären die Männer dran mit der Kinderbetreuung und sie würden zur Sektbar verschwinden.

Maike lächelte und bewunderte die wunderschönen hölzernen Pferde, die mit kleinen und auch größeren Reitern brav im Kreis trabten. Als sie jedoch Niels Asmussen auf einem der Rösser entdeckte, lachte sie schallend.

»Umgekehrt wär's besser«, sagte sie zu Carina. »Der Mann sollte das Pferd tragen.«

Gesine trat zu ihnen, in den Händen hielt sie zwei kandierte Äpfel. »Ganz deiner Meinung. Aber er war einfach nicht davon abzubringen. Ein riesengroßer Kindskopf, das ist er.«

Doch sie sagte es mit so viel Liebe in der Stimme, dass Maike sich abwenden musste, damit niemand diesen peinlichen Ausdruck von Neid in ihren Augen bemerkte.

Das Karussell hielt an, Niels sprang von seinem Pferd, und Maike glaubte zu hören, wie es erleichtert knarrte.

Den Liebesapfel, den Gesine ihm hinhielt, verschlang er mit zwei Bissen, dann küsste er sie, dann fragte er Maike: »Wieso hängst du allein hier rum? Der arme Robert stirbt an gebrochenem Herzen, wenn du ihn noch länger ignorierst.«

»Ich ... wer ... was?«

Die Freundinnen schauten sie groß an.

»Du weißt nicht, dass er hier ist?«, fragte Gesine.

»Willst du ihn etwa wirklich nicht sehen?«, hakte Carina nach.

Das war ungefähr die schwierigste Frage der Welt.

»Lasst die Deern in Ruhe«, sagte Niels. »Die ist doch ganz durch'n Tüdel. Guckt mal, da kommt er ja, der traut sich bloß nicht richtig.«

Er ließ die drei Frauen stehen, ging zu Robert, packte ihn am Arm und schleppte ihn an.

»Wenigstens hat er ihn sich nicht über die Schulter geworfen«, murmelte Gesine.

»Wäre ihm auch zuzutrauen«, meinte Carina.

Dann gingen sie fort, nahmen Niels mit, und Maike stand Robert gegenüber.

»Was willst du?«

Verdammt! Sie hatte etwas ganz anderes sagen wollen, etwas Liebevolles, etwas Bezauberndes.

»Dich sehen, mit dir sprechen. Endlich Klarheit schaffen. Reicht das?«

»Keine Ahnung.«

»Ich merke schon. Die alte unfreundliche Maike ist wieder da. Liebst du mich?«

»Wie kommst du auf die idiotische Idee?«

Oh mein Gott! Was tat sie da? Warum stieß sie ihn schon wieder weg?

Roberts dunkle Augen verdüsterten sich. »Kann es sein, dass es vorbei ist mit deinem Zwang zur Wahrheit?«

»Wieso fragst du?« Sie verschränkte die Arme vor der Brust und funkelte ihn an.

»Nun, es wäre ja möglich, dass du mich liebst und es nur nicht zugeben willst.«

Sie zog es vor, darauf nicht einzugehen, und fragte stattdessen: »Was ist mit Laura König?«

»Was soll mit ihr sein?« Roberts Überraschung wirkte echt, aber sie war auf der Hut.

»Gesine hat euch zusammen gesehen, und ihr sollt sehr vertraut miteinander gewesen sein.«

Auf einmal lachte Robert, und das fand sie überzeugender als jede Beteuerung. Aber er fügte auch noch hinzu: »Laura hat mich abgepasst, als ich eine Lieferung in die Küche gebracht habe. Dann sind wir ein Stück über den Hopfenmarkt gegangen, und sie hat mich nach dir ausgefragt.«

»Tatsächlich?«

»Ja, tatsächlich. Sie wollte wissen, wie es dir geht, was du machst, was du planst. Allzu viel konnte ich ihr nicht sagen, aber ich denke, sie war ein wenig beruhigt. Weißt du, sie mag dich wirklich und hat sich Sorgen gemacht.«

»Okay«, erwiderte Maike. Insgeheim schämte sie sich, weil sie einen so hässlichen Verdacht gehegt hatte. »Ich werde sie anrufen.«

»Und welche Pläne hast du nun wirklich?«

Sie erzählte es ihm.

»Klingt gut«, sagte Robert, als sie geendet hatte.

»Da ist noch etwas«, begann Maike, obwohl sie sich so sehr danach sehnte, in seinen Armen zu liegen. Ihm schien es ähnlich zu ergehen, denn er stieß einen ungeduldigen Laut aus. Aber vielleicht wollte er auch nur einen endgültigen Schlussstrich ziehen. Sie traute weder seinen noch ihren eigenen Gefühlen.

»Was denn?«, fragte er.

»Gesine hat gesagt, dass sie dich nicht mehr erreichen konnte. Du bist ihr aus dem Weg gegangen.«

»Das stimmt«, gab er zu.

»Warum?«

Sein Blick war unergründlich. »Vielleicht bist du nicht die Einzige, die mal Ruhe braucht, um klarer zu sehen.«

»Und?«, fragte sie mit zitterndem Herzen. »Ist es dir gelungen?«

Bist du deshalb hier?, wollte sie hinzufügen. Liebst du mich? Liebst du mich? Liebst du mich?

Sie brachte kein weiteres Wort heraus.

Die lauten Rufe einiger umstehender Leute erlösten die beiden unsicheren Menschen aus ihrem Dilemma.

»Es geht los«, sagte Robert.

»Ja.«

Sie gingen nebeneinanderher, berührten sich nicht, erreichten die Gruppe vor dem Stehpult.

Hauptsächlich junge Leute hatten sich vor dem Stadtschreiber aufgestellt, der den traditionellen Frack samt Zylinder trug, die Glocke in der Hand hielt und eine wichtige Miene aufgesetzt hatte.

Es war Olaf Asmussen, der einstige Hauptmann der Freiwilligen Feuerwehr. Auch an ihm waren die Jahre nicht spurlos vorübergegangen, aber Maike fand, er machte noch immer einen imposanten Eindruck.

Gerade begann er damit, die verschiedenen Zahlen in ein großes ledergebundenes Buch zu notieren, das sie wiedererkannte. Der Federkiel war vielleicht neu, aber das gläserne Tintenfass sah noch genauso aus wie damals.

Maike entdeckte Rosa unter den Teilnehmern, bloß ein paar Meter von ihr entfernt. Von ihrem Vater war keine Spur zu sehen. Sie musste lächeln. Wenn Rosa sich nicht zu alt fühlte, um sich etwas zu wünschen, dann durfte sie selbst es vielleicht auch tun?

Möglicherweise waren die Zeiten der Windmühlenträume doch nicht vorbei.

Schon ging es los. Zahlen wurden genannt, niedrige Zahlen, denn die Brise hatte zwar ein wenig aufgefrischt, wirkte aber noch sehr zahm. Maike war versucht, die Eins zu rufen, so wie damals bei Niels.

Sie tat es nicht.

Robert hätte sie bestimmt für verrückt erklärt. Für kindisch, albern, für eine Frau, die er unmöglich lieben und respektieren konnte.

Aber vielleicht klappte es ja auch, wenn sie nur ganz fest daran dachte? Schaden konnte es bestimmt nicht.

Sie hörte, wie Rosa laut die Zehn rief, und wunderte sich. Machte sie sich nur einen Spaß, oder ahnte sie etwas, das Maike nicht wissen konnte? Fuhr der Wind jetzt nicht stärker durch Roberts graumelierte Locken?

Sie überlegte, ob sie sich umentscheiden sollte, aber da läutete Olaf Asmussen bereits die Glocke, während gleichzeitig die Flügel gelöst wurden, und alles starrte gebannt auf das Schauspiel.

Und tatsächlich: Der Wind frischte auf.

»Genau wie damals!« Das war wieder Rosa.

Maike sah Robert an. Täuschte sie sich oder murmelte er ein Schimpfwort? Hatte er sich etwa auch einen Wunsch ausgedacht, und eine niedrige Zahl dazu?

Sie rückte ein wenig näher an ihn heran, bis sie einander fast berührten. Er schien es nicht zu bemerken.

Die Mühlenflügel drehten sich schnell und schneller. So kräftig war der Wind losgefegt, dass niemand eine Chance hatte, innerhalb der einen Minute die genannte Zahl zu erwischen.

Maike schaute zu Rosa. Deren Lippen formten: »Acht, neun, zehn, elf«, dann brach sie ab. Ein Schatten huschte über ihr Gesicht, ließ sie alt und zerbrechlich wirken.

Kann es sein?, überlegte Maike. Versuchte sie nach all den Jahren immer noch ihr Glück beim Mühlenfest, damit Hinrich sie liebte?

Mitleid erfasste sie, und sie nahm sich vor, später zu ihr zu gehen. Aber nicht sofort. Nun musste sie sich erst einmal um sich selbst kümmern. Roberts Blick lag auf ihr, sie spürte ihn schon seit einer Weile.

»Was wird jetzt nur werden?«, fragte er mit einem kleinen Schmunzeln. »Die alte Windmühle ist gegen uns.«

»Das ist mir egal«, erwiderte sie, und plötzlich war er da, der Mut, der ihr so lange gefehlt hatte. Sie vertraute ihrem Gefühl, als sie laut und deutlich sagte: »Robert Wedemann, ich liebe dich. Und das ist die Wahrheit.«

»Maike Matthiesen, ich liebe dich auch.«

Jemand gab ihr einen ziemlich unsanften Schubs, und sie hörte noch, wie Niels Asmussen laut tönte: »Mal nicht so förmlich, Kinder! Küsst euch, und gut ist. Dann können wir endlich richtig feiern.«

Sie taten es.

24. Kapitel

Auf den milden Oktober war ein langer, nasskalter Winter gefolgt, aber nun hielt der Frühling Einzug in den Vierlanden, und überall auf den Feldern der Blumenzüchter blühten sonnengelbe Osterglocken und prallrote Tulpen.

An diesem Sonntagmorgen im April verließ eine kleine Hochzeitsgesellschaft das Kirchenschiff von St. Severini.

Rosa schaute Maike nach, wie sie am Arm von Robert Wedemann ins strahlende Sonnenlicht trat. Beide hatten während der Trauung unendlich glücklich ausgesehen, obwohl sie nicht das Brautpaar waren.

Sie empfand große Dankbarkeit, weil Maike den Weg zurück in die Vierlande, zurück zu ihrer kleinen Familie gefunden hatte. Anfangs war es ein bisschen mühsam gewesen, weil Maike nicht nur mit Rosas Ärzten gesprochen, sondern auch darauf bestanden hatte, dass sie sich noch einmal gründlich in der Uniklinik Eppendorf untersuchen ließ. Erst als die Kardiologen dort Entwarnung gegeben hatten, war Maike wieder ruhiger geworden.

Sie hatte dann tatsächlich im vergangenen Herbst ein Sabbatjahr begonnen, war aber nicht um die Welt gereist. Stattdessen war sie oft zu Besuch gekommen, mal mit, mal ohne Robert, und jedes Mal hatte sie gelöster und glücklicher gewirkt.

Inzwischen sprach sie davon, bald wieder zu arbeiten. Es gab da wohl ein Angebot von einem kleinen Hotel an der Alster. Es war kein so hoher Posten wie der, den sie früher innegehabt hatte, aber Maike sagte, das sei ihr lieb so. Sie wollte mehr Zeit mit Robert verbringen und weniger arbeiten. Dass er ein Grünhöker war, schien sie nicht mehr zu stören. Im Gegenteil. Oft hörte Rosa ihnen dabei zu, wie sie über die besten Spargelsorten oder die Reife der Erdbeeren fachsimpelten.

Seit er ein glücklicher Mann war, gab Robert sich auch mehr Mühe mit seinem Äußeren. Maike hatte Rosa verraten, dass sie da ihre Hand im Spiel hatte. Sie wolle ihn gewiss nicht umkrempeln, aber eine gutsitzende Hose und ein neues Hemd hätten noch niemandem geschadet.

Auch Maike sah immer sehr schön aus, fand Rosa. Ihre Kleidung war legerer geworden, doch sie trug gern ein wenig dezentes Make-up. Heute war sie besonders hübsch in einem apricotfarbenen Zweiteiler. Sie hatte ein paar Pfund zugenommen, die ihr wunderbar standen. Letztlich jedoch war es ihr Glück mit Robert, das sie so strahlen ließ. Und neuerdings war sogar von einer gemeinsamen Wohnung die Rede, oder vielleicht von einem Reihenhäuschen, ein wenig außerhalb der Stadt.

Etwas anderes fiel Rosa ein, und ein Strahlen erhellte ihr Gesicht. Seit heute war sie auch ganz offiziell Maikes Stiefmutter, und das war ein gutes, ein wunderbares Gefühl. Eigene Kinder waren ihr im Leben nicht vergönnt gewesen, und viele Jahre lang hatte Maike in ihr nur die

Feindin gesehen, die den Platz ihrer geliebten Mama eingenommen hatte.

Welch ein Glück, dachte Rosa, dass wir nun wieder zusammengefunden haben! Natürlich waren sie zu alt, um noch Mutter und Tochter zu sein, aber es reichte schon, dass ihre frühere innige Verbundenheit wieder auflebte.

Weitere Hochzeitsgäste verließen die Kirche. Rosa sah den Asmussen-Clan hinausgehen. Auch Gesine Kiehl war dabei, die ihrem Niels kaum bis zur Schulter reichte, ihn aber offensichtlich fest im Griff hatte. Allen Unkenrufen zum Trotz war aus den beiden ein glückliches Paar geworden, das zwar eine Wochenendbeziehung führte, damit aber ganz zufrieden zu sein schien. Rosa hatte etwas von einer Wette gehört, die einige Männer verloren hatten, und sie wusste, es war dabei um Gesine und Niels gegangen.

Sie lächelte, zupfte an ihrem blassgelben Kleid herum und schickte sich an, den Gästen durch den Mittelgang zu folgen.

Hinrich hielt sie fest. »Warte einen Moment.«

Er trug einen nachtblauen Anzug, der ein wenig aus der Mode war und an seiner hager gewordenen Figur schlackerte. Sein schütteres weißes Haar war zurückgekämmt, die weit auseinanderstehenden, einst hellblauen Augen wirkten wie ausgewaschen, darunter lagen dicke Tränensäcke. Doch Rosa sah in ihm noch immer den großen, strohblonden und unglaublichen starken Jungbauern, und ihr Herz flog ihm zu.

»Was ist denn?«, fragte sie dennoch mit leiser Ungeduld. »Wir müssen mit den anderen zum Empfang fahren.«

»Gleich. Es gibt noch etwas, das ich dir sagen möchte.« Er bückte sich unter einigen Mühen und holte unter einer Kirchenbank einen alten Kassettenrecorder hervor.

Dann drückte er auf Play. Der alte Beatles-Song erklang: »I want to hold your hand«.

»Das weißt du noch«, flüsterte Rosa unter Tränen.

Hinrich nahm ihre Hand. »Verzeih mir.«

»Ich ... es gibt nichts zu verzeihen.«

»Doch«, entgegnete er mit fester Stimme. »Du bist ein besonderer Mensch in meinem Leben, seit mehr als fünfzig Jahren.«

»Ach, Hinrich ...«

»Lass mich ausreden. Ich weiß gar nicht, wie lange ich dich schon liebe. Vielleicht schon seit dem Tag, an dem ich dich zum ersten Mal gesehen habe – in Lumpen gekleidet und mit der viel zu schweren Schubkarre kämpfend.«

Wieder wollte sie etwas sagen, wieder ließ er sie nicht zu Wort kommen. »Aber das war sicher eine andere Art von Liebe, du warst ja noch ein Kind. Doch später, viel später, lange nach dem Unfall meiner armen Frau, hat mein Herz dir gehört, Rosa. Nur habe ich einen schrecklichen Fehler gemacht.«

Diesmal versuchte sie nicht, ihn zu unterbrechen.

»Ich habe es dir niemals gesagt.« Seine Stimme klang zittrig, doch er schöpfte Atem, straffte sich und begann noch einmal neu: »In all den Jahren habe ich dir niemals gesagt, wie sehr ich dich liebe. Heute, an unserem Hochzeitstag, möchte ich es endlich tun. Ich liebe dich, Rosa, und ich bedaure es zutiefst, dass ich so viel Zeit habe verstreichen lassen.«

Einen Moment lang fürchtete sie, die Fassung zu verlieren. Da hatte sie sich während der Zeremonie so gut gehalten, und nun brach sie doch noch in Tränen aus?

Das kam nicht in Frage! Rosa musste plötzlich an ihre alte Freundin Wilhelmine denken. Was sie wohl dazu gesagt hätte? Dann fielen ihr die Worte ein, die Wilhelmine auf dem Sterbebett geflüsterte hatte: »Es wird geschehen.«

Jahrelang hatte sich Rosa den Kopf darüber zerbrochen, was die alte Bäuerin wohl damit gemeint hatte. Dass Christine so jung sterben musste? Oder dass ihr Sohn und Rosa zusammenkommen würden? Oder hatte sie gar diesen späten Augenblick vorausgesehen?

Zuzutrauen wär's ihr, dachte Rosa.

Hinrich schaute sie wartend an. Als sie sicher war, dass er nichts hinzufügen wollte, erwiderte sie: »Ach weißt du, alter Mann, das ist nicht so schlimm. Wir haben ja den heutigen Tag. Und morgen. Und nächste Woche.«

Sie sah, wie seine Augen feucht wurden.

»Jetzt werd man nicht noch melanklüterisch«, fügte sie schnell hinzu. »Sonst denken unsere Gäste, ich habe einen weinerlichen Schwächling geheiratet.«

Als er heiser auflachte, war Rosa beruhigt.

Dann schritt sie an Hinrichs Arm nach draußen in die Frühlingssonne und dachte daran, dass sie sich beim Mühlenfest nie wieder etwas wünschen musste. Das war zuletzt auch ziemlich anstrengend geworden.

Nachwort

Es ist schon eine Weile her, da hatte ich in Hamburg einen guten Freund, der fast jeden Sonntag Ausflüge in das Umland der Hansestadt unternahm. Dazu packte er zwei Fahrräder in sein Wohnmobil und mich. An die Touren durch die Vier- und Marschlande erinnere ich mich besonders gern. Kurz hinter Bergedorf radelten wir los, über Deiche und Wege, vorbei an reetgedeckten alten Bauernhäusern mit Storchennestern auf ihren Dächern, entlang der wilden Gräben und gewundenen Flüsse, mal im Schatten alter Eichen und dann wieder mit freiem Blick auf die Weite der von Prielen durchzogenen Felder.

Uns stieg der Duft von vielen tausend Rosen in die Nase, die auf den Blumenhöfen gezogen wurden, wir besichtigten wunderschöne Kirchen wie St. Severini in Kirchwerder und St. Nicolai in Altengamme – prachtvolle sakrale Bauten, die davon zeugen, dass die Bauern in diesem fruchtbaren Urstromtal der Elbe schon vor Jahrhunderten zu Wohlstand gekommen waren. Und natürlich sahen wir uns auch den berühmten Galerie-Holländer von Kirchwerder an, die Riepenburger Mühle.

Als ich nun vor kurzem eine Tour durch das Dreistromland unternahm (diesmal im geliehenen Cinquecento und zu Fuß), um neue Eindrücke für meinen Roman zu sammeln, erging es mir ganz ähnlich wie Maike Matthiesen. Vieles kam mir noch bekannt vor, einiges war neu. Damals hatte es nicht so viele Gewächshäuser gegeben, und auch keine riesigen Windkrafträder. Das »Zollenspieker Fährhaus« ist inzwischen richtig vornehm geworden mit seinem Nobelhotel, und viele neuere Einfamilienhäuser zeigen, wie beliebt die Gegend als Wohnort ist.

Aus dramaturgischen Gründen habe ich ein paar Dinge verändert – der Leser möge es mir verzeihen.

Kirchwerder hat von mir einen Ortsteil hinzubekommen, den ich Südwerder genannt und südöstlich zwischen Kirchwerder und die Elbe gequetscht habe. Die Kusseiche steht dort auch nicht, oder? Schauen Sie sich gut um, wenn Sie mal in der Gegend sind. Ich habe mehr als einen herrlichen alten Baum gesehen, der wie geschaffen ist als Treffpunkt für Liebespärchen.

Die Riepenburger Mühle habe ich einmal hochgehoben und nach Südwerder verpflanzt, aber ich wollte sie ganz sicher nicht in die Elbe werfen, so wie es der Teufel einst mit den Kirchtürmen vorhatte. Ich schwöre!

Vorbild für den alten Bootsanleger, der in Maikes Geschichte eine entscheidende Rolle spielt, ist die einstige Landungsbrücke in Tatenberg an der Dove-Elbe, die ich auf einem Foto von 1920 entdeckt habe. Sie habe ich aus der Vergangenheit wiederauferstehen lassen, wenn auch ziemlich morsch, nach Südwerder an die Elbe versetzt und für meine Zwecke genutzt.

Bei der Beschreibung der Deiche habe ich mir ebenfalls einige Freiheiten herausgenommen. So ist der Zollenspieker Hauptdeich im Roman nur ein Deich und keine Straße und grenzt zudem direkt an die Elbe, während tatsächlich noch ein schmaler Landstrich dazwischenliegt.

Und noch etwas: Der »Brauerhof« am Hopfenmarkt ist ganz meiner Phantasie entsprungen, aber auf dem Hamburger Hopfenmarkt steht tatsächlich das Denkmal der Vierländerin. Der Brunnen mit der Figur der jungen Frau in landestypischer Tracht und dem gusseisernen Baldachin darüber stammt aus dem Jahr 1878 und wurde zunächst auf dem Hamburger Meßberg aufgestellt, anschließend an der Amsinckstraße. Auf dem Hopfenmarkt steht er seit 1975.

Ob sich da aber wirklich mal jemand den Kopf gestoßen hat und daraufhin etwas seltsam wurde, ist allerdings nicht bekannt.

Herzlichst,
Ihre Brigitte Janson